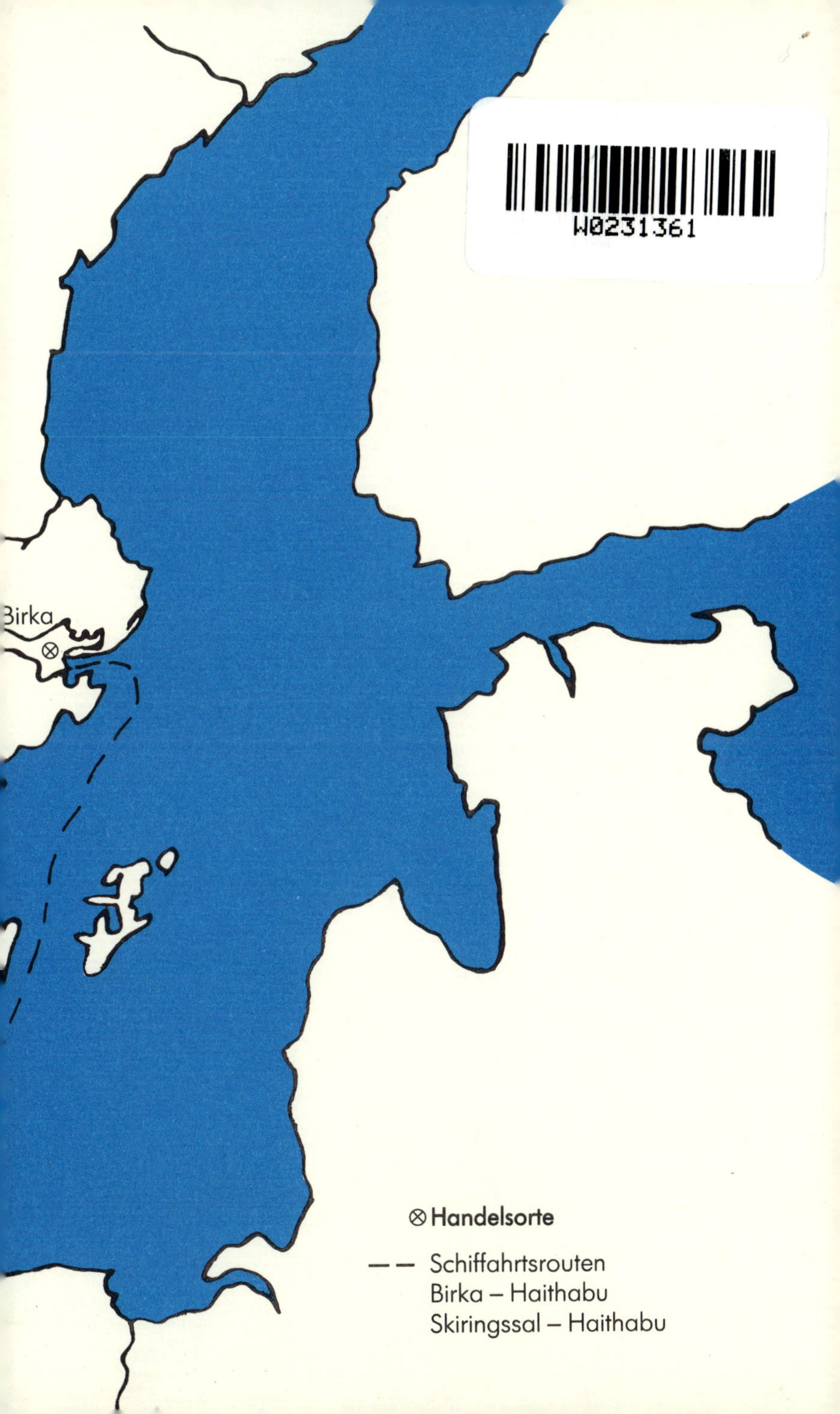
Birka
⊗ Handelsorte
— — Schiffahrtsrouten
Birka – Haithabu
Skiringssal – Haithabu

Kari Köster-Lösche

Das Drachenboot

Wacheinteilung im Wikingerschiff

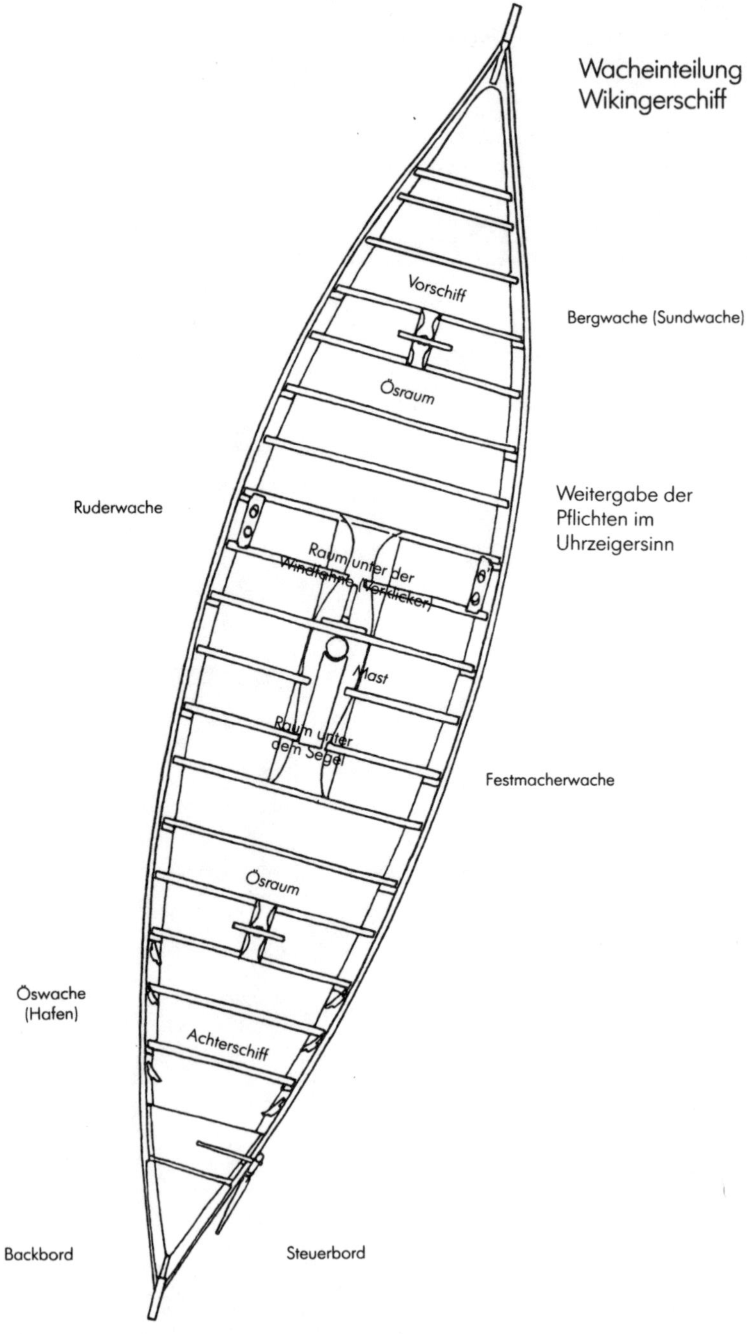

Inhalt

Vorspiel fern von Haithabu

In Haithabu

1 Eine rätselhafte Verletzung 9
2 Der »Graue Wolf« 29

Visby auf Erri

3 Vergeblicher Handel 53
4 Sven Ichwohlnicht 66
5 Der Sklave Wertizlaw 90

Schiffbruch

6 Njörds wilde Töchter 113
7 Der Verdacht 132

Rache

8 Die Wolfsmaske 147
9 Angst geht um 168
10 Brandstiftung 185

Wiedergänger

11 Der Neiding 211
12 Zweikampf 218

Worterklärungen 238

Vorspiel fern von Haithabu

Der Mann, den er verfolgte, merkte nichts. Schon lange war er hinter ihm her, aber noch nie war die Gelegenheit so günstig gewesen. Der Wikinger faßte die Holzkeule fester und spähte zwischen den spärlichen Birken hindurch. Noch war der andere zu sehen.

Die Wut, die sich seit langem in ihm aufgestaut hatte, ließ ihn seine Ehre vergessen. Ein Wikinger tritt einem anderen Mann mit Waffen nur von Angesicht zu Angesicht gegenüber. Aber der andere war nicht der Gegner, den ein Mann sich wünscht, sondern ein Feind, den er mörderisch haßte. Wie einen Hasen würde er ihn hetzen, bis er sich in den Abgrund stürzte und für immer im eisigen Utgard verschwand.

Sein Todfeind wußte von nichts.

Das Wetter kam dem Vorhaben des Verfolgers entgegen. In der Ferne rollte erster Donner. Er wartete.

Endlich wurden die grünen zarten Blätter der Birken von den prasselnden Tropfen und von heftigen Windstößen herumgewirbelt. Strömender Regen machte die Männer fast unsichtbar, voreinander und auch vor den Augen anderer. Der Lärm des Sommergewitters verschluckte jedes andere Geräusch, auch die der schleichenden, schäbigen Ledersohlen. Es war soweit.

Dann stand er hinter dem anderen, hob die Keule und holte zu einem weiten, tödlichen Schlag aus.

In Haithabu

1 Eine rätselhafte Verletzung

Der Donnerstagmorgen der letzten Woche im Herbstmond des Jahres 927 verlief in Haithabu wie unzählige andere seiner Art. Die Handwerker arbeiteten in ihren Buden, die Kaufleute besichtigten die Waren, die von den eben eingetroffenen Wagen aus Hollingstedt oder von Schiffen im Hafen entladen wurden, die Fischer kehrten vom Auslegen ihrer Netze in der Schlei nach Hause, und Folke legte in der Bootsbauerei letzte Hand an einen Drachensteven.

Natürlich war Folke bei seiner Arbeit nicht allein, ja, eigentlich war es gar nicht seine Arbeit: Er half dem Stevenschnitzer, den Drachenkopf einzupassen. Am Morgen war der Mann, der im Auftrag des Schiffbaumeisters Thorbjörn den Drachen mit gefährlich schnaubenden Nüstern und rollenden Augen geschnitzt und bemalt hatte, mit der Figur über der Schulter angekommen und hatte sie vorsichtig neben dem fast fertigen Schiff abgestellt. Seitdem war der Stevenschnitzer dabei, die Aussparung für den Stiel des Kopfes in das Eichenholz des Stevens zu stemmen.

Auch Thorbjörn war anwesend, schließlich war es ein feierlicher Augenblick, wenn die lange Bauzeit eines Kriegsschiffes zu Ende ging, und er stand, beide Hände in die Seite gestemmt, mit hochgezogenen Augenbrauen hinter den beiden Männern. Thorbjörn, dessen Gesicht nach dem sonnigen Sommer am ständig spiegelnden Wasser dunkel gebrannt war, lächelte zufrieden. Es war ein schönes Schiff, und wie ein Pfeil würde es über die See zwischen dem Land der Finnen im Osten und den Inseln der Iren im Westen fliegen.

Aber Thorbjörn wurde in seinen Gedanken unterbrochen, und auch Folke hob den Kopf und blickte auf die Schlei hinaus.

Über dem Hintergrundgeräusch von fernem Reden und Rufen in der Stadt hörten sie das Knattern eines großen Segels, in das böiger Wind fuhr. Ungewöhnlich lange hatte der Steuermann das Segel stehenlassen: es erst vor der Hafeneinfahrt fallen zu lassen, konnte auch zu spät sein. Thorbjörn und Folke sahen sich an und schüttelten die Köpfe.
»Stümper«, knurrte der Stevenschnitzer, ohne sich umzusehen, und sein Holzschlegel schlug dazu im Takt auf den Beitel.
Aber das mußte nicht sein. Wer auf einem schnellen Kriegsschiff die schmale Schlei entlangsegelte, statt rudern zu lassen, wußte meistens, was er tat. Wenn nicht, würde er nur mit viel Glück hier am allerletzten Ende der Schlei ankommen. Viele Engstellen mit Strömung und Gegenströmung und Richtungsänderungen im Wasserlauf machten das Befahren unter Segeln schwierig. Der Schiffsführer mußte entweder tollkühn sein oder ein dringendes Anliegen in der Stadt haben.
Folke sprang auf einen Holzstamm, der zum Spalten bereitlag. Aber über die Hafenpalisade konnte er nicht hinwegblikken, obwohl er einer der längsten jungen Männer von Haithabu war. Er zuckte die Schultern und kam wieder herunter. Zu gerne hätte er das Langschiff einlaufen sehen. So aber konnte er nur beobachten, wie sich der Mast langsam in Richtung auf das Hafentor zubewegte, und aus der Ferne die Befehle an die Ruderer hören.
Thorbjörn, der seinen Brudersohn kannte, schmunzelte und strich sich über den blonden Bart, in dem bereits die ersten grauen Strähnen sichtbar wurden. »Vielleicht ist etwas mit dem Schiff nicht in Ordnung. Du solltest hingehen«, schlug er vor, »und in meinem Namen dem Schiffsführer Hilfe anbieten, sofern er sie annehmen möchte.«
O nein, wollte Folke widersprechen. Das konnte doch jeder

der Mastspitze ansehen, daß das Schiff seetüchtig war, auch einer, der erst zwei Jahre lang den Schiffbau gelernt hat. »Willst du mich auf die Probe stellen?« fragte er statt dessen verdutzt.
Thorbjörn schüttelte milde den Kopf. Er hatte gelernt, seinen Brudersohn zu verstehen, besser als dieser ihn, und er wußte, daß Folke mit seiner unstillbaren Neugierde nicht die Zeit totschlug. Und während der Stevenschnitzer das Loch auskehlte, gab es sonst ohnehin nichts zu tun. »Ich meine es im Ernst«, bekräftigte er, »geh nur.«
Wortlos sprang Folke in den Schuppen, in dem sie ihr Werkzeug aufbewahrten, und streifte rasch seine Tunika über. Dann lief er los.
Bereits vom Uferweg aus konnte Folke erkennen, daß es ein großes Drachenboot war, das Einlaß in den Hafen von Haithabu begehrte. Noch lag es mitten im Hafentor, und sein Schiffsführer stand vorn im Bug und verhandelte mit einem Mann des Wikgrafen um die Erlaubnis zur Einfahrt.
Trotz des kriegerischen Aussehens des Schiffes, an dessen Bug ein rot-weißer Drachenkopf und an dessen Seitenwänden die roten Kriegsschilde aufgesteckt waren, ließ sich der Wachführer von den friedlichen Absichten der Mannschaft überzeugen. Nach kurzer Zeit wurden die Sperrbalken, die in diesen unruhigen Zeiten in die Hafeneinfahrt gelegt wurden, langsam beiseite gezogen. Der Schiffsführer eilte ans Steuer, und die Ruder im vorderen Teil des Schiffes hoben sich. Wenige Schläge nur waren nötig, um das Drachenboot an die Kaianlagen heranzutreiben, dann wurden die Ruder eingezogen.
Folke kam im Laufschritt im selben Moment an, wie zwei Mann aus dem Kriegsschiff auf den Steg sprangen und seine etwas zu hohe Geschwindigkeit mit der Bugleine abbremsten. Der eine stemmte die Hacken auf die Bohlen und zog hart,

während der andere das Ende des Tampens um einen Holzpoller schlang. Mit einem heftigen Ruck kam die Fahrt aus dem Schiff, dann legte es sich längsseits an die Leeseite des Steges. Es schaukelte heftig, während die Köpfe der Besatzung hinter den Schilden auftauchten.

Der Bootsbauer verkniff sich das Lachen. Eine solche Ansammlung von wilden Männern hatten sie hier schon lange nicht mehr gesehen. Rote und blonde Bärte, struppige Haare und Narben in den Gesichtern sprachen von unfriedlichen Unternehmungen einen ganzen Sommer lang. In Haithabu sah man heutzutage selten solche Leute; die pflegten befestigte Handelsstädte nicht zu besuchen, denn Handel war nicht ihr Zeitvertreib. Haithabu aber war der Knotenpunkt des Wikingerhandels in alle Welt und viel zu gut bewacht, um im Handstreich genommen und ausgeplündert zu werden. Dafür sorgte schon der Wikgraf mit seinen Kriegern.

Die Ruderer schwatzten miteinander; im ersten Moment verstand Folke wegen des singenden Tonfalls kaum ein Wort. Ganz so melodiös wie die Schweden, denen zur Zeit die Stadt gehörte, sprachen sie jedoch nicht. Norweger also, dachte Folke und hätte beinahe laut gepfiffen. Ein norwegisches Kriegsschiff hatte er im Hafen noch nicht gesehen.

Als er hinter sich das hohle Stampfen der Stadtwache hörte, trat er beiseite, um ihr und dem Wachhauptmann Platz zu machen. Es war derselbe Hauptmann, der am Palisadentor das Entfernen der Sperre veranlaßt hatte. Im Sturmschritt war er den langen Weg über das Halbrund der Mole und über die Hafenstraße herangeeilt.

Folke kannte Benno Wachhauptmann, und er kannte auch das Ritual, das nun folgen würde, genau wie die Bevölkerung der Stadt, von der sich mittlerweile so viele Einwohner auf dem Steg drängten, daß er schwankte und das Holz knarrte. Während Hauptmann Benno die fremden Seeleute begrüßte

und ihnen erklärte, daß die Stadt unter dem Frieden des Schwedenkönigs Knuba und unter der unmittelbaren Aufsicht seines Wikgrafen stehe und daß Fremde sich widerspruchslos diesem Frieden zu beugen hätten, fingen die vier Soldaten an, die Neugierigen langsam und beharrlich vom Steg auf das Ufer zurückzudrängen. Um Folke machten sie einen Bogen, weil sie von seinen guten Verbindungen zum Wikgrafen wußten.
Der Schiffsführer war ein großer, kräftiger Mann in einem grauen Wams mit Kapuze. Er richtete seine stahlblauen Augen unter den buschigen weißblonden Augenbrauen unverwandt auf Benno, als müßte er genau hinhören, um ihn zu verstehen, – und das konnte gut sein, denn Benno war Sachse und hatte sein Dänisch nicht schon am Rockzipfel seiner Mutter gelernt. Endlich war Benno mit der Erklärung fertig.
»Das wird wohl so sein«, stimmte der Schiffsführer uninteressiert zu, »aber wir haben weder Waren bei uns, noch möchten wir welche kaufen. Wir sind auf dem Rückweg nach Skiringssal im Süden des Norwegerlandes und sind hier nur eingelaufen, um mit Kaufmann Högni zu sprechen.«
Folke zeigte seine Überraschung nicht. Von wo mochten die Norweger kommen? Vom Westen sicher nicht; da hätte man von Rückweg nicht sprechen können. Also von Osten. Aber auch da gab es kaum einen Schiffahrtsweg in den Oslofjord, der nicht näher und bequemer gewesen wäre als der über Haithabu.
»Wer bist du, und für wen führst du dieses Kriegsschiff?« fragte Benno, der langsam, aber gründlich war.
Der Schiffsführer wollte aufbrausen, aber dann besann er sich. »Es ist dein gutes Recht zu fragen. Ich«, sagte er und hob die Stimme, so daß die Zuschauer am Ufer ihn gut verstehen konnten, »ich bin Hjalti aus der Sippe Olafs, und ich führe den ›Grauen Wolf‹ für Geirmund auf Geirstad.«

Von Geirmund hatte Folke schon gehört. Er war ein Gaukönig in Südnorwegen. Große Taten dieses Gaukönigs waren jedoch noch nicht berichtet worden. Und Hjalti war ihm unbekannt.
Benno schien es ähnlich zu gehen. Er nickte gleichmütig. »Du hast einen weiten Weg auf dich genommen, um mit einem Mann zu sprechen, der nicht da ist. Högni ist in diesem Sommer in Birka.«
Högni, der größte Kaufmann von Haithabu: zu ihm kam man nicht um einer Kleinigkeit willen. Geirmund mußte Kostbarkeiten zu verkaufen haben, dachte Folke, während er den Fremden nicht aus den Augen ließ.
»Seine Sippe erwartet ihn mit jedem Tag zurück«, fügte Benno hinzu.
»Ich werde ihn finden«, sagte Hjalti kurz, und damit war für ihn die Angelegenheit erledigt. »Benno Wachhauptmann, ich habe einen verletzten Mann an Bord. Wir hatten einen Zweikampf. Gibt es bei euch eine heilkundige Frau?«
Benno zögerte und nickte dann Folke zu. Folke trat vor, und Hjalti richtete seinen ein wenig starren Blick auf ihn. »Ich bin Folke Björnssohn von der Bärensippe auf dem Bärenhof zu Missunde. Meine Mutter Aasa ist für ihre Heilkunst in der Gegend bekannt.«
Hjalti schüttelte ein wenig unzufrieden den Kopf. »Wie lange dauert es, sie vom Bärenhof herzuholen? Mein Mann wird den Tag vielleicht nicht überleben.«
»Sie ist hier in Haithabu«, versicherte Folke. »In wenigen Minuten kann sie hier sein.«
»Es wäre gut«, murmelte Hjalti.
Folke stürmte davon, ohne auf Hjaltis Entscheidung zu warten. Immer noch waren bei ihm Herz und Kopf schneller als Überlieferung und Sitte.
Benno sah ihm zufrieden nach. Diese Gäste, denen man den

Willkomm hatte aussprechen müssen, auch wenn sie keine Kaufleute, sondern Krieger eines fremden Königs waren, würden nicht erzählen können, man habe sie aus Haithabu fortgeschickt. Auf den Ruf der Stadt war König Knuba bedacht und in seinem Namen der Wikgraf; und vom Wikgrafen bekam er, Benno, der sächsische Krieger, der sich trotz seiner Fremdheit unter den Dänen und Schweden zu einem geachteten Mitglied der Stadt emporgearbeitet hatte, seine Befehle. Folke mußte man nicht lange erklären, was nottat. Vielleicht hielt der Wikgraf seine Hand über Folke, weil dieser flink im Kopf und auf den Beinen war. Ganz genau wußte Benno darüber nicht Bescheid. Aber er wäre der letzte gewesen, Folke daran zu hindern, beides zu gebrauchen.
Es dauerte nicht lange, da meldeten die atemlosen kleinen Jungen, die sich mit blitzenden Augen als freiwillige Späher und Läufer betätigten, daß Aasa unterwegs sei.
Hinter Aasa, die sich kaum Zeit genommen hatte, ihre Tunika überzuwerfen, kam Folke. Er drängte sich entschlossen zwischen den Leuten auf dem Ufersteg durch, und als diese Frau Aasa erkannten, machten sie bereitwillig Platz. Hjalti, ein Mann, der seinen Nutzen zielsicher abzuwägen pflegte, wußte sofort, daß Frau Aasa die richtige war, sich um seinen kranken Mann zu kümmern. Eine edle Frau aus guter Sippe. Das hatte er beim Anblick des einfachen Handwerkers im Arbeitswams nicht erwartet.
Aasa sah zum Schiffsführer hinauf. Die Schlei führte nach regnerischen Tagen viel Wasser, und das Drachenboot schwamm hoch auf. »Könnt ihr den Mann nicht herausheben? Ich bin eine alte Frau und klettere nicht gerne auf Booten herum.« Nun sah Aasa nicht so alt aus, wie sie tatsächlich war, denn ihr Gesicht war immer noch faltenlos, und in Haithabu hätte die Höflichkeit unter Kaufleuten es erfordert, daß Hjalti widersprach.

Aber die Männer waren keine Kaufleute, sondern norwegische Krieger, und Hjalti bot an: »Wir heben dich herein.«
Ehe Aasa sich's versah, hatte ein Ruderer sie umfaßt und auf starken Armen in das Schiff geschwenkt. Da er dies in aller Ehrerbietigkeit tat, gab es keinen Grund zu protestieren. Aasa verschwand aus dem Blickfeld ihres Sohnes.
Weder die Wachleute noch Folke konnten beobachten, was im »Grauen Wolf« vor sich ging, aber sie hörten die Schiffsleute still werden. Kurz darauf trat Aasa bereits zu Hjalti an die Bordwand.
»Hjalti Olafssohn«, sagte sie mit weittragender Stimme, »die Verwundung deines Mannes ist so schwer, daß ein weiterer Tag an Bord ihn umbringen wird. Ich möchte, daß ihr ihn in Thorbjörn Bootsbauers Haus bringt. Er wird wochenlange Pflege benötigen – wenn dir daran liegt, ihn zu behalten.«
Und während sie auf Hjaltis Zustimmung wartete, fügte sie so leise hinzu, daß die Neugierigen am Ufer sie nicht hören konnten: »Seit wann tragen Krieger eines Königs Zweikämpfe mit Keulen oder Steinen aus?«
Die Nasenlöcher des Schiffsführers blähten sich zornig, aber wenn Wikinger keine Zweikämpfe mit veralteten Waffen austrugen, so auch nicht mit den Frauen ihrer Gastgeber.
»Geirmund würde es mir nicht lohnen, wenn ich von einer friedlichen Fahrt mit wesentlich weniger Männern zurückkehre, als ich ausgefahren bin«, sagte er mit heiserer Stimme, ohne die Frage zu beantworten. »Deshalb hoffe ich, daß du mir meinen Mann geheilt zurückschickst.«
Aasa nahm es als Zustimmung, den Mann mit sich zu nehmen, während Folke sich fragte, ob Hjalti vielleicht noch mehr Männer abhanden gekommen waren. Aber für Überlegungen blieb keine Zeit, Aasa winkte ihn zu sich. »Er muß lang ausgestreckt getragen werden«, sagte sie. »Keinesfalls darf sein Kopf mehr als notwendig bewegt werden.«

Folke nickte. Er hatte seiner Mutter schon öfter geholfen und wußte, worauf es ihr ankam. Ohne seine Anordnungen würde sich wahrscheinlich einer der Männer den Verletzten über die Schulter werfen und wie einen Sack Mehl in Thorbjörns Haus abladen.
Während Aasa bereits nach Hause eilte, um ihre Vorkehrungen zu treffen, wandte Folke sich an Hjalti, der wie angenagelt an der Bordwand stand.
»Erlaubst du mir, an Bord zu kommen?« fragte er höflich, wartete jedoch die Antwort gar nicht ab, sondern stemmte sich an der niedrigsten Stelle der klinkergebauten Bordwand hoch.
Einige Männer standen flüsternd bei dem Verletzten. Folke verstand sofort, was seine Mutter gemeint hatte. Der Schädelknochen des Mannes war an der linken Schläfe von einem rundlichen Gegenstand eingedrückt worden. Die Haut war blauschwarz verfärbt und Strähnen des gelben Haares in Blut getaucht. Obwohl Folke nah zu ihm trat, konnte er doch keinen Atem mehr in dem Mann hören, aber das wußte natürlich seine Mutter besser. Er lebte noch, aber es war wohl eher Mitleid als Hoffnung auf Heilung, was sie bewog, ihn zu behandeln.
Folke ging zur Reling zurück und beugte sich über die Schilde.
»Du mußt mir eine Pforte oder ein breites Brett besorgen«, bat er den Wachhauptmann Benno.
Dieser befahl zwei Soldaten zu sich und holte in kurzer Zeit aus einem Packhaus am Ufer eine Tür.
Auf dieses Brett hoben die Norweger sanft den Rudersmann, der immer noch kein Lebenszeichen von sich gab. Folke band ihn mit Tauen fest, damit er beim Heben über die Bordwand nicht herunterrutschte, und dann trugen ihn zwei seiner Kameraden zum Hof von Thorbjörn.
Als sie den Mann auf das Fellbett hinüberhoben, hatte Aasa

schon warmes Wasser in einer Schüssel bereit, und Lappen und Salbentopf standen auf einem Hocker. Sie sah angesichts der großen Aufgabe, die sie auf sich genommen hatte, so ernst und weise aus, daß die Männer auf Zehenspitzen aus dem Haus schlichen, sogar Folke, der doch hier zu Hause war.

»Ist deine Mutter aus königlichem Geschlecht?« fragte der jüngere von beiden. Er hatte noch einen sehr dürftigen Bartwuchs. Wahrscheinlich war es seine erste Fahrt.

»Oder eine Zauberin?« setzte der andere nach, der Frodi hieß, und blickte etwas mißtrauisch durch die Tür zurück ins Haus, in das gerade noch mehr Wasser geschleppt wurde. »Will sie ihn ertränken?«

Folke ertappte sich dabei, daß er überlegen lächelte. Er war sicherlich nicht viel älter als der junge Ruderer und weiser schon gar nicht. Aber sie kamen ihm beide etwas hinterwälderisch vor. »Meine Mutter Aasa hat großes Heil in ihren Händen«, belehrte er sie. »Die Heilkunde ist ihr von ihrer Muttersmutter verliehen worden. Und diese galt im ganzen Sveareich als die größte Heilerin.«

»Oh«, sagte der junge Norweger ehrfürchtig. Vor allem der Hinweis auf das schwedische Königreich flößte ihm große Hochachtung ein.

Der Ältere aber traute den Leuten hier im Süden nicht. Nur seinem Schiffsführer Hjalti Olafssohn, der wie er aus den Wäldern des Nordens stammte, und König Geirmund. Störrisch blieb er auf dem Hof stehen.

Folke wartete auf ihn. Er schnaubte verächtlich. Zauberin! Er wußte nicht, was sie in Norwegen mit Zauberin meinten. Hier in Haithabu gehörten Zauberinnen nicht zu den ehrenwerten Frauen, und für die Christen in der Stadt waren sie sogar vom Teufel besessen.

»Bei uns hat Geirmund auf Geirstad das höchste Heil«, beharrte Frodi, denn er wollte nicht, daß der Däne glaubte, er

diene einem Mann, der etwa kein Heil hätte. »Er ist ein großer Heiling.«
»Für unsere Kranken findest du keinen größeren als Frau Aasa.«
Als die beiden Norweger merkten, wie unbeirrbar Folke blieb, gingen sie mit ein wenig mehr Zuversicht, als sie gekommen waren. Folke sah den Männern nach. Auf Land schienen sie ein wenig ungelenk – wie Bären, die nach der Winterzeit zum ersten Mal ihre Höhle verlassen. Sie mußten lange auf See gewesen sein.

Während Aasa sich um den Verletzten kümmerte, trank Folke einige Schlucke Warmbier und trabte dann gemächlich zur Werft zurück. Er hatte seine Neugier gestillt; nun mußte er sehen, wie ihr Schiff zu einem guten Bauende kam. Es würde mindestens so schön werden wie das norwegische Drachenboot.
Der Drachenkopf steckte schon fest, als Folke zwischen den Schuppen auf den Bauplatz trat. Aber ganz zufrieden war der Stevenschnitzer nicht. Mit einem verärgerten Grunzen hebelte er den Kopf wieder heraus und arbeitete mit dem Stechbeitel noch ein wenig nach. Thorbjörn, der Folke kommen sah, lächelte und hob die Schultern. Es ging anscheinend nicht so gut voran. Um so besser, dachte Folke, dann hatte er nichts versäumt. Danach berichtete er seinem Vaterbruder, was am Hafen passiert war.
»So, so«, sagte Thorbjörn nachdenklich, »die haben also einen Ruderer weniger jetzt.«
»Ja«, stimmte Folke zu und wunderte sich: das war nicht, worauf es ihm ankam. Für ihn war viel bemerkenswerter, was seine Mutter festgestellt hatte. »Was meinst du, mit wem der Mann gekämpft haben könnte?«
»Ein Zweikampf war es vielleicht, aber nicht innerhalb der

Besatzung eines Königsschiffes, da hat Aasa recht. Ich wüßte keinen Nordmann, der solche armseligen Waffen noch benutzt. Wahrscheinlich haben sie mit Slawen gekämpft. Es ist schließlich auch nichts Besonderes, mit diesen Leuten aneinander zu geraten.«

Das leuchtete ihm ein. Und doch war er nicht ganz zufriedengestellt. Warum hatte der Schiffsführer es für nötig gehalten zu lügen?

»Folke«, sagte Thorbjörn entschlossen, »was würdest du dazu sagen, auf See zu gehen?«

»Eine Seereise? Jetzt, kurz vor Winterbeginn?«

Thorbjörn kraulte seinen Bart, wo er am dichtesten war und zuweilen die Haut ein wenig juckte. »Genau das. Eine Seereise. Ich will dich bald wieder hierhaben, sobald ich das neue Schiff auf Kiel lege. Aber bis dahin . . .« Er verstummte und schien zu überlegen, während Folke strahlte, als er merkte, worauf Thorbjörn hinauswollte. »Ich werde mit Hjalti Olafssohn reden. Nun, wo er einen Ruderer verloren hat, könnte er dich vielleicht gut gebrauchen. Ich wäre wirklich neugierig zu erfahren, ob norwegische Boote aus Kiefer sich anders segeln als dänische Boote aus Eiche. Und es ist nicht die schlechteste Ausbildung, zum Handwerk auch die See zu allen Jahreszeiten zu kennen. Njörd macht, wozu er Lust hat, aber der Steuermann und der Schiffbauer müssen wissen, was er will.«

Das stimmte. Der Gott des Meeres war nicht berechenbar, aber man konnte doch lernen, mit ihm auszukommen. Und schon oft hatte Thorbjörn davon geredet, daß Folke nicht nur die eigenen Schiffe, sondern auch die der anderen Nordleute kennenlernen sollte. Schließlich hatte jeder Schiffbauer sein Steckenpferd. Die unterschiedlichen Bauweisen vergleichen, das Beste übernehmen und das Unbrauchbare verwerfen, so dachte Thorbjörn, und das hatte er Folke bereits am

Anfang seiner Lehre eingeprägt. Er war stolz auf seine Schiffe. Und daher würde Folke nicht nur zur eigenen Bereicherung unterwegs sein, sondern seine Erfahrungen würden der Werft zugute kommen und ihren gemeinsamen Ruhm erhöhen.

Deshalb und weil es ihm auch Spaß machen würde, auf einem schnellen Schiff zu fahren, nickte Folke.

Als er sich abends bei seiner Mutter erkundigte, wie es dem Norweger ging, tat es ihm nur in Maßen leid zu hören, daß dieser weiterhin reiseunfähig sein würde. Hild, die Frau Thorbjörns und Schwägerin von Aasa, schwieg und machte ein mürrisches Gesicht, als Aasa über den Verwundeten sprach. Es war nicht das erste Mal, daß man ihr Kranke ins Haus trug, wenn Aasa sich hier aufhielt, aber einverstanden war sie damit nicht. Es gab immer Unruhe und Schmutz, wenn Krieger durchs Haus stapften.

Folke schöpfte sich einen Schlag Suppe in die Schale und spähte zum Lager des Kranken hinüber. Der Mann war so unter Decken verborgen, daß er nichts von ihm erkennen konnte, und er rührte sich auch nicht.

»Er hat ein einziges Mal gestöhnt«, bemerkte Aasa und setzte sich mit ihrem Teller auf einen Hocker, der neben dem Feuer stand.

»Ist das gut oder schlecht?« fragte Folke.

»Einer, der stöhnt, ist immerhin nicht tot«, bemerkte Hild spitz.

»Ich weiß nicht«, antwortete Aasa ihrem Sohn mit einem Seufzer, »in diesem Fall weiß ich es einfach nicht. Sein Schädel scheint an der Seite zertrümmert. Viel Leben ist nicht mehr in ihm.«

Hild ließ sich in ihrem Haus nicht übergehen, obwohl Aasa bestimmt nicht verletzend sein wollte. Ihr Rücken wurde steif vor Zorn, aber im Halbdunkel des Raums sah es nur Folke, der immer noch hinter ihr stand. »Ich verstehe gar nicht, daß du dir solche Mühe gibst, Aasa. Wenn er im Kampf verwundet wurde, wie man mir sagte, und du ihn in Ruhe läßt, wird er morgen schon an Odins Tafel sitzen und nicht in einem nassen, kalten Schiff. Danken wird er's dir nicht, daß du ihm diesen Lohn verweigerst, und zu Recht!«

Auf Aasas langen Rock flog ein Funken. Sie schlug ihn schnell aus, während sie nachdachte. Sie war nicht beleidigt. Hild war manchmal schneller mit den Worten als mit ihrem Verstand. Und dennoch – oft schon hatte auch sie sich Gedanken darüber gemacht, warum sie Schwerverwundete zu retten versuchte. Die Toten hatten es bestimmt nicht schlechter als die Lebenden. »Ich glaube, ich muß es einfach tun, weil mir das Heil gegeben ist«, antwortete sie leise.

Nun wurde Hild erst recht ärgerlich. Das Heil! Immer wieder wies Aasa sie darauf hin, aus welcher guten Familie sie kam und wieviel Heil sie mitbrachte, und jedesmal erhob sie sich damit weit über Hild, deren Vater ein einfacher Bauer war. »Ich hätte mir denken können, daß es hauptsächlich um deinetwillen geschieht«, sagte sie laut, so daß Thorbjörn am anderen Ende des Raums sie mit Sicherheit gut verstehen konnte. »Um Ruhm auf dich selber zu häufen.«

Thorbjörn zog sein Wams vom Haken und verzog sich nach draußen. Einem beginnenden Streit der Frauen wollte er lieber aus dem Wege gehen, zumal er doch nicht verhindern konnte, daß Hild sich später bei ihm beklagte.

Folke sah seine Mutter erschrocken an. Aber diese war der Mißgunst ihrer Schwägerin, die von Zeit zu Zeit aufflackerte, durchaus gewachsen. »Man wird über die Frauen unserer Sippe nur Gutes sagen, Hild«, mahnte sie leise, »auch von dir.«

Aber Hild hatte ein hartes Gemüt und war nicht so leicht zu versöhnen.

Aasa machte sich schon für die Nacht zurecht, als Thorbjörn endlich wiederkehrte. Er brachte einen Schwall kühler Luft ins Haus hinein, und die Tür schlug mit einem Knall gegen die Wand.
»Es frischt auf«, bemerkte Thorbjörn unnötigerweise, und er sagte es nur, um seine Freude nicht allzu deutlich zu zeigen. »Dann wird Folke morgen guten Segelwind haben.«
»Wirklich?« fragte Folke überrascht.
»Du bist an Bord des ›Grauen Wolf‹ willkommen«, bestätigte Thorbjörn froh. So sicher war er gar nicht gewesen, daß Hjalti zustimmen würde, aber nun war alles zu seiner Zufriedenheit geregelt. »Übrigens wird noch ein weiterer Ersatzmann mitfahren. Sie konnten noch einen gebrauchen. Ein Mann starb unterwegs.«
»Wer ist das?« fragte Folke neugierig. Wenn er hier aus Haithabu war, kannte er ihn.
Aber das wußte Thorbjörn nicht. Und da es mehr dazu nicht zu sagen gab, versorgte Hild das Herdfeuer, und sie gingen zu Bett. Folke, der am nächsten Morgen in aller Frühe statt zur Werft auf ein Kriegsschiff steigen würde, kroch gedankenvoll unter seine Felle.

Am nächsten Morgen wehte ein frischer Wind. Er hatte gedreht und kam jetzt genau aus der richtigen Richtung, um den »Grauen Wolf« in rauschender Fahrt auf das Meer hinauszuwehen. Folke spürte es schon, als er noch auf seinem Lager lag und Windstärke und Richtung am Knarren des Hausgebälks abschätzte und an der Heftigkeit, mit der die Windstöße das Herdfeuer mitten im Haus aufflackern ließen. Dann sprang er auf. Es war höchste Zeit. Draußen war bereits heller Tag. In aller Eile verstaute er Gamaschen und Winterwams in einem Beutel, dazu ein paar Werkzeuge, die er auf den Rat von Thorbjörn aus der Werkstatt mitgenommen hatte, nahm sich kaum Zeit, sich von seiner Mutter und Hild zu verabschieden und am Brunnen ein wenig Wasser auf die Sommersprossen zu spritzen, dann rannte er hinaus auf den Hof und die Straße zum Hafen hinunter. In ein paar Tagen würde er wieder hier sein, da brauchte niemand große Abschiedsworte zu machen. Mit viel Glück würden sie Skiringssal in fünf Tagen erreichen, und bestimmt fuhr bald ein Schiff nach Süden – alles in allem würde er wohl nicht länger als einen halben Monat fort sein.

Der »Graue Wolf« lag noch an Kaufmann Högnis Steg, jedoch war er bereits gedreht worden und richtete seinen Bug schon sprungbereit zur Hafenöffnung.

Folke grüßte und wurde an Bord gebeten. Dann richtete er Aasas Botschaft aus. Sie hatte gesagt: »Der Mann wird die Verwundung überleben. Sein Geist ist wieder zurückgekehrt, und er spricht schon einige Worte. Aber er kann nichts sehen.«

Die Männer, die bei Folkes ersten Worten munter auf die Schilde geklopft hatten, verstummten entsetzt. Blind: das war schlimmer als tot.

Hjalti nickte. »Ich danke dir für deine Mühe. Wenn es so ist, wollen wir hoffen, daß die Todesgöttin Hel ein Einsehen hat und ihn nicht von sich weist.« Dann wandte er seine Aufmerksamkeit wieder den Männern zu, die eben mit den gefüllten Wasserfässern zurückkehrten.

Als Hjalti nichts mehr sagte, zuckte Folke die Schultern und sah sich auf dem Schiff um.

Es war nicht sehr lang, auf ungefähr siebzig Fuß schätzte Folke es, und dabei nur siebzehn oder achtzehn Fuß breit. Völlig schmucklos war das Schiff, aber es war fest gebaut, sauber beplankt und ordentlich kalfatert, soweit er sehen konnte. Plötzlich freute er sich unbändig auf die Fahrt.

Die Männer saßen zum Teil bereits auf ihren Ruderbänken.

Aber sie schwatzten miteinander, und noch waren die Ruderpforten verschlossen. Es sah nicht so aus, als ob der »Graue Wolf« gleich ablegen würde. Folke suchte sich eine freie Bank und setzte sich ebenfalls. Zwischen zwei roten Kriegsschilden konnte er hindurchspähen, ohne daß man ihn selber sah.

Auf dem Steg am Ufer standen bereits wieder die Haithabuer und beobachteten, was vor sich ging. So geschäftig die Stadt im allgemeinen auch war, wenn Wagen mit Waren von Hollingstedt ankamen oder ein Schiff – da war sofort die halbe Stadt auf den Beinen, um beim Ausladen zuzusehen. Folke grinste. Wo wäre er wohl, wenn er nicht hier säße? Wahrscheinlich hätte ihn zufällig ein dringendes Anliegen aus der Werft in den Hafen geführt.

Einige Leute auf der Straße, die von der Nord-Süd-Achse der Stadt zum Hafen abzweigte, fesselten seine Aufmerksamkeit. Sie schritten feierlich die Straße herab, als ob sie einen Toten in sein Grab geleiteten. Die Männer hatten die Köpfe stolz erhoben, als stammten sie aus der vornehmsten Sippe von Haithabu, aber als sie näher kamen, kannte Folke sie überhaupt nicht.

Nur einer der Männer war anders. So sieht einer aus, der außer dem Leben alles verloren hat, dachte Folke. Zu seinem Erstaunen bogen die vier Männer um die Ecke und hielten geradewegs auf den »Grauen Wolf« zu. Da fiel es ihm wie Schuppen von den Augen: das war natürlich der andere, der ebenfalls einen Ruderer ersetzen sollte.

So war es. Wortlos lieferten die drei älteren Männer den vierten bei Hjalti ab; dieser nickte, und daran merkte Folke, daß alles verabredet war. Breitbeinig, die Daumen in den Gürtel gehakt, sahen sie unbewegt zu, wie ihr Mann über die Bordwand kletterte, wo man für ihn einen Schild weggenommen hatte, denn er sah nicht wie ein guter Springer aus.

Gleichgültig blickte sich der Neuankömmling um, und Folke bemerkte, daß er dem Ältesten wie aus dem Gesicht geschnitten schien. Er hatte einen schmalen Kopf, eine wulstige Narbe quer über der Wange bewies, daß er seine eigenen Kämpfe ausgetragen hatte. Die farblosen Augenbrauen und die rötlichen Wimpern über den hellgrauen Augen ließen ihn Hilds Hausschwein ähnlich sehen. Die vorstehenden Lippen aber waren viel zu weich für den Eber in ihm.

Der Mann stand mit hängenden Schultern auf dem Platz, an dem er unbeholfen ins Schiff gekrochen war. Daß ihm sein weißer bäuerlicher Schild nachgereicht wurde und die Ruderer bei dessen Anblick spöttisch auflachten, merkte er gar nicht. Der Holzschild blieb unbeachtet an der Bordwand stehen. Eine Weile wußte der Mann nichts mit sich anzufangen. Endlich sah er fragend zu Hjalti auf.

Hjalti verzog das Gesicht und wies herrisch auf eine Ruderbank, die weit vorne im Schiff lag. Der Mann machte sich auf den Weg, umrundete die Bänke und ausgestreckten Beine und kletterte über die Ruder, die noch nicht ausgefahren waren. Folke sah ihm nach.

»Das gilt auch für dich«, schnauzte Hjalti, und als Folke verdutzt zu ihm hinblickte, merkte er, daß er selber gemeint war.

Hastig sprang er auf und folgte dem Neuen, so schnell es ging. Er war gar nicht froh festzustellen, daß er mit ihm zusammen rudern sollte. Vorgestellt hatte er sich als Banknachbarn einen weit gefahrenen Krieger, der viel erzählen konnte, nun bekam er einen zweifelhaften Weichling aus dem Hinterland von Haithabu. Mit saurer Miene legte Folke Sax und Schild neben sich und setzte sich auf der kurzen Bank so weit weg von ihm, wie es ging, aber da hatten ihre Beine immer noch Tuchfühlung.

Während die Männer in der größten Breite des Schiffes die

Ruder bereits durch die Pforten steckten, stellte der Nachbar sich leise als Sven vor, und das entging Folke beinahe, weil er sich um sein eigenes Ruder bemühte.
Sein Hintermann knuffte ihn sachte in die Schulter. »Wir nicht«, sagte er. »Warte noch.« Dankbar, daß er jemanden in der Nähe hatte, der ihm Ratschläge geben wollte, drehte sich Folke um. Hinter ihm saß ein dürrer älterer Krieger mit einer runden grünen Kappe auf dem Kopf. Seine umherschweifenden Augen schienen die Ruderer ständig zu überwachen. »Du wirst es merken, wenn es soweit ist. Ich bin Hrolf, der Wachführer der Steuerbordseite.«
Folke saß an Steuerbord. Folglich sollte er tun, was Hrolf ihm befahl, hieß das. Folke war es recht. Dann erst merkte er, daß neben diesem Hrolf der junge Mann saß, der den Verletzten gebracht hatte – vor ihm selber aber der mißtrauische Frodi, dessen gewaltige Nase gerade das Wetter zu erschnüffeln suchte. Auch sie rührten sich nicht.
Folke nahm die Gelegenheit wahr, während des Ablegemanövers die Zuschauer auf dem Steg und an Land zu beobachten. Sein Blick erfaßte Svens drei Begleiter. Als sie den Kopf ihres Schützlings über den Schilden sahen, verzogen sich ihre starren Mienen nicht um Haaresbreite. Sie wollten wohl nur sicherstellen, daß ihr Verwandter nicht mehr an Land entwischen konnte, bevor sie steifbeinig fortgingen.
Und dann tauchte Thorbjörn auf dem Steg auf, und im Gegensatz zu den drei Fremden hob er den Arm und winkte und rief Folke laut »Gute Reise und guten Wind!« zu, und anders hatte Folke es auch nicht erwartet. Froh winkte er zurück, und noch an der Hafeneinfahrt konnte er Thorbjörns derbe Hand von den anderen Händen unterscheiden. Das letzte, was er von Haithabu sah, war Hauptmann Benno, der am Molenkopf die Freigabe der Hafeneinfahrt beaufsichtigt hatte und ihm nun zuzwinkerte, als er unter ihm vorbeirauschte.

Folke hätte am liebsten seine Freude laut herausgebrüllt, als der »Graue Wolf« Fahrt aufnahm, aber das traute er sich denn doch nicht. Und dann waren sie plötzlich draußen in der Schlei, und viel zu heftig fuhr er endlich sein Ruder durch die Verschlußöffnung und legte los. Zum Takt, den der Steuermann ganz hinten ausrief, ruderte er das erste Mal in seinem Leben auf einem Kriegsschiff und war voller Erwartung.

2 Der »Graue Wolf«

Kaum hatte Folke beim Rudern den Takt gefunden und sich mit Sven im engen Vorschiff wegen des Platzes geeinigt, gab Hjalti am Steuer schon einen neuen Befehl, den Folke nicht verstand. Wie die anderen Männer, die vor ihm am Bauch des Schiffes saßen, ließ er sofort das Ruder ruhen.

»Die Vorschiffmänner nicht«, brummte Hrolf einsilbig, und Folke nahm sofort das Rudern wieder auf. Sven hob kaum den Kopf.

Alle Mann außer den Bankreihen im Bug beteiligten sich am Setzen des Segels. Folke versuchte, weiterhin den Takt zu halten und trotzdem zwischen seinen Haaren hindurch auf die anderen Männer zu lugen, die ihre Ruder verstauten und sich dann über die Rah und das Segel hermachten. Alles hatte seine Ordnung: keiner der Männer hastete unnötig herum, und jede Bewegung war berechnet. Binnen kurzem stieg die Rah mit dem Segel in die Höhe. Als es ausgeschüttelt wurde und sich entfaltete, krängte der »Graue Wolf« bis zum Schanzkleid. Noch während die Männer das Segel an Schoten, Brassen und Bulinen festsetzten, schoß er los.

Ganz von selbst hatte Folke mit Rudern aufgehört, denn so schnell, wie ihr Schiff jetzt über das Wasser flog, konnte kein Mensch es durch Rudern in Fahrt halten. Der Wind blies kräftig, aber hier, im hintersten Ende der Schlei, wurden kaum Wellen aufgeworfen, und so gab es außer Njörd niemanden, der den »Grauen Wolf« hätte aufhalten können.

Die Geschwindigkeit verschlug Folke den Atem, und hastig verstaute er das Ruder, wie sein Hintermann es anordnete.

»Das gilt auch für dich«, sagte Hrolf, und Folke bemerkte erst jetzt, daß Sven, den Ruderschaft in der Hand, mit gesenktem Kopf dasaß.

»Warum?« flüsterte Sven und blickte endlich auf, so daß Folke ein wenig mehr von ihm erkennen konnte als die aschblonden Haare. »Wir müssen ja doch gleich wieder rudern!« Er spuckte die Worte fast aus und betrachtete sein Ruder so widerwillig, daß Folke sofort klar wurde: Sven war nicht freiwillig an Bord. Freude hatte er beim Rudern nicht.
»Kennst du diesen Fjord denn nicht, obwohl du in der Gegend lebst?« fragte Hrolf spöttisch, und Folke gab ihm im stillen recht.
Sven hätte wissen müssen, daß es bei dieser Windrichtung nichts mehr zu rudern geben würde, und bei einigem Glück nicht einmal auf See. Denn die Nordostrichtung würden sie vor dem Wind einhalten, bis sie kurz vor dem Steilufer von Erri standen, und auch dann würden sie mit halbem Wind an der Insel bis zu ihrem Nordende entlangsegeln bis Visby, ihrem Tagesziel. Aber nicht jeder war für die See geboren.
Über ein paar andere Dinge aber wußte Sven Bescheid. Ohne, daß er sich viel umtat, fragte er plötzlich fast vorwurfsvoll: »Wie kommt es, daß ein norwegisches Schiff mit fremdländischen Hölzern geflickt ist?«
Folke wußte überhaupt nicht, was er meinte, aber Hrolf hatte verstanden: »Flickwerk würde ich dazu nicht sagen. Die Ruderbank ist uns teuer zu stehen gekommen. Sie ist unter einem sächsischen Felsen zusammengebrochen.«
»Und der Mann darauf?«
»Den haben wir zusammen mit seinem Felsen im Sachsenland begraben.«
Folke überlief es kalt bei dem Gedanken, daß er auf der Bank eines Toten saß. »Und gleichzeitig wurde der Mann verletzt, den ihr bei meiner Mutter zurückgelassen habt«, stellte er fest, um sein Unbehagen abzuschütteln.
Zu seiner Überraschung verneinte Hrolf. »Das war schon vor zwei Sommern.«

»Mir wäre auch lieber«, sagte Frodi über Folkes Kopf hinweg zu Hrolf, »Aslak hätte die Losstäbe geworfen. Das Glück war in letzter Zeit nicht gerade mit uns.«
Der Wachführer nickte behäbig, sagte jedoch nichts. Und Folke dachte erschrocken, daß dann ja bereits zwei Leute auf dieser Bank zu Tode gekommen waren, und obendrein hatte es einen Schwerverletzten gegeben. Das war keine gute Bank zum Rudern. Und dann wunderte er sich, daß Sven das Buchenholz sofort erkannt hatte. »Du bist doch nicht Bootsbauer?« vergewisserte er sich mißtrauisch, und Sven schüttelte den Kopf.
»Bogenmacher.«
Da Folke der Unterhaltung mit einem so maulfaulen Kerl nichts abgewinnen konnte, schwang er die Beine auf die andere Seite der Bank und sah nach hinten. Nur wenige Männer hatten jetzt besondere Aufgaben zu erledigen. Alle anderen machten es sich bequem.
»Wir sind die Bergwache«, schnarrte Hrolf neben seinem Ohr. »Du wirst mich nachher ablösen. Die Steuerbordmänner unter dem Segel haben die Festmacherwache, die Achterschiffmänner an Backbord das Ösen im Hafen und die Backbordmänner unter dem Verklicker die Ruderwache. Wir wechseln uns ab, wie die Sonne läuft.«
»Bergwache?« Folke war verblüfft.
Hrolf verzog sparsam das Gesicht. »Ausguck. Sundwache. Ihr nennt es Sundwache. Bei uns gibt es keine Sunde, nur Berge.«
»Ach so«, sagte Folke beruhigt. Also nichts, was ihm nicht schon bekannt war. Die Wachen waren bei den Norwegern wie bei allen anderen Schiffen eingeteilt. »Gutes Segelwetter!« sagte er zufrieden zu Hrolf und konnte über dessen Schulter hinweg erkennen, daß sie sich bereits der Enge von Stexvig näherten.

Hrolf, der selten überschwenglich war, nickte. Dann stellte er sich an die Bordwand. Es wurde Zeit für ihn. Zwar war die Schlei fast überall tief und gut zu befahren, aber an manchen Stellen brauchte der Steuermann Hilfe, so wie hier.

Das Ufer kam von beiden Seiten rasch näher. Mitten im Fahrwasser schienen überall Pfähle zu stehen, und zwischen ihnen trieben schemenhaft die zusammengeketteten Baumstämme, mit denen das Fahrwasser rasch gesperrt werden konnte. Ein Durchlaß für ausfahrende Boote blieb jedoch immer offen.

Der »Graue Wolf« schwankte ein wenig. Sven hielt sich schnell an der Bordwand fest. Folke lächelte, und sein Blick begegnete dem ein wenig spöttischen von Hrolf, der es auch bemerkt hatte.

Die Reihe der kräftigen Pfähle erstreckte sich von der Halbinsel auf der Nordseite der Schlei bis zu den Häusern des Weilers Stexvig auf der Südseite, ohne eine ersichtliche Lücke freizugeben. Die armseligen Hütten aus Grassoden waren nur wenige Schiffslängen von ihnen entfernt; zwischen den Büschen schimmerte ein Reetdach durch, und der Rauch eines Kochfeuers verwirbelte über einem anderen Häuschen. An einer kleinen Landestelle hüpften ein paar Jungen herum, warfen die Hände in die Höhe und schrien gellend.

Die meisten Männer waren aufgesprungen, sie vibrierten plötzlich vor Nervosität. Folke wollte in seiner Verwirrung schon zu den Waffen greifen.

»Man sieht aber auch gar nichts!« fauchte Hrolf zornig und versperrte Folke die Sicht auf die Feinde, weil er wie ein Hase von der einen Seite auf die andere sprang.

Da merkte Folke erst, was los war. »Du meinst, euer Hjalti kennt die Durchfahrt nicht?« fragte er leise über Hrolfs Schulter hinweg.

Jäh drehte Hrolf sich um. »Siehst du denn nicht, daß Hjalti da durch will wie ein Wagenlenker, dem die Ochsen durchgehen?«
Und da konnte er wohl recht haben, denn sie rauschten auf die Sperrbalken zu, und wenn sie auf sie aufliefen, würde der »Graue Wolf« in die Luft geschleudert werden und als Kleinholz wieder herunterkommen. Aber es war zu spät, das Segel wegzunehmen.
»Njörd lasse ihn das Loch rechtzeitig finden!« murmelte Hrolf, und seine Fingerknöchel wurden weiß vor Anstrengung, das Boot in eine Richtung zu lenken, die er selber für besser hielt.
Folke sprang auf die Ruderbank, spähte nach der Lücke, die auch für Kenner des Fahrwassers nie leicht auszumachen war, und brüllte durch den Fahrtwind nach hinten: »Hart nach Steuerbord!«
Der »Graue Wolf« hielt noch einen Moment seinen Kurs bei, als traute der Steuermann dem jungen Gast nicht, aber dann schwenkte er nach rechts, bis sie direkt in die Hütten hineinzusegeln schienen. Der Wind kam nun ein wenig von der Seite, und ihre Geschwindigkeit nahm zu. Die Ruderer stöhnten auf wie ein Mann. Folke fühlte es mehr, als er es hörte, und ihm lief plötzlich der Angstschweiß hinter den Ohren ins Wams hinunter. Was, wenn er sich irrte?
Aber er wußte, was er wußte.
Eine Schiffslänge segelten sie in diese Richtung, dann gab Folke einen neuen Befehl: »Jetzt nach Backbord. Halt mit der Drachennase auf den großen Stein zu.«
Folgsam drehte der Drache sein rotes Maul zur Halbinsel, und auf diesem Kurs blieben sie so lange, wie ein geübter Skalde braucht, um einen Vierzeiler zu singen.
»Steuerbord voraus hast du jetzt zwei Pfähle mit Reisigbesen«, rief Folke, »zwischen ihnen halte durch!«

Die Männer setzten sich einer nach dem anderen und taten uninteressiert. Jetzt, wo es gutgegangen war, wäre jede Bemerkung überflüssig gewesen.
Am Ufer machten die Jungen, ein Viertel Bootslänge von ihnen entfernt und nur bis zu den Knien im Wasser, freche Bemerkungen. Ein Fischer, der gerade sein Netz zwischen zwei Pfählen zum Trocknen aufhängte, starrte mit offenem Mund den Schiffsführer an und schlug sich mit der flachen Hand gegen die Stirn. Hrolf wechselte mit Frodi einen Blick und spuckte als Antwort ins Wasser; seine Knöchel nahmen wieder ihre gewöhnliche Farbe an.
Die Jungen haben recht, dachte Folke, das hätte schiefgehen können. Mit achterlichem Wind ungerefft durch eine unbekannte Enge! Aber wagemutig war Hjalti, das hatte er ja schon bei seiner Ankunft in Haithabu bewiesen.
Als sie die letzten Pfähle endlich achteraus gelassen hatten, sah Folke, daß Hjalti ihm winkte. Ein wenig unsicher turnte er nach hinten. Keiner der Männer hatte Hjalti beraten. Vielleicht hätte auch er nicht eingreifen dürfen.
Die Männer, die an der größten Breite des Schiffes saßen, hatten es etwas bequemer als die im Vorschiff. Hier war der Platz nicht ganz und gar verstellt mit Ruderbänken und Beinen. Am Mast entdeckte Folke zu seiner Überraschung, daß das Schiff einen Gast hatte, der nicht zu rudern brauchte. Ein Mann mit strähnigen Haaren, schwarz wie ein Kolkrabengefieder, eingewickelt in einen schwarzen Wollumhang, kauerte auf den Decksplanken und starrte in die Ferne. Er rückte keinen Fußbreit zur Seite, um Folke durchzulassen.
Er konnte es nicht. Er war an Händen und Füßen gefesselt und darüber hinaus stramm am Mastfuß angebunden: der »Graue Wolf« hatte einen Sklaven an Bord.
Hjalti stand am Heck, die rechte Hand sorglos an der Ruderpinne, und steuerte. Die Ufer der Großen Breite ließ er

keinen Moment aus den Augen. »Da bist du ja«, sagte er weder freundlich noch unfreundlich. Der Schiffsführer hatte offensichtlich nicht vor, sich bei Folke zu bedanken, weil der ihm das Schiff gerettet hatte. »Du weißt hier Bescheid«, stellte er lediglich fest.

Folke nickte und versuchte so auszusehen, als sei es alltäglich für ihn, Schiffe von Königen zu retten. Allerdings war ihm nicht klar, ob Hjalti das überhaupt bemerkt hatte.

»Du solltest bei mir bleiben.«

Folke nahm es wie einen Dank und freute sich. Ohne sich lange bitten zu lassen, bezeichnete er dem Schiffsführer die hohe Eiche, auf die er zuhalten mußte, um die hakenförmige Einfahrt in die Missunder Enge zu finden. »Wenn wir uns an Steuerbord sehr dicht an der Sandbank halten«, fügte er sachkundig hinzu, »und dann unterhalb des Waldes sofort ans Backbordufer hinüberwechseln, kommen wir unter Segeln hindurch, sonst müssen wir die Ruder zu Hilfe nehmen.«

Hjalti sah ihn nachdenklich an. »Schaffen wir es denn?«

Folke grinste und nickte. »Wenn dein Sklave fest genug vertäut ist, ja.«

Hjalti war zunächst verblüfft, dann brach er in Lachen aus. »Du meinst, wir werden so nahe am Ufer sein, daß wir Beeren pflücken können?«

»Vor allem ein Sklave wird große Lust bekommen«, bestätigte Folke.

»Wir bewachen ihn gut.«

Folke, der sich allmählich auf dem »Grauen Wolf« ganz wie zu Hause fühlte, konnte sich die Frage nach dem schwarzen Mann nicht verkneifen. Aber da wurden Hjaltis Lippen schmal, und Folke merkte bestürzt, daß einer, der ein Schiff rettet, damit noch lange nicht das Recht erworben hat, den Schiffsführer auszuhorchen. Jedenfalls wurde Hjalti unerwartet wütend. Aber die Frage war gestellt und ließ sich nicht zurücknehmen. »Ein Sklave wie jeder andere eben«, knurrte Hjalti schließlich. »Wir haben ihn unterwegs aufgelesen.« Folke hätte am liebsten gefragt, ob das dort gewesen war, wo die Keule oder der Stein zugeschlagen hatte, aber das wagte er nun nicht mehr. Er zeigte Hjalti stumm, wo er auf den Wald zuhalten mußte, dem sie sich schnell näherten.

Bei ihrem geringen Tiefgang konnten sie unterhalb des Waldes tatsächlich so nah am Ufer entlangsegeln, daß die Männer das Laub von den Buchen und Ulmen rupften.

Hinter der scharfen Ecke kamen die Häuser des Bärenhofes in Sicht, und Hjalti musterte sie mit Interesse. Sie sahen nicht geringer aus als in Norwegen der Hof eines Kleinkönigs. Eine ganze Gruppe von Häusern war wetterfest aus Holz errichtet. Ein einzeln stehendes größeres Haus leuchtete in frischem, hellem Holz, und Folke mußte nicht darauf hinweisen, daß es Glasfenster besaß: die schräg einfallende Morgensonne rief Lichtblitze wie ein Signalfeuer hervor, und Hjalti nickte anerkennend mit vorgeschobenen Lippen.

»Ich verstehe, daß du gern auf See bist«, sagte er, »aber ich könnte auch verstehen, wenn du gerne auf den Hof deines Vaters zurückkehrtest.«

»So ist es«, bestätigte Folke und winkte zwei Mägden, die am Steg Wäsche wuschen. Als die eine Folke erkannte, stieß sie ihre Arbeitsgenossin mit dem Ellenbogen an und winkte aufgeregt zurück. Was sie schwatzten, konnte er nicht hören.

»Die vermissen dich bestimmt«, sagte Hjalti, denn Folke mit seiner offenbar nicht zu erschütternden Freundlichkeit war bei den Mädchen sicherlich beliebt.

Aber davon wollte Folke nichts wissen. »Eher meine Frau.« Wie unter großen Bauern üblich, war die Hochzeit ein Verbund von Sippen gewesen. Aber es war noch nicht lange her; Folke war noch nicht an sie gewöhnt und trug ihren Namen nicht auf den Lippen.

»So?« fragte Hjalti belustigt, der all das heraushörte und verstand.
»Wenn du willst, zeige ich dir später auch die Einfahrt in die Enge bei Arnis«, schlug Folke nach einer Weile vor, und da Hjalti nickte, stapfte er wieder nach vorn. Unauffällig sah er sich den Sklaven genauer an als auf seinem hastigen Hinweg. Beinahe hätte er den Riß im Gewand des Mannes übersehen, aber die schwarzgefärbten Wollfäden an seinen Rändern waren sogar blutverkrustet.
Also hatte es tatsächlich einen Kampf gegeben; offensichtlich zwischen der Schiffsbesatzung und diesen schwarzen Leuten, wobei der Mann gefangengenommen worden war. Übrigens sah der Mann wehrhaft genug aus. Leicht hatte er es seinen Gegnern bestimmt nicht gemacht. Von den Wikingern war einer getötet und einer verwundet worden, aber warum Hjalti sich weigerte, Auskunft zu geben, war Folke ein Rätsel. Üblich wäre gewesen, alle Einzelheiten wieder und wieder zu besprechen und die Zahl der getöteten Feinde zu verdoppeln.
Die Männer hatten plötzlich alle ein freundliches Wort für Folke übrig. Nun, wo er sich als seetauglich erwiesen hatte und als nützlich obendrein, war Folke Bärensohn ein Mann, den man gerne an Bord hatte. Und endlich wurde auch das Rudervolk für Folke unterscheidbar, und aus der Mannschaft wurden Männer mit Gesichtern und Eigenschaften.
Besonders ein ungewöhnlich kleiner Mann mit braunen Haaren, den die anderen Aslak nannten, zog Folkes Aufmerksamkeit auf sich. Seine geringe Größe machte er anscheinend durch Stärke und Härte wett. Er saß auf einer Ruderbank hinter dem Segel – als einziger mit bloßem Oberkörper, während die anderen sich mit kurzärmeligen Wämsen gegen die kühle Witterung schützten und Folke sogar ein langärmeliges trug.

»Bei allen Ferkeln Freyrs, das hast du gut gemacht«, sagte Aslak und nickte Folke anerkennend zu.
»Wie meinst du?« fragte Folke und riß die Augen auf, denn von Freyrs Ferkeln hatte er noch nie gehört. Der Eber war das Tier, das zum Gott Freyr gehörte.
Aslak schmunzelte, und die vielen Runzeln in seinem braunen Gesicht verschoben sich wie Ackerfurchen, die der Bauer pflügt: »Hast du schon mal einen vergreisten Eber gegessen? Der schmeckt wie ein Bock aus Geirmunds stinkendem Ziegenstall. Aber junge Ferkel! Ach, ich wünschte, ich hätte eins! Ich habe schon lange kein Spanferkel mehr gegessen. Und du wärst herzlich eingeladen.«
»Danke«, sagte Folke überwältigt.
»Bei der Gelegenheit mußt du mir eine Geschichte aus deiner Stadt erzählen. Erzähl mir von euren Christen.«
Folke nickte, sowohl zur Einladung wie zu den Christen. Danach schwieg Aslak und sah nachdenklich vor sich hin. Folke verstand, daß er die Geschichte nicht aus Verlegenheit verlangt hatte.
Kaum war Aslak still, schüttete Bard einen Schwall von Lobsprüchen über Folke aus. Er saß in der Bankreihe von Aslak und war dessen genaues Gegenteil: ein baumlanger, rappeldürrer blauäugiger Kerl. Er schien sehr redselig zu sein, aber im Gegensatz zu Aslak hatte sein Wort wenig Gewicht bei den anderen Ruderern.
Als Folke nach vorn in den Bug kam, war selbst Hrolf weniger zurückhaltend, und dessen Nebenmann Ulf klopfte anerkennend auf seinen Schild, der an der Reling hing. Sven aber war mürrischer denn je. Sicherlich hatte er noch kaum ein Wort mit irgend jemandem auf dem Schiff gewechselt.

Ohne Zwischenfälle kamen sie durch die Schlei. Seitdem König Knuba die Wachtürme im Norden und im Süden der

Insel Gath hatte ausbauen und ständig mit einer Wachmannschaft besetzen lassen, war der Schutz von der Seeseite gut. Die Menschen an der Schlei wären noch glücklicher gewesen, wenn der Schutz auf Land gegen die kriegerischen Sachsen nur halb so gut gewesen wäre.

Hinter der Kappelner Biegung kam der Wind etwas südlicher. Das Drachenschiff begann in den kurzen Wellen zu springen wie ein spurensuchender Wolf. Wormshafen mit seinen Hütten und Fischerbooten blieb bald hinter ihnen zurück, und vor ihnen lag der Wachturm von Gath. Dahinter blinkte die offene See.

Plötzlich erhoben sich einige Männer und geiten das Segel auf. Das Schiff lief aus und wurde von den Wellen vor den kleinen Steg getragen, der zur hölzernen Oeher Burg gehörte. Bard, der zu den Steuerbordmännern unter dem Segel gehörte und mit der Festmacheleine in der Hand sprungbereit am Bug stand, mußte schnell springen, damit er die Brücke nicht verfehlte. Ein heftiger Ruck ging durch das Boot, als er anzog und der »Graue Wolf« herumschwojte und im Wind liegenblieb.

»Was ist los?« fragte Folke.

»Hjalti will mit den Wachleuten einen Schwatz halten. Es dauert eine Weile«, antwortete Hrolf. »Wir können vom Schiff gehen. Hier versäumt niemand die Abfahrt.«

So war es auch, denn das Nordende von Gath war buschlos und der Steig, der vom Landeplatz auf die kleine Anhöhe zum Wachturm führte, war von überall einsehbar. König Knuba hatte höchstpersönlich für freie Sicht des Wachpersonals gesorgt und den Wald abschlagen lassen, der die Insel ansonsten bedeckte und in dem er gern Hirsche und Wildschweine jagte. Glatt, grau und unauffällig wie eine Schäre wollte er seine Aussichtspunkte haben, so erzählte man sich, aber an den süddänischen Wäldern biß er sich die Zähne aus.

Die Männer wußten offenbar Bescheid, denn sie stiegen gemächlich an Land. Zurück blieben nur der angebundene Sklave und Sven, der sich mißtrauisch umsah. Während die meisten Männer über die Höhe liefen und auf der anderen Seite am Seestrand verschwanden, um Bernstein zu suchen, ging Folke zum Schleiufer hinunter. Jenseits des schmalen Wasserlaufes sah er die Häuser von Hasselberg, die einen eigenen kleinen Fischerhafen hatten. Er schlenderte um die Nordspitze herum an den Strand. Von Hjalti war nichts zu sehen; er war vermutlich im Turm. Um einen Schwatz zu halten. Was das wohl für ein Schwatz sein mochte, für den eine bisher eilige Fahrt unterbrochen werden mußte? Nachdenklich betrachtete Folke den Turm, der zwei Stockwerke besaß und darüber eine Aussichtsplattform.

Neben dem Eingang zum Turm stand Hrolf und unterhielt sich mit einem Mann der Wache. Er lachte schallend, und der andere, den Folke nicht sehen konnte, stimmte ein. Aber Folke war zum Schwatz nicht eingeladen worden. Er schlug den Pfad zum Schiff ein.

Der »Graue Wolf« riß unruhig an seiner Festmacheleine, und die Wellen schlugen mit lautem Klatschen an die geklinkerte Bordwand. Folke blickte nach oben. Der Himmel war felsengrau und hing tief. Es sah nicht aus, als ob der Wind in den nächsten Stunden abflauen würde.

Sven stand an der landseitigen Bordwand und sah sich um. Aber als er Folke bemerkte, machte er ein abweisendes Gesicht und starrte ins Wasser. Trotzdem fand Folke es an der Zeit, nun etwas von seinem Banknachbarn zu erfahren. Wer mit einem anderen über Stunden hautnah beisammen sitzt, wer ihm tagsüber beim Pinkeln zusieht und im Morgengrauen beim Schlafen, hat das Recht, mehr von ihm zu wissen als nur den Namen.

»Ich habe dich noch nie in Haithabu gesehen«, leitete Folke

das Gespräch ein und sah zu dem anderen hoch, »auch deine Verwandten nicht. Wo steht euer Hof?«
Zu Folkes Überraschung ließ Sven den Kopf auf die Schildwehr der Reling fallen. Dann kam ein Laut wie ein Knurren aus seiner Kehle. »Ich habe keine Verwandten«, sagte er in seine Arme hinein.
Ich habe sie doch selber gesehen, wollte Folke entgegnen. Aber dann besann er sich. Ein Mann, der seine Sippe verleugnet, muß dafür wichtige Gründe haben. Aber sie gehören ihm allein.
Plötzlich pfiff jemand gellend, und Folke, der sofort alarmiert herumfuhr, sah Hrolf am Fuß des Wachturms mit ausladenden Gesten zum Strand hinunterwinken. Es war das Rückrufsignal für die verstreuten Ruderer.
Folke schwang sich an Bord.
Beinahe wäre er dem Sklaven auf die Hand getreten, der nicht mehr am Mast hockte, sondern auf den Decksplanken in der Mitte des Schiffes. Im Gegensatz zu Sven blickte er Folke pfeilgerade ins Gesicht, bleckte die Zähne wie ein wütender Hund, und dann spuckte er dem Wikinger vor die Füße.
Folkes Faust schlug von selber los. Er ließ sich von niemandem anspucken, und wenn er sich sonst um Sklaven nicht kümmerte, so war er andererseits auch nicht gewöhnt, daß sie auf ihn losgingen. Nach dem ersten Faustschlag hörte Folke auf. Es brachte keine Ehre, einen Mann zu prügeln, der gebunden war. Er wischte sich die Faust ab und marschierte mit steifen Nacken zu seinem Platz.
Sven saß bereits. »Pack!« murmelte er und deutete mit dem Kopf in die Schiffsmitte. »Hinterhältige Bande.«
»Kennst du ihn?« fragte Folke, verblüfft, daß sein Nachbar ausgerechnet dann bereit war zu reden, wenn kein anderer ein Wort hätte fallen lassen.

Sven schüttelte den Kopf. »Ihn nicht, aber sein Volk. Er stammt von einem Fluß, der Warnow genannt wird. Wertizlaw ist sein Name.«

»Verstehst du denn ihre Sprache?« Folke war neugierig geworden.

»Ein wenig«, antwortete Sven und versank erneut in die mürrische Stimmung, die bisher nur selten von ihm abgefallen war.

Folke ließ ihn in Ruhe und drehte sich nochmals zu dem Gefangenen um. Dieser starrte sie mit brennenden Blicken an. Folke fand es sehr merkwürdig, daß der Slawe ausgerechnet auf ihn und Sven wütend schien, wo sie doch mit seiner Gefangennahme am allerwenigsten zu tun hatten. Diesem Wertizlaw konnte es überhaupt nicht entgangen sein, daß sie beide erst in Haithabu an Bord gekommen waren. Folke zuckte die Schultern und sah dann ungeduldig den Männern entgegen, die allmählich am Schiff eintrudelten.

Bernstein hatten sie genügend gefunden, aber anscheinend war nicht in allen Fällen klar, wer ihn gefunden hatte. Böse Stimmen wurden hinter der Kuppe laut, ohne daß Folke sie unterscheiden konnte. Der lange Finn und Bard, die vorneweg kamen, prahlten laut mit der Größe und dem Gewicht ihrer Steine, und der mächtige Bolli, in dessen Hand der walnußgroße Bernstein nicht mehr als ein Feder wog, mit der durchscheinend goldgelben Färbung. Folke grinste. Diese Männer konnte er trotzdem gut verstehen, im Gegensatz zu einem Wertizlaw. Obwohl auch Sven seine Geheimnisse zu haben schien.

Hjalti kam in weiten Sätzen den Abhang hinuntergesprungen und hinter ihm Aslak und Alf. Im Laufen steckte Alf einen Beutel in sein Wams; er sah sehr zufrieden aus.

Aslak wickelte sich die Bugleine um die Hand und schob das

Schiff mit seinen Berserkerkräften vom Steg. Beinahe hätte er es nicht mehr geschafft, hineinzuspringen. Mit dem Kopf voran landete er auf den Bodenplanken, und die Männer lachten schallend, besonders unverschämt freute sich Alf aus Aslaks eigener Wache.

Der »Graue Wolf« hatte das Wohlwollen Njörds. Eine kräftige Bö drückte den Bug ins Fahrwasser hinein, krängte das Schiff tüchtig, und schon blies Njörd von der richtigen Seite ins Segel und schob sie in zischender Fahrt im Bogen herum und am gegenüberliegenden Anleger vorbei. Wenige Augenblicke später befanden sie sich in der freien See und auf dem Kurs zur Insel Erri.

Erwartungsvoll schaute Folke nach vorne. Der Himmel war heute zu verhangen, Erri war nicht zu sehen. Bei sichtigem Wetter hätten sie höchstens eine halbe Stunde segeln müssen, um das hohe bewaldete Land im Süden als dunklen Strich zu erkennen.

Schoten und Brassen konnten stehenbleiben. Der Kurs war genau derselbe wie innerhalb der Schlei. Hjalti kannte die Segelanweisung, so wie alle erfahrenen Steuerleute die Hauptwege innerhalb des Wikingerreiches im Kopf hatten. Der Weg zwischen Haithabu und der Südspitze von Seeland war einer der allerwichtigsten, denn ob man nun nach Birka im Reich der Svear oder nach Skiringssal in Südnorwegen wollte, hier mußte man durch. Hrolf hatte Folke erzählt, daß Hjalti plante, in Visby auf Erri auf Högni zu warten. Für Högni würde es die letzte Tagesetappe sein, für Hjalti war es die erste. Auf der übrigen Strecke, wenn sie auch festlag, konnte einer den anderen verfehlen, wenn der eine gemächlich reiste, der andere aber über die See flog . . . Nur Visby war ein sicherer Treffpunkt.

Der »Graue Wolf« benahm sich tadellos. Ein gutes Schiff, dachte Folke erfreut, während er seine Beine ausstreckte, daß die Gelenke knackten, und sah sich um. Die Männer wechselten die Plätze und steckten die Köpfe zusammen. Aslak und Frodi hockten schon rittlings auf einer Bank und hatten zwischen sich eine Hneftafl mit Spielsteinen aufgestellt. Man merkte, daß sie sich auf eine Überfahrt von einigen Stunden einrichteten. Und noch eins hatte Folke inzwischen bemerkt: die Männer waren keineswegs ein Herz und eine Seele, und da war nicht nur der Bernstein schuld.

Obwohl der ihre Gemüter und die Finger besonders anfeuerte. Im Windschutz der Zeltleinwand kauerten Bolli, Bard und Alf, zwischen sich den Bernstein, den sie aus ihren Lederbeuteln schütteten, und noch andere kleine Gegenstände. Folke konnte nicht sehen, was es war, sicher war nur, daß sie Tauschgeschäfte tätigten. Ihre gedämpften Stimmen konnten nicht verbergen, daß es dabei auch Ärger gab.

Sven richtete sich auf nichts ein. Steif saß er auf seiner Ruderbank und rührte sich nicht. Seine Augen irrten über die See, als suchten sie dort einen Punkt zum Festhalten. Unwillkürlich blickte auch Folke auf das Wasser. Je weiter sie sich vom Land entfernten, desto höher gingen die Wellen, sie kamen hinter ihnen her, schoben das Heck an und hoben es hoch. Folke sah Njörds fröhlichen Töchtern zufrieden zu. Ihre schaumigen Köpfe befanden sich in wildem Spiel miteinander, und der »Graue Wolf« mitten darin spielte mit.

Weit entfernt von solchen Gedanken war Sven. Folke bemerkte belustigt die Schweißperlen auf seiner Nase, die im übrigen sehr bleich geworden war. Svens Adamsapfel tanzte auf und ab, während er den Speichel hastig schluckte. Er war im Begriff, seekrank zu werden.

Hrolf hatte es ebenfalls gesehen. »Wenn ich du wäre«, sagte er beziehungsvoll zu Ulf, »würde ich meinen Schild wegnehmen. Es könnte sonst wohl sein, daß er heute abend ein wenig stinkt . . .«

»Wieso?« fragte Ulf empört, hatte er doch den Spott, der Sven galt, wohl verstanden, aber auf sich bezogen. In diesem Moment sprang Sven bereits auf die Beine und hängte sich über die Bordwand, um sich zu übergeben. »Laß das!« schrie Ulf und stieß ihn fort. »Glaubst du etwa, ich kann Tyr mit Unrat am Schild unter die Augen kommen?«
Folke wußte nun, daß Sven noch nie auf See gewesen war. Wenn er ihn nicht gutmütig von hinten am Wams festgehalten hätte, wäre er über Bord gegangen, als Ulfs Stoß ihn plötzlich von den Füßen riß und zufällig gleichzeitig der Bug besonders tief eintauchte. Folke bekam Sven mit der anderen Hand am Hosenboden zu fassen und zog ihn auf die Füße zurück.
Die Männer lachten schallend. Mit Sven waren sie fertig, noch ohne daß sie ein Wort mit ihm gewechselt hatten.
Alf, der sonst auf der hintersten Ruderbank in Hjaltis Nähe saß, sprang von seinem Tauschgeschäft auf. Als einziger in der Mannschaft trug er einen Bart, der sorgfältig ausrasiert war; auch seine Haare waren sauber gestutzt. Während er sich nach Beifall umsah, rief er nach vorne: »Nicht jeder, der zur See geht, ist auch ein Liebling von Njörd.«
Folke schoß durch den Kopf, daß eine solche Bemerkung gut der Anlaß für einen Totschlag sein konnte. Er fand es abstoßend, sich über jemanden lustig zu machen, der nicht Herr seines Magens und seiner Fäuste war.
Aber Sven kümmerte sich nicht um den Spott. Er setzte sich wieder und legte den Kopf in die Hände. Alf wartete ein wenig, aber dann sah er wohl ein, daß von Sven nichts kommen konnte. Er bückte sich und hob seinen Beutel auf. Zu Bard sagte er stolz: »Der Bernstein ist mehr wert als dein Slawenschmuck. Geirmund selbst könnte nicht großzügiger sein. Du solltest dir das merken.«
Noch nie hatte Folke gehört, daß sich einer selbst derart

anpries, aber die Schiffsgenossen schienen daran gewöhnt zu sein. Bard und Bolli nickten nur und verzogen sich auf ihre Plätze.
Sven hörte nach einer Weile auf zu speien. Noch immer war ihm schlecht, aber nicht so sehr, daß er die abschätzigen Urteile seiner Schiffskameraden nicht verstanden hätte. Er rutschte vorsichtig auf die Bank zurück und klammerte sich daran fest. In den wenigen Augenblicken, in denen der »Graue Wolf« zwischen der Talfahrt und der Bergfahrt die Waagerechte fand, ballte er die Fäuste.
Folke, der von seiner Mutter die Gutmütigkeit und von seinem Vaterbruder die Liebe zur See übernommen hatte, versuchte ihn ein wenig zu ermuntern: »Es dauert nur ein paar Tage. Dann lernt dein Inneres mit den Wellen umzugehen.«
Daraufhin spuckte Sven in hohem Bogen über die Bordwand, und Folke wußte nicht, ob das als Antwort gedacht war, oder weil er seinen Mund vom sauren Geschmack befreien wollte. Auf jeden Fall beschloß er, sich in die Magenbeschwerden dieses unangenehmen Bauern nicht mehr einzumischen.
Abrupt drehte er sich um und begann mit Hrolf zu schwatzen, der nur hin und wieder über den Steven auf die See blickte. Nach und nach erfuhr er, daß Hjalti aus den unwegsamen Wäldern Norwegens stammte und daß seine Liebe zur See ebenso wie sein Name ein Erbe von seinem toten Mutterbruder war. Er war ein unterhaltsamer Mann, und Folke fand es nicht übel, daß er seiner Wache zugeteilt worden war.

Zwei Stunden später hatte der Wind noch nicht nachgelassen, doch die Wolkendecke hatte sich gehoben, und Erri tauchte aus der wegziehenden schwarzen Wand auf. Die Nachmittagssonne beleuchtete plötzlich die fernen Steilküsten, die dunkel bewaldete von Erri und weiter östlich die helle, kalkige vom Langen Land.

Fasziniert blickte Folke hinüber und versuchte, schon einen Schimmer der Nordspitze von Erri auszumachen. Plötzlich spürte er, daß irgendetwas nicht in Ordnung war. Er prüfte witternd die Luft. Da roch es nach gar nichts, jedenfalls nicht nach einem plötzlichen Wetterumschlag. Das Segel aus dikkem Tuch hatte seinen Windbauch, wie es sollte. Taue und Wanten standen stramm. Folke rieb sich die Nase und ließ die Augen wandern. Die Männer redeten wie zuvor, erzählten von Schlachten, an denen sie teilgenommen hatten, manche auch von denen, die sie gar nicht geschlagen hatten. Einige stritten wieder leise, und die Männer aus Hrolfs Steuerbordwache, die mittlerweile von der Backbordwache abgelöst worden waren, schliefen. Hjalti stand immer noch am Steuer und war so aufmerksam wie beim Ablegen am frühen Morgen.

Außer ihm selber schien niemand etwas bemerkt zu haben. Dicht über der Wasseroberfläche flog ein Keil Eiderenten. Sie hatten die gleiche Richtung wie der »Graue Wolf« und überholten das Schiff. Er sah ihnen nach. So klein sie waren, sie trotzten allen Winden. Wie machten sie das nur? Welche Kräfte waren nötig, um einen Körper in die Luft zu heben, und sei er auch noch so winzig? War das des Windgottes Verdienst oder das Können der Vögel? Während er noch darüber nachdachte, brummelte Hrolf: »Mir scheint, wir haben in Haithabu Moos angesetzt.«

Folke, der inzwischen mit dem Rücken lässig an der Bordwand lehnte, so daß er in jedem Tal weit oben den Wellenkamm sah, nahm nicht einmal das Kinn von den Knien. »Wieso?« fragte er schläfrig. Die wiegenden Bewegungen und das monotone Knarren des Holzgefüges ermunterten ihn nicht, über Unwichtigeres als den Vogelflug nachzudenken.

»Wir sind heute so langsam«, antwortete Hrolf und gähnte ebenfalls.

Folke nickte nur. Wahrscheinlich Algen und Muscheln an den Planken. Oder eine Leine schleppte nach.
Hjalti rief Aslak an. Folke verstand nicht, was er sagte, aber als Aslak aufstand und zum Vorschiff winkte, wußte er, daß die Backbordvorschiffsmänner zum Wasserösen aufgerufen wurden. Ulf, Sven und der Mann neben Frodi machten sich an die Arbeit: zwischen dem ersten und dem zweiten Schiffslängenviertel, genauso wie zwischen dem dritten und dem vierten Viertel befanden sich die Ösräume, die quer über das Schiff führten. Weder Ballaststeine noch Wasserfässer noch Packsäcke durften hier abgelegt werden, sie waren bis zum Kiel frei und einsehbar, und hier wurde das einsickernde Wasser ausgeschöpft.
»Viel heute«, bemerkte Hrolf einsilbig.
Folke nickte träge. Ein Holzschiff zog nun mal Wasser. Wieviel, hing von der Güte des Baus und der Kalfaterung ab, von der Art, wie das Schiff bewegt wurde und noch anderen Dingen. Es gab Schiffe, die naß segelten, ohne schlecht zu sein, und andere, die trocken fuhren, ohne darum besonders gut zu sein. Nach ein paar Tagen würde er wissen, zu welcher Art der »Graue Wolf« gehörte.
Endlich waren sie der Küste von Erri so nah gekommen, daß sie ihre Fahrtrichtung ändern und nach Nordwesten an der Insel entlangsegeln konnten. Steilküste wechselte mit niedrigen Küstenbereichen ab, aber ein richtig flacher Strand, so wie an der Mündung der Schlei, war nirgends zu sehen.
»Hinter einer Huk liegt Visby, sagte man mir. Ist es das?« Hrolf deutete mit seinem Kinn nach vorne. Dort bog die Küste hinter einer Ecke scharf ab.
Folke schüttelte den Kopf. »Es folgt noch eine Huk knapp dahinter. Erst wenn die dritte scharfe Kante kommt, wird Erri wirklich schmal. Und genau dahinter wieder befindet sich der Einschnitt von Visbyhafen.«

Hrolf nickte. »Ist es weit im Land?«
Folke lachte belustigt. »Wenn du oben auf der Burg stehst, kannst du nach beiden Seiten Erris ins Wasser spucken.«
»Wirklich?«
»Na – nicht ganz«, schränkte Folke ein, dem das Prahlen nicht lag und der nicht wollte, daß Hrolf ihn wörtlich nahm. »Aber weit ist es wirklich nicht. Ich schätze, vierzig bis fünfzig Schiffslängen vom Küstenstrich bis an den Landesteg.«
Damit gab Hrolf sich zufrieden. So lange konnte es nun nicht mehr dauern. Während er sich sein Wams unter den Kopf schob, bemerkte Folke, daß Hjalti sich von Alf beim Steuern ablösen ließ.

Visby auf Erri

3 Vergeblicher Handel

Wider Erwarten dauerte es doch noch lange.

Folke wurde vom Schlagen des Segels und vom tiefen Ein- und Austauchen des Buges wach. Er rappelte sich hoch. An Steuerbord konnte er vereinzelte Hütten und hohe Eichen ausmachen. Aber der »Graue Wolf« dümpelte in der Altdünung vor sich hin. Nicht nur er, auch Njörd war eingeschlafen.

Im selben Moment dröhnte schon Hjaltis Stimme: »An die Ruder!«

Die schlafenden Männer waren sofort auf den Beinen. Frodi sammelte schnell die Spielsteine vom Brett und warf sie in den Beutel. Als leidenschaftlicher Spieler konnte er sich tagelang damit beschäftigen. Aslak dagegen hatte längst einem anderen seinen Platz eingeräumt. Hjalti turnte gemächlich nach achtern und tauschte wieder mit Alf seinen Platz. Alf gab das Steuer lustlos ab und blieb neben dem Steuermann auf der Back stehen, bis Hjalti ihn nach vorn schickte. Eilig wurde das Segel aufgegeit. Die Männer im Bug und im Heck schoben ihre Ruder schon durch die Pforten und zogen an. Die Rah war noch nicht abgesenkt, da hatten sie schon merklich Fahrt aufgenommen.

Folke war mit Feuer bei der Arbeit. Auf einem Kriegsschiff hatte er noch nicht gerudert, und die wenigen Züge auf der Schlei zählten nicht. Er genoß es und überhörte bewußt das Murren der anderen. Der Baumeister hatte es verstanden, seinem Schiff die Seele eines Wolfes einzuhauchen: schnell wie der Graue beim Jagen, sparsam in den Bewegungen und ebenso beharrlich im Verfolgen einer Spur. Die Ruderkraft von zweiunddreißig Männern machte das Schiff immer noch schnell, wenn auch nicht ganz so schnell wie unter Segeln.

Sven neben ihm genoß das Rudern nicht. Folke, der unauffällig zur Seite schielte, merkte, daß sein Schlag ständig hinterherhinkte, und es würde wahrscheinlich nicht lange dauern, bis sich einer der Männer über ihn beschwerte.
»Gib dir doch mal Mühe, Bauer«, fauchte er unbeherrscht, weil es ihn selber besonders traf, wenn seine Ruderreihe ungleichmäßig zog.
Aber Sven antwortete nicht und sah auch nicht auf. Auch nicht, als Alf plötzlich das Ruder einzog, sich über die Bordkante schwang und anfing, außenbords über die Ruderschäfte zu laufen. Folke hörte die freundlichen Spottworte, von denen er begleitet wurde, und er sah zu, so gut es ging. Nicht viele Nordleute konnten von sich behaupten, daß sie das Kunststück beherrschten; auch Alf tastete noch mit den Füßen und kam nicht recht vorwärts.
»Es geht von Tag zu Tag besser«, rief Bolli gutmütig, und da wußte Folke, daß Alf regelrecht übte, und konnte ihm seine Achtung nicht versagen. Schließlich muß einer lernen, was er können will.
Aber nicht alle fanden Alfs Übung so gut wie Bolli: über Aslaks Gesicht huschte gerade, als Folke hinblickte, so etwas wie Hohn, und er rezitierte leise vor sich hin: »Daheim erwuchs in der Halle der Jarl: den Schild lernt' er schütteln ...« Der Rest verwehte im Fahrtwind.
Als Alf bis nach vorn und wieder zurück gelaufen und dabei allmählich schneller geworden war, ließ er sich von seinem Nebenmann den Sax reichen, der unter seiner Ruderbank lag.
Erneut machte er sich wieder auf den Weg, warf den Sax in die Höhe, fing ihn wieder ein und achtete nicht mehr auf die Ruder. Die Männer mühten sich sehr, gleichmäßig zu schlagen, damit er nicht zu Fall kam. Nur Sven achtete auf gar nichts. Sein Schlag kam zu spät, und Alf trat fehl, rutschte ab

und tauchte ins Wasser. Geistesgegenwärtig schwang er sich an der Bordwand empor, aber seinen Sax konnte er nicht mehr retten. Der sauste in die Tiefe.

Die Männer hörten auf zu rudern. Ulf sprang auf und zog Alf ins Schiff, an dem die Kleider und die Haare klebten, so daß er aussah wie ein halbgerupfter Hahn. Mit gezwungenem Lächeln erhob sich Alf und erklärte hochmütig: »Ein Mann, der umgeben ist von Stümpern, hat es nicht immer leicht. Aber ich werde mir einen neuen Sax verschaffen, den ruhmreichsten unter denen meiner gefallenen Feinde. Und da wird es manchen Mann geben, der sich hüten wird, meinen Sax Njörds Töchtern in den Schoß zu werfen!«

Bard und Bolli klopften zustimmend auf ihre Ruderschäfte, und Ulf half Alf aus dem Wams. Mit einer raschen Bewegung schnitt Alf sich einen Salzbehälter, ein hübsches kleines Döschen aus Silber, vom Gürtel. Nun hätte nur noch gefehlt, dachte Folke, daß er es für die Männer in die Höhe hält. Das vermied Alf, aber er knüpfte es doch eigenhändig an Ulfs Messerscheide fest und äußerte vernehmlich: »Geirmund soll stolz auf mich sein.«

Hjalti sagte dazu nichts; Hrolf, dessen Blick Folke vorsichtig suchte, zuckte die Achseln gleichmütig. »Man braucht etwas Abwechslung nach so langer Reise«, sagte er, und dann übertönte das Knarren und Rumpeln der Ruder, die wieder ins Wasser geschoben wurden, alles weitere.

Folke nickte und stellte bei sich fest, daß Alf offenbar eine kleine Gefolgschaft unter den Männern des Schiffes hatte, und diese hatte nichts mit der Wacheinteilung zu tun. Hjalti aber duldete, daß er die Autorität der Wachführer unterlief. Ganz so groß und klug wie der Gott Thor, dem er im übrigen ähnelte, konnte er wohl doch nicht sein.

Endlich kam die letzte Huk in Sicht, und als sie querab war, breitete sich der Bogen des schmalen Nordendes von Erri in voller Länge vor ihnen aus. Zwischen dem hochgelegenen Land dieses Nordendes und der Steilküste der Huk gab es ein langes Stück Strand, in dessen Mitte sich die Einfahrt zu Visbyhafen befand. Auf der Höhe über dem Dorf stand eine Burganlage mit einer kleinen Wachmannschaft.

Sie konnten sicher sein, daß sie beobachtet wurden, als sie den Hafen ansteuerten. Hjalti ließ mit unverminderter Kraft weiterrudern, und niemand hinderte sie. Am Strand arbeiteten einige Fischer an ihren Booten. Einer hob verstohlen den Kopf, grüßte aber nicht. Mit Überfällen mußten sie hier an den großen Schiffahrtsrouten wohl nicht rechnen, aber sie waren auch nicht überschwenglich freundlich den Kaufleuten gegenüber, die sie nicht gerufen hatten und die ihnen auch nichts einbrachten.

Das anfangs weite Noor verengte sich allmählich und wurde flacher. Hjalti blickte hin und wieder ins Wasser neben dem »Grauen Wolf«. Die Vorschiffsleute durften ihre Ruder einziehen.

Sven knetete seine Hände, die verkrampft waren, und atmete laut, als hätte man ihm mit dem Rudern einen Schimpf angetan. Folkes Hände waren ebenfalls mitgenommen, aber für ihn war das ein Ehrenzeichen; befriedigt ballte er die Fäuste und öffnete sie wieder. Immer mehr wunderte er sich über einen Mann, der zur See ging, obwohl er sie nicht mochte. Und dieser Wertizlaw konnte sich mit Sven zusammentun. Auch er mochte die See nicht: erleichtert, fast zufrieden sah er sich im Noor um, obwohl es für einen Sklaven überhaupt keine Zufriedenheit geben konnte. Weder an Bord noch später. Was mochte Hjalti mit ihm vorhaben? Ein erwachsener Mann mit starkem Nacken und breiten Schultern war als Sklave eine Menge wert, auch wenn sein Gesicht nicht nach Gehorchen, sondern nach Befehlen aussah.

Aslak stand auf und bezog seinen Platz im Bug. Beide Hände

an der obersten Planke, beugte er sich weit nach vorn und spähte ins Wasser. Verkrauteter, steiniger Grund löste hellen Sandboden ab. Er gab Hjalti Handzeichen. Der »Graue Wolf« wurde immer langsamer.
Der Hafen hatte keine Steganlagen, sondern nur eine Lände, war er doch für die Schiffe des Königs nicht mehr als ein letzter Übernachtungsort auf dem Weg von Birka nach Haithabu. Ein breiter Handelssegler und zwei kleinere schnelle Boote zur Beförderung von Personen und Nachrichten waren dicht am Strand vertäut. Mitten im Noor lag ein Knorr verankert, dessen Mast gelegt war; er gehörte wohl den Dorfbewohnern.
Oberhalb des Ufers erstreckten sich bis zur halben Höhe des Abhangs die Häuser und Hütten des Dorfes. Verstreut duckten sich in Senken am Nord- und Südhang der Bucht kleinere Gehöfte. Das ganze Tal war bewirtschaftet; vom Hinterland war es durch dichte Wälder abgeschirmt, die die Hügelkuppen wie eine schwarze Mauer bedeckten. Rinder und Schafe weideten auf Parzellen, die durch Büsche und Wasserläufe voneinander abgegrenzt waren.
Zwei Schiffslängen vor dem steinigen Strand machte Aslak sich bereit zu springen.
Der »Graue Wolf« lief knirschend auf dem Boden aus. Schon standen die ersten Zuschauer von den anderen Schiffen auf dem schmalen Geröllstreifen, der den Strand bildete. Auch aus dem Zelt, das etwas höher auf fast weißem Dünenboden aufgeschlagen war, traten zwei Männer und beobachteten die Ankunft des Schiffes. Der eine hatte ein Schwert umgelegt und sah den norwegischen Kriegern argwöhnisch entgegen. Er war zweifellos einer der Bewacher des großen, gutgebauten Knorrs.
Folke, der sich erhob, um ins seichte Wasser zu springen, war der Bewaffnete fremd, aber den anderen erkannte er sofort:

Högni war also bereits angekommen. Angewidert verzog er das Gesicht. Dem Kaufmann wäre er gern noch einige Tage aus dem Weg gegangen. Zu seiner Verwunderung rührte sich Hjalti, der Högni zwischen sämtlichen Inseln des Nordmeers suchen wollte, nicht. Da wurde ihm klar, daß sein Schiffsführer Högni gar nicht kannte. Folke schlängelte sich zu Hjalti durch und zeigte ihm unauffällig den Kaufmann.
Hjalti nickte erfreut, sprang über die Schilde und lief so schnurstracks das Ufer hinauf, daß der Bewaffnete seine Hand auf den Schwertgriff legte.
Die Norweger folgten ihrem Schiffsführer gemächlich und zerstreuten sich über das Ufer. Folke blieb bei Hrolf, der als Wachführer an Land dafür verantwortlich war, wo das Zelt aufgebaut wurde. Während sie den Platz neben Högnis Zelt auf Tauglichkeit musterten, stand Högnis Mann immer noch vor dem Zelteingang und beobachtete sie. Sein abweisendes Gesicht zeigte deutlich, was er von ihnen hielt.
Viel Platz für große Zelte gab es nicht. Denn hinter der Erhöhung, auf der sie standen, fiel der Boden wieder ab; Sumpfgras sproß zwischen anderen Strandgräsern.
»Wir müssen hier aufbauen«, sagte Hrolf und winkte Aslak zu, der an Bord geblieben war. »Du könntest Holz für das Feuer sammeln«, meinte er zu Folke.
Die Gegend zu erkunden würde Folke mehr Spaß machen, als die schwere Zeltplane zu schleppen. Er machte sich willig auf den Weg.
Er brauchte gar nicht lange zu suchen. Dicht unterhalb der Wehranlage befand sich im Rücken des Dorfes ein Wäldchen, nah genug für Holzsammler, aber weit genug von der Burg, um nicht als Schutzschild für Angreifer dienen zu können, wahrscheinlich von den Dörflern ohnehin als Vorratskammer von Feuerholz genutzt.

Unterdessen begann im Zelt des Kaufmanns Högni eine wichtige Unterredung, deren Vertraulichkeit der wachsame Eystein am Zelteingang gewährleistete. Högni dagegen wirkte wie immer ein wenig schläfrig. Die blauen Augen waren zwischen Wohlstandsfalten eingebettet, die vom vielen Met und vom fetten Schweinefleisch herrührten. Er saß mit krummem Rücken auf einem Baumstumpf, sein Schwert zwischen den Beinen, den Kopf gesenkt, und hörte Hjalti zu.
»Geirmund auf Geirstad ist mein König«, berichtete Hjalti stolz, der keinen Baumstumpf zum Sitzen hatte, aber gerade wie ein Schiffsmast auf einem Rentierfell saß, »und ich führte seinen ›Grauen Wolf‹ in diesem Sommer weit hinein in die Länder der Balten und Slawen.«
Högni nickte und schien ein wenig interessierter. Vom Standpunkt eines Kaufmanns war der Osten wichtig. Vor allem Gold gab es dort in Hülle und Fülle, und die Schmiedekunst des Ostens war berühmt.
»Zwei Dinge brachte ich mit mir zurück«, fuhr Hjalti fort.
Högni hob den Kopf und runzelte die Stirn. »Kostbare Dinge müssen es sein, wenn du dafür zwischen den dänischen Inseln nach mir suchst.«
Hjalti nickte und zog einen verhüllten Gegenstand aus seinem Wams. Langsam schlug er die Zipfel des Stoffes auseinander, so daß der Inhalt schließlich frei auf seinen Knien lag.
»Das ist der eine.«
Högni schob den Kopf vor, als traute er seinen Augen nicht. »Glaubst du, ich handle mit Helmen?« fragte er geringschätzig. »Das kann dein Ernst nicht sein. Oder sollte dein König so gering von mir denken?«
Hjalti ließ sich nicht verblüffen. Er reichte seinem Gesprächspartner den Helm, drängte ihn ihm förmlich auf. »Wikinger tragen solche Helme nicht, er stammt von den Slawen...«

Högni packte widerwillig den Lederhelm, der gut gearbeitet war, jedoch schon lange getragen, als er ihm von den Knien zu rollen drohte.
»Nicht der Helm, sondern sein Inhalt ist wichtig«, ergänzte Hjalti.
»Hat er einen?« fragte Högni, drehte ihn um und hielt dem Krieger die Innenseite vor das Gesicht.
Hjalti nickte. »Der Kopf, der in den Helm paßt, ist der andere Gegenstand, den ich mitbrachte.«
»Wo ist er?«
»Auf meinem Schiff.« Hjalti deutete energisch mit dem Daumen zum Strand.
Högnis Lippen verzogen sich. Schätze hatte er erwartet, nun wurde ihm Kleinkram angeboten. »Was soll ich mit einem Helm und einem Kopf?«
»Er steht für eine ganze Dorfschaft«, versetzte Hjalti feierlich. »Geirmund bietet dir im nächsten Jahr zur selben Zeit hundert Sklaven an, Männer und Frauen, kräftige, arbeitsgewohnte Leute.«
Zum ersten Mal erwachte Högni aus seiner scheinbaren Gleichgültigkeit. »Hundert«, wiederholte er, und Hjalti entging sein atemloses Staunen nicht.
»Das hat dir noch keiner geboten«, prahlte er sofort.
Högni grunzte nur.
Hjalti war kein Kaufmann. Er mußte seinen Triumph auskosten, so wie es unter Kriegern Brauch ist, mit Worten weiterzukämpfen, wenn der Schlachtenlärm längst verstummt ist. Statt zu warten, fragte er eifrig: »Bist du interessiert?«
»Vielleicht. Welche Sicherheiten bietest du?«
Hjalti fuhr wütend auf die Beine. »Welche Sicherheiten bietest du, sollte ich wohl fragen? Hundert Sklaven sind Sicherheit genug für jeden Handel!«
Schneller als er seinen Dolch hätte ziehen können, stand

Eystein hinter ihm und stach ihm mit der Spitze seines Messers warnend in die Rippen. Högni winkte lässig mit seiner fetten Hand ab. »Das ist nicht nötig. Ein Norweger hat heißes Blut und eine kräftige Stimme. Erst wenn er nicht mehr brüllt, wird er gefährlich. Seine Handelsware ist gut.«
Eystein verschwand so leise nach draußen, wie er hereingekommen war, und Hjalti beruhigte sich.
»Du verstehst mich falsch«, erklärte Högni und lächelte schlau. »Ich will dir erklären, was ich meine: Wenn ich hundert Sklaven in Ketten verschiffen will, brauche ich drei Schiffe und mindestens vierundzwanzig Männer als Besatzung. Außerdem muß ich einen Käufer finden, und der muß seinerseits alles mögliche unternehmen. Sklaven sind schließlich keine Ware, die man im Schuppen ablegt, wenn es gerade nicht paßt.« Der erfahrene Kaufmann Högni machte eine Pause, und Hjalti war beeindruckt. Erst als Högni sich davon überzeugt hatte, fuhr er fort: »Das alles werde ich nur aufbieten, wenn der Handel wirklich sicher ist, das kannst du dir wohl denken. Es reicht nicht aus, wenn du sagst, daß du im Schlangenmonat oder im Erntemonat oder sonst wann kommst. Je größer der Handel, desto fester die Verabredung. Ich muß wissen, wieviele Sklaven du wann an welchen Ort liefern wirst. Und welche. Einhundert Frauen sind nicht einhundert Männer. Verstehst du?« Högni genoß seine Position. Ein sehr großes Handelsobjekt ist schwierig an den Mann zu bringen, weil die Konkurrenz klein ist. Hjalti hätte es einfacher gehabt, wenn er nur zwanzig Sklaven geboten hätte.
Hjalti verbarg seine Wut. Am liebsten hätte er sich einen anderen Kaufmann gesucht, der die Nase nicht so hoch in den Wind steckte. Aber es gab keinen anderen. Soviel wußten auch er und Geirmund, daß es nicht einfach ist, hundert Sklaven auf einmal zu verkaufen.

»Ich will ihn sehen«, verlangte Högni plötzlich.
Immer noch zornig, erhob Hjalti sich schweigend und verließ das Zelt.

Draußen waren Hrolf und Aslak an der Arbeit, Alf lümmelte vor Högnis Zelt herum. Die beiden hatten Steine und Äste beiseite geräumt und ein wenig Muschelsand aufgeschüttet, wo es notwendig schien. Die Zeltpfosten waren in die Erde eingegraben worden, und die Firststange lag bereits an ihrem Platz. Hjalti hielt sich nicht damit auf, ihnen zuzusehen oder sie zu ermuntern. Sie wußten, was sie zu tun hatten. Und er auch.
Mit festen Schritten ging er den kurzen Weg zum Wasser hinunter.
»Hat auch dir der Fenriswolf die Hand abgebissen, daß du nicht zugreifst?« brüllte Aslak oben, und Hjalti drehte sich um.
Er konnte sich denken, was los war. Zwischen Aslak und Alf gab es öfter Streit. Gegenwärtig sah Alf seelenruhig zu, wie Aslak die schwere Plane vom First über die Schultern rollte. Er rupfte einen Grashalm aus dem Boden und zerkaute ihn gemächlich, während unter der fallenden Leinwand Aslak fast zu Boden ging.
»Alf!« rief Hjalti erbost. »Von dir hatte ich Besseres erwartet! Wenn dir heute nacht an einem Platz im Schutz vor der Frostfinsternis gelegen ist, dann pack zu!«
Während Alf sich ohne Eile erhob, rief Aslak unter der Zeltbahn: »Du glaubst doch nicht, Hjalti, daß du mir bei diesem jämmerlichen Jungkerl beistehen mußt! Wenn er auch ein Verwandter des Königs ist!« Nun war er richtig böse geworden, und Hjalti zuckte die Schultern und wandte sich wieder dem Schiff zu.
Als er sich über die Bordwand ins Schiff schwang, entdeckte

er, daß außer dem Sklaven auch noch Sven Falschtakt an Bord war. Beide hockten auf den Deckplanken und überboten einander an Unfrieden und Mürre in den Gesichtern. Hjalti konnte dem Sklaven das Recht dazu nicht abstreiten, wohl aber Sven. »Geh hinauf und verdien dir dein Essen«, knurrte er. Hjalti hatte schon lange bereut, ihn an Bord aufgenommen zu haben. Svens Sippschaft hatte geschworen, daß er ein anstelliger Mann sei und schnell rudern lernen würde. Da die Männer mit ihm gegessen hatten, war er in die Gemeinschaft aufgenommen. Nun mußten sie mit ihm leben, bis er sie aus freien Stücken verließ.
Gleichgültig zerrte Hjalti am Strick, mit dem der Sklave am Mastfuß angebunden war, und riß ihn auf die Füße. Wertizlaw schleuderte ihm einen wilden Blick zu und unterdrückte mit Mühe ein schmerzhaftes Stöhnen. Die kantigen Bewegungen, mit denen er über die Bordkante kletterte, bewiesen deutlicher noch als die Wunde an der Schulter, daß er beim Kampf schwer angeschlagen worden war.
Folke, der gerade mit einem Armvoll dicker Knüppel aus dem Wald zurückkam, staunte dem Sklaven hinterher, der zwei Köpfe kleiner war als er selber, aber kräftig wie ein Riese wirkte. Die frische dunkle Feuchtigkeit neben dem Riß im Wams war das letzte, das Folke in die Augen fiel, bevor Wertizlaw in Högnis Zelt hineinstolperte.
Högni saß noch wie vorher. Als Hjalti den Sklaven ins Zelt zerrte, brach er in ein schallendes Gelächter aus. »Einen solchen Mann bringst du mir als Sklaven?« höhnte er. »Einen Zwerg, der vielleicht gestern noch mit den Riesen in einer finsteren Höhle im Berg Gemeinschaft hatte? Einen, bei dem man nicht weiß, welches Unglück er seinem Herrn schmiedet?«
Hjalti, dessen Laune durch den Unfrieden auf seinem Schiff nicht die beste war, geriet bei der abfälligen Rede in Weiß-

glut. »Dieser Mann ist stark wie ein Bär und dumm wie ein Ochse«, schrie er. »Glaubst du im Ernst, ich hätte ihn einfangen können, wenn er ein tückischer Zwerg wäre?«
Plötzlich schmunzelte Högni. »Nein, das hättest du wohl kaum gekonnt«, sagte er versöhnlich. »Und wenn deine Sklaven alle so kräftig sind wie dieser, will ich sie nehmen. Lieber wäre mir allerdings, die Frauen wären stark und die Männer weniger wehrhaft.«
Hjalti grollte immer noch, aber er hielt sich im Zaum. Schließlich galt er als einer der besonnensten Männer von Geirmund, und deshalb war er auch mit der schwierigen Aufgabe betreut worden, mit Högni handelseinig zu werden. Fragend zog er die Augenbrauen hoch.
»Sklaven, die ihr Schwert nicht vergessen können, sind untauglich für die Arbeit auf den Feldern, weißt du das nicht? Sie neigen dazu, ihrem Herrn mit der geballten Faust entgegenzutreten. Das ist nicht gut, weder für den Herrn noch für den Sklaven. Dem einen geht es an die Haut, dem anderen ans Leben.«
Hjalti ruckte vor Wut scharf an der Fessel, und die eiserne Handschelle schnitt dem Mann ins Handgelenk. Ohne sich zu bedenken, schnellte der schwarzhaarige Mann die Hand zur anderen Seite, und Hjalti mußte wohl oder übel dem kraftvollen Zug folgen, so daß er mit Wertizlaw zusammenstieß.
»Siehst du, das meinte ich«, bemerkte Högni, und seine Zufriedenheit ließ sich nicht übersehen, während Hjalti dem Sklaven zur Strafe ins Gesicht hieb.
Wortlos drehte Hjalti sich um und zerrte seinen Gefangenen aus dem Zelt.
Högni rief ihm nach: »Vergiß nicht, mir mitzuteilen, wo ich die Sklaven übernehmen soll.«
Aber für Hjalti waren die Verhandlungen beendet. Er machte

sich nicht die Mühe einer Antwort, und wenn es nach ihm gegangen wäre, würde der Schwede überhaupt keine bekommen. Aber er wußte, dann bekäme er großen Unfrieden mit seinem König. Er seufzte leise und kehrte mit leerem Kopf und Wut im Bauch zu seinem Schiff zurück.

4 Sven Ichwohlnicht

Nachdem das Zelt aufgeschlagen war, hatte jeder Mann das Recht, sich den Platz auszusuchen, den er haben wollte. Zusammen mit Hrolf und Aslak ging Folke zum Schiff zurück, um Packsack und Schlafsack zu holen. Alf kam nicht mit. Wie ein Wiesel war er verschwunden, nachdem das Zelt stand.

»Was hat Alf denn?« fragte Folke. Weder Hrolf noch Aslak antworteten, aber die dünne Blutspur an Aslaks Mundwinkel beantwortete immerhin einen Teil der Frage. Mit Aslaks Laune schien es auch nicht zum besten zu stehen.

Das Schiff lag verlassen, als sie ankamen. Hjalti war mit dem Sklaven im Zelt, viele Männer sahen sich wohl im Dorf um, und einige waren drüben bei dem Knorr, der nach London gehen sollte, und tauschten mit dessen Seeleuten Neuigkeiten aus.

»Na, Bootsbauer«, sagte Aslak, während sie durch das Wasser wateten, »sind die Schiffe aus dem Norden langsamer als die aus dem Süden? Bist du nicht mitgefahren, um das festzustellen?«

Folke verzog den Mund zu einem schiefen Lächeln. Er ahnte, was jetzt kommen würde. »Was soll ich jetzt wohl sagen? Wenn ich nein sage, erzählst du demnächst, ein kundiger Bootsbauer hätte den Schiffen aus dem Norden den Vorzug vor den eigenen aus dem Süden gegeben. Und sage ich: Sie sind langsamer, bist du verärgert.«

»Klug geantwortet«, warf Hrolf ein und lachte schallend. Er selber war nicht so flink mit dem Mundwerk, aber ein schlagfertiger Wortwechsel machte ihm soviel Spaß wie ein spannendes Tauziehen. »Und trotzdem kommst du so einfach nicht davon, Folke. Aslak wird auf einer wahrheitsgemäßen

Antwort bestehen. Ehemalige Rentierbauern begnügen sich nie mit der Auskunft, daß das Futter für ihre Herde vielleicht ausreichen wird – oder auch nicht. Sie müssen es genau wissen, denn ein Rentier wird vom ›vielleicht‹ nicht satt – und ein Lappe auch nicht.«
Aslak, der dabei war, ins Boot zu klettern, drehte sich um und gab Hrolf einen freundschaftlichen Klaps auf die Schulter. »Bei Jari dem Streitsüchtigen, du kennst mich und die Rentiere gut. Er kommt nicht davon.«
Folke war nicht begeistert bei dem Gedanken, daß er sich womöglich einen hitzigen Norweger zum Feind machen könnte. Er mochte aber auch nicht schmeicheln. »Ich bilde mir nicht ein, daß mein Boot sich auszeichnen wird, wenn sein Steuermann schlecht ist. Beim ›Grauen Wolf‹ ist das nicht anders.«
»Du meinst also«, stellte Hrolf nachdenklich fest, »bei einem gut gebauten Boot hängt die Schnelligkeit allein vom Steuermann ab?«
Folke nickte, und dann fiel ihm plötzlich ein, daß er während der Fahrt das Gefühl gehabt hatte, daß Njörd und seine Töchter sich mitschleppen ließen. Wenn er das jetzt erwähnte, würde Aslak es als Beleidigung auffassen. Aber Aslak entzog ihm ohnehin jede Veranlassung zum Weitersprechen, als er verärgert sagte: »Wenn deine Boote so wendig werden wie deine Zunge, will ich sie loben, und das mit besserem Grund.«
Folke war froh, daß Aslak anfing, die Bodenbretter aufzuheben, um nach seinem Seesack zu suchen, aber wenig froh über die Mißstimmung.
Hrolf stemmte sich an der Bordwand hoch. Mit dem Kopf deutete er zum Zelt hinüber. »Schnell ist er«, murmelte er, »aber manchmal denke ich, er weiß zwischen guter und gefährlicher Schnelligkeit nicht zu unterscheiden. Du hast es

ja selber gesehen. Ich wünschte, er nähme Njörd ernster. Mit seinem Herzen hängt er ihm nicht an.« Hrolf seufzte sorgenvoll. »Wie lange wird Njörd das dulden?« Mehr wollte er dazu nicht sagen, als Folke nachfragte. Aber Folke verstand, daß er als Wachführer nicht immer mit dem Steuermann einverstanden war.

Aslak kam mit seinem Sack wieder herauf und ließ die Bodenbretter offen liegen. Da würden noch andere kommen und ihre Sachen holen. Die Männer verstauten sie fast immer in der Nähe ihrer Sitzbänke; im Vorschiff und im Achterschiff war allerdings der Platz knapp.

Hrolf griff seine Sachen und sprang hinaus, daß das Wasser aufspritzte. Er und Aslak machten sich sofort davon, ohne auf Folke zu warten. Folke nahm sich deshalb Zeit und räumte gemächlich einige Bodenbretter beiseite, bis sein Fellsack zum Schlafen und auch sein Packsack aufgedeckt waren, daneben das kleine Bündel mit den Werkzeugen. Eigentlich hatte er keine Lust, sich damit abzuschleppen, aber dann entschloß er sich endlich doch dazu. In der Bilge war es feuchter als im Zelt, und Nässe zerstört Werkzeuge.

Als er das Bündel hochnahm, kullerten die Werkzeuge heraus. Ärgerlich fing er an, sie einzusammeln und durchzuzählen. Der Löffelbohrer fehlte. Folke legte sich auf den Bauch und fühlte in den Fugen zwischen den geklinkerten Brettern. Je tiefer er in den Kiel hinuntergreifen mußte, desto mehr Schmutz bekam er zwischen die Finger: Sand, kleine Steine, Holzstücke, und was sich in einer Bilge so ansammelt. Ganz unten stand Wasser, und sehen konnte er kaum etwas.

Aber der Bohrer war weg.

Verstimmt schnürte Folke das Bündel mit dem Lederriemen zu, wälzte die Ballaststeine an ihren Platz, deckte die Bilge wieder zu und verließ den »Grauen Wolf«. Ein Bohrer war kostbar. Wie sollte er seinem Vaterbruder den Verlust erklären, zumal er sicher war, das Bündel ordentlich verschnürt zu haben? Mit dem Sack über der Schulter und dem Werkzeugbündel unter dem Arm kam er bei den Zelten an.

Vor Högnis Zelt stand immer noch Eystein wie der Wächter Heimdall persönlich. Stur starrte er vor sich auf den Boden und wandte kaum die Augen, als eine junge Frau aus dem Dorf an ihn herantrat. Folke hatte sie bereits von ferne gesehen, denn der Weg ins Dorf war vom Strand gut einsehbar, und bisher war ihn noch niemand entlanggekommen. Sie war jünger, als Folke im ersten Moment gedacht hatte, denn die Unruhe, die in ihren Zügen lag, ließ sie gehetzt und streng wirken. Hastig strich sie die gelben Haarsträhnen hinter die Ohren, bevor sie geradewegs auf Eystein zutrat. Folkes Schritte wurden wie von selbst langsamer. Mit einer Aufwallung von Zärtlichkeit dachte er plötzlich an seine Frau. Auch sie trug am liebsten feingewebte Wollröcke mit blauer Kante. Aber sie hatte es nicht nötig, auf dem Feld zu arbeiten – ganz im Gegensatz zu diesem Mädchen: weiße Streifen auf der Stirn und um die Augen stachen gegen das sonnengebräunte Gesicht ab. Was mochte das Mädchen von Eystein wollen?
»Ich würde gern mit deinem Herrn sprechen«, bat sie in diesem Moment mit leiser Stimme.
Eystein lachte auf. »Wenn du ein Mann wärst, hättest du dich für diese Worte bereits verteidigen müssen. Sehe ich so aus, als ob ich einen Herrn über mir duldete?«
»Nein, nein«, wehrte sie verlegen ab und hielt ein Ledersäckchen in die Höhe, das Folke erst jetzt bemerkte, und sagte noch leiser: »Ich habe mit Männern wie euch wenig zu tun, ich kenne eure Aufgaben nicht. Ich möchte gerne mit dem Kaufmann Högni sprechen, und wenn du dieser wärst, soll es mir auch recht sein.«

Folke mußte ihren Mut bewundern. Sie kannte die Männer nicht, aber Furcht hatte sie nicht vor diesem Tropf Eystein, und das geschah ihm ganz recht.

Eysteins Stirn legte sich in abweisende Falten, und er tat erstaunt. »Mit Kleinigkeiten geben wir uns nicht ab«, erklärte er knapp.

»Ich glaube nicht, daß ich Kleinigkeiten anzubieten habe.« Das Gesicht der jungen Frau lief dunkelrot an, und langsam ließ sie den Beutel sinken. Sie sah den Krieger bittend an. Aber Eystein dachte gar nicht daran, den Eingang freizugeben, und das Mädchen war ratlos.

»Högni ist in Haithabu bekannt für seine gute Nase bei Geschäften«, sprach Folke so laut, daß sogar die müßigen Männer der anderen Bootsbesatzungen zu ihm heraufblickten. »Ist deine ebenso berühmt?«

Der Wächter drehte noch nicht einmal den Kopf zu Folke hin, aber er spie aus. Spritzer beschmutzten den Saum des langen Kleides, das das Mädchen aus dem Dorf trug. Sie trat bescheiden zurück, ohne sich zu beschweren.

In diesem Moment schlug eine beringte Hand den Zelteingang zurück, und Högni selbst erschien. Er musterte nacheinander das Mädchen, Folke und seinen Mann. Seine Gesichtszüge waren schlaff wie die eines Franken, aber die Augen klar und wach. Auf Eystein blieb sein Blick mit mäßigem Vorwurf hängen. »Dein Geschäft ist das Bewachen, Eystein, meine Geschäfte erledige ich selbst«, sagte er und bat das Mädchen mit einer einladenden Handbewegung ins Zelt.

Sie trat hastig einen Schritt vorwärts, als hätte sie Angst, daß Eystein ihr Anliegen immer noch verhindern könnte, und während ihr Gesicht bereits durch den Schatten des Zeltdaches verdunkelt war, drehte sie sich nochmals um und sagte ruhig: »Mein Name ist Aud.«

Folke nickte, denn er war wohl gemeint gewesen. Dann

nahm er seinen Sack auf, den er auf dem Schotter abgestellt hatte, und wollte zu Hjaltis Zelt hinübergehen.
»Einen Augenblick«, fauchte der bis dahin so wortkarge Wachposten von Högni und fing Folkes Ärmel mit der Spitze seines streitlustig gezogenen Dolches auf. Folke blieb sofort stehen. Der Mann meinte es ernst. »Högni duldet keine Einmischung in seine Geschäfte, das hast du ja gehört.« Während Folke bedächtig nickte, fuhr er fort: »Ich auch nicht. Merk dir das!«
Danach schob er Folke von sich fort, und dieser beeilte sich mit zusammengebissenen Zähnen, im Zelt der Norweger zu verschwinden. Er wußte doch, daß es in der Umgebung von Kaufmann Högni immer Ärger gab... Und trotzdem würde er Aud auch ein weiteres Mal gegen diese unangenehme Kaufmannssippe helfen.
Hrolf und Aslak hatten ihre Schlaffelle bereits ausgebreitet: in der Mitte des Zeltes, in der Nähe des Feuers, wo sie behaglich sitzen und später auf allen Seiten beschützt von schwerbewaffneten Kriegern gut schlafen würden. Es wäre Folkes gutes Recht gewesen, ebenfalls auf einem der begehrten Plätze sein Lager aufzuschlagen, aber er mochte nicht, denn Hrolf und Aslak forderten ihn nicht auf, und Hjalti war tief in Gedanken. So rollte Folke sein Fell neben dem Eingang aus und setzte sich still darauf.
Nach und nach trudelten die Ruderer ein, die keine Pflicht am Zelt oder am Boot festgehalten hatte. Sie schwatzten, richteten sich ihr Lager ein und schnupperten in die Luft, um zu erraten, was sich im Kochtopf befand. Konnte ja sein, daß derjenige, der heute kochte, im Dorf etwas Besonderes angeboten bekommen hatte.
Allmählich aber merkte auch der letzte, daß irgend etwas schiefgegangen war. Die gewöhnlichen Alltagsgespräche hörten auf, und sie flüsterten miteinander. Folke, der sich

von seinem Platz nicht gerührt hatte, hatte keine Ahnung, was an dem Handel mit Högni schiefgegangen sein konnte. Die Männer waren so sicher gewesen, daß er ihnen die Ware mit großem Gewinn auf beiden Seiten abkaufen würde. Die Zufriedenheit hatte er gespürt, wenn er auch immer noch nicht wußte, worum es bei diesem Handel überhaupt ging.
Aber als die Fischsuppe aus mehreren Dorschen und Aalen in den Schalen der hungrigen Männer dampfte und das Bier, das Hjalti aus dem Schiff hatte hochschaffen lassen, ihnen die Zungen löste, erfuhr Folke endlich, was sie so mächtig ärgerte.
»Glaubst du vielleicht, Hjalti«, rief Bolli, der lieber ruderte als sprach, dessen Kopf aber längst nicht so schwer war wie sein Körper gewichtig, »ich lasse meine Söhne im nächsten Sommer unter meinen Mägden wildern, statt auf Sklavenjagd zu gehen? Es reicht, wenn ich ihnen den langen Winter über die Zügel anlegen muß. Im Sommer müssen sie weg vom Hof! Ich überlasse es Geirmund, was er mit ihnen machen will!«
»Aber was kann er denn machen?« fragte Frodi bitter.
»Ach«, rief Alf aus, der sich für die Nacht neben Hjalti eingerichtet hatte, »für deine Söhne wüßte ich eine Aufgabe! Sie sollen die Sklaven selbst in den Süden bringen. Ich bin dabei!«
Hjalti mußte lächeln über Alfs Überschwang. »So einfach ist es nicht«, gab er zu bedenken. »Wir sind den Kaufleuten nicht gewachsen, den christlichen noch weniger als unseren eigenen.« Er war aufgestanden, weil das, was er zu sagen hatte, für jeden gelten sollte, und mit jedem Wort wurde er ernster. »Die Welt verändert sich schnell. Vor einigen Jahren hätte Geirmund keine Sorgen zu haben brauchen, seine Sklaven loszuwerden, aber heute ...? Es ist nicht mehr so einfach. Die Kaufleute selber zieren sich, und wo sie früher

kurzerhand die Leute hätten verladen lassen, müssen sie nun angeblich lange vorher planen und Käufer suchen, und das Ende vom Lied ist, daß sie gewaltig den Preis drücken. Manchmal muß man sich schon freuen, daß sie einem die Ware überhaupt abnehmen. Vielleicht müssen wir uns in Zukunft einer anderen Ware zuwenden, so sehe ich das.«

Die Männer waren still und sahen sich aus den Augenwinkeln an. Folke war es unbehaglich, ohne daß er gewußt hätte, warum.

»Vielleicht wechseln wir nicht die Ware, sondern den Kaufmann. Wer außer Högni kommt denn noch als Kaufmann in Frage?« Aslak war es, der sprach. Von ihm gewann Folke wider Willen den Eindruck, daß er versuchte, den Dingen auf den Grund zu gehen, im Gegensatz zu seinem Freund Hrolf, der zu schnell aufbrauste.

Hrolf schluckte und wischte sich das Aalfett aus den Mundwinkeln. »Kari«, sagte er scharf, und man konnte hören, daß alter Groll aus ihm sprach. »Schon längst hätte Geirmund sich mit Kari verständigen sollen. Er ist der einzige norwegische Fernhändler, der hundert Sklaven verkaufen kann. Im Handumdrehen. Der ist nicht wie Högni der Zaghafte«, höhnte er.

Hjalti schüttelte entschieden den Kopf. »Die Fehde zwischen Geirmunds und Karis Sippe besteht seit Menschengedenken. Ich hörte sagen, daß Kari Spaltzunge, der der Vatersvater von Kari Händler war und auch schon Handel betrieb, Otr auf Geirstad um ein gutes Schwert betrogen hat. Bezahlt hatte Otr das Schwert Siegreich, und bekommen hat er ein Kurzschwert ohne Heil und ohne Namen. Kari ließ es abliefern mit den Worten, nun könne Otr ja siegreich sein.«

Die Männer nickten betreten. Was da geschehen war, mußte jede Freundschaft und jeden Handel zwischen einem König auf Geirstad und einem Händler zerschlagen.

»Die Geirstadsippe wird diese Beleidigung niemals vergessen«, rief Alf, obwohl sich das jeder hatte denken können. »Und richtig war es, daß Kari Spaltzunge sofort für den Betrug hat büßen müssen.« Er setzte sich wieder und verschwand hinter Hjaltis Rücken. Trotzdem hatte Folke gesehen, daß eins seiner Augen blau und die Wange dick war.
Folke dachte plötzlich an Högni und war froh, daß der schwedische Händler, der schon so lange in Haithabu lebte, die dortigen Sitten angenommen hatte. Eine Fehde bestand zwischen seiner und des Händlers Sippe ebenfalls, aber niemand rührte daran, und allmählich geriet sie in Vergessenheit. Die Norweger jedoch hingen noch an den alten Sitten.
»Die verfluchten Christen«, murmelte neben Folke der unscheinbare Ulf, der keinen besseren Platz hatte ergattern können und seinen Ärger deutlich gezeigt hatte, während er seinen Schlafsack ausrollte. »Die sind schuld an allem.«
Folke schüttelte den Kopf. »Die kaufen gern Sklaven. Die Franken haben große Handelsmetropolen, die vom Sklavenhandel leben. Die haben bestimmt keine Schuld, daß der Sklavenhandel schwieriger geworden ist.«
»Wer denn sonst?« fragte Ulf, der zwar im Boot dicht bei Folke gesessen hatte, aber zur Backbordwache gehörte und mit Folke unterwegs nichts zu tun gehabt hatte. Er war Folke nur aufgefallen, weil er ein Gefolgsmann von Alf zu sein schien und sich von diesem beschenken ließ.
Folke überlegte. Er konnte die Frage nicht in einem Satz beantworten. Der Handel mit einzelnen Sklaven war überhaupt nicht schwieriger geworden. Aber das Geschäft verlagerte sich. Die Kaufleute hatten sich an bestimmte Zulieferer gewöhnt, die für die Güte ihrer Ware bürgen konnten. Handelsrouten und Händlergemeinschaften waren heute fester gefügt als vor einigen Wintern. Die neue Münzwerkstatt von Knuba in Haithabu hatte weitreichende Folgen gehabt, wie

jeder sehen konnte, der mit offenen Augen in Haithabu lebte. Die Norweger hatten es nicht gewußt, aber er hätte es ihnen sagen können.
Folke warf seinem Nachbarn einen Blick zu. Ulf war bleich, wie rotblonde Leute es manchmal auch am Ende des Sommers sind, und wartete mit ausdruckslosen, vorstehenden Augen auf Folkes Antwort. Trotzdem schluckte Folke seine Gedanken ungesagt hinunter. Ulf würde sie nicht verstehen. Plötzlich war er sehr stolz auf seine fortschrittliche Stadt.
Inzwischen waren die Reden hin- und hergegangen. Folke beugte sich vor und beobachtete Sven, der ihm unversehens ins Blickfeld geraten war. Er schien verärgert. Und möglicherweise sogar neidisch. Aber wer konnte auf Männer neidisch sein, die eben erfahren hatten, daß ihre Plünderfahrt mit Aussicht auf großen Gewinn ins Wasser fallen würde?
Ohnehin verstand Folke das alles nicht. Was am Morgen noch so geheimgehalten worden war, wurde jetzt munter besprochen. Vielleicht hatte Hjalti vor lauter Verärgerung vergessen, daß er Zuhörer hatte. Oder Sven und er waren nun beide in die Gemeinschaft aufgenommen. Mit allem, was dazugehörte: Annehmlichkeiten, Pflichten und Geheimnissen. »Mit wie vielen Booten wolltet ihr denn fahren?« flüsterte er Ulf ins Ohr.
Ulf sah ihn stolz an. »Mit drei. Eins ist noch im Bau. Vielleicht fahre ich darauf schon als Wachführer. Alf will Steuermann werden.« Und dann fügte er hinter vorgehaltener Hand hinzu: »Es ist ein großes Dorf. Wir haben den ganzen Sommer gebraucht, um das richtige auszukundschaften.«
Folke wollte ihn noch weiter aushorchen, als Sven sich erhob, um zu sprechen. Die Bootsleute schwiegen erstaunt; aber niemand würde einem Gast verwehren, seine Meinung zu sagen. Im Licht der flackernden Flammen ähnelte Sven mehr denn je einem widerborstigen Eber. Die Narbe auf

seinem Gesicht leuchtete rot auf der bleichen Haut, als er anfing zu reden.

»Mir«, krächzte er und räusperte sich dann umständlich, »steht es nicht zu, unter euch zu sprechen, denn ich gehöre nicht zu eurer Schiffsgemeinschaft. Zu den Dingen, die nur euch etwas angehen, würde ich auch nichts sagen, nur zu denen, die mich angehen.«

»Dann sag auch nichts!« Aus einem breiten Brustkasten wie dem von Bolli konnte kein Flüstern kommen: seine Stimme ertönte laut durch das Zelt, obwohl er nur vor sich hin gesprochen hatte.

Sven schien einen Moment irritiert, dann holte er tief Luft und fuhr fort: »Mich gehen die Sklaven dieses Dorfes mehr an als euch. Ihr wildert in unserem Revier. Meine Verwandten wollen es im nächsten Jahr ausplündern.«

Die Männer sperrten Ohren und Münder auf angesichts der frechen Besitznahme eines Dorfes, das ihnen so gut wie gehörte. Sie warteten auf eine Erklärung. Sven jedoch setzte sich abrupt und sank in sich zusammen.

»He, du«, brummelte der lange Finn, der auch im Sitzen so lang war, daß er auf seinen Nachbarn hinunterblicken konnte, »du nimmst den Mund zu voll! Das Dorf gehört uns. Wir haben in diesem Sommer ein paar von den Leuten totgeschlagen und eine Kostprobe für den Händler abgeholt, und im nächsten werden wir ...«

»Meine Leute werden es euch zeigen!« unterbrach ihn Sven aufgebracht. Dann fiel er wieder in sich zusammen, und Folke dachte bei sich: Dieser Mann ist gespalten wie ein Schlangenende auf Gedenksteinen – im einen Augenblick Mut für drei, im nächsten schon wie ein greinendes Kind. »Meine Leute ...«

»Du wohl nicht?« fragte Aslak ruhig.

Folke wunderte sich, daß diese drei Worte Sven so tief treffen konnten. Denn Sven sprang auf, suchte mit rachsüchtigen Blicken den Sprecher im Halbdunkeln und fing an, sich seinen Weg durch die Männer zu Aslak zu bahnen. Niemand hielt ihn auf. Und trotzdem hielt Sven auf halbem Weg inne, drehte wieder um und ging steifbeinig zu seinem Schlafsack zurück. »Ich wohl nicht . . .«, bestätigte er tonlos, aber es war so still unter den Männern, daß sein Flüstern bis zu Folke am Eingang drang.

Kurze Zeit schwebte die Beklemmung der Männer fast greifbar im Zelt, weil Sven so offensichtlich nicht gewagt hatte, sich die Genugtuung zu holen, nach der es ihn verlangt hatte. Es war kein gutes Zeichen für die Männer, daß sie einen Feigling in ihre Gemeinschaft aufgenommen hatten. Wie ein Mann richteten sie ihre vorwurfsvollen Blicke auf Hjalti, aber der zuckte die Achseln.

»Sven Ichwohlnicht . . .«, sagte Aslak leise, und jeder verstand, daß er ihm damit einen Namen gegeben hatte. Wenn ein Vater seinen Sohn nach der Geburt aufnimmt und ihm den Namen gibt, der zu ihm zu gehören scheint, ist es ein guter Name, weil in ihm ein gestorbener Vorfahr wiederauflebt. Und wenn ein erwachsener Mann einem anderen einen Namen gibt, ist dieser häufig ein Ehrenname, weil er eine Eigenschaft des Mannes lobt. Aber dieser war kein Ehrenname.

Folke zog lautlos und tief die Luft ein. Wie würde Sven sich verhalten?

Aber Sven, der sich hingesetzt hatte, während er den Zunamen bekam, der ihn nun sein ganzes Leben begleiten würde, stöhnte laut auf, statt nach Rache zu brüllen, und schlug die Hände vor das Gesicht.

Die Norweger sahen sich entsetzt an, dann blickten sie auf Sven. Was war das für ein Mann? War er überhaupt ein Mann? Keiner hatte mehr Lust auf Unterhaltung, auch nicht

auf Gesang oder Spiel. Hjalti erhob sich und trat das Feuer aus, und in seinem Tritt lag große Wut auf den Mann, den er aufgenommen hatte und der ihm nichts als Schande bringen würde.
Leise zog Folke sein Wams aus, rollte es fest zusammen und schob es unter seinen Schlafsack. Dann schlüpfte er hinein und schlief sofort ein.

Folke schlief traumlos tief und wachte dann plötzlich auf, ohne daß er wußte, was ihn geweckt hatte. Er lugte unter der Zeltwand hindurch und sah in die tiefdunkle Nacht. Es gab nichts, was ihn hinausgelockt hätte, denn mit den Mächten der Frostfinsternis war nicht zu spaßen. Aber er mußte pinkeln! Leise kroch er aus seinem Fellsack, hob die Zeltwand an und schlüpfte hinaus. Tau war gefallen, seine nackten Füße wurden naß, und als er sich umdrehte, sah er hinter der Burg schon den ersten Schimmer des Tages. Dann tappte er schlaftrunken von den beiden Zelten weg und schlug sein Wasser dort ab, wo er das sumpfige Gelände wußte und bestimmt weder Reusen noch Netze zum Trocknen aufgehängt waren. Während er dem Plätschern mit geschlossenen Augen lauschte, hörte er irgendwo hinter sich ein Geräusch. Von einem Nachtvogel stammte es nicht... Jäh drehte er sich um.
Da war es wieder. Ein schabendes Geräusch, das vom Ufer herzukommen schien. Oder von den Booten. Jetzt war Folke hellwach. Leise schlich er über den Dünenkamm zum Ufer, legte sich auf den Boden und kroch wie eine der Robben vor Erri auf die Boote zu.
Erst als der Steven des »Grauen Wolfs« sich querab von ihm schwarz aus der Wolkenhelligkeit abhob, richtete er sich vorsichtig auf. Das schabende Geräusch ertönte leise, aber stetig. Der Sklave, dachte er, das ist der Sklave, der die Kette

dünnraspelt, um sich zu befreien. Er würde den Sklaven überraschen.
Plötzlich bemerkte er eine Bewegung weit hinten im Heck des Bootes. Der Sklave hatte sich also bereits befreit. Folke blieb mitten im Wasser stehen, um nochmals über das sanfte Plätschern der Wellen am Ufersaum hinweg zu lauschen. Das Geräusch hatte aufgehört, aber mit geweiteten Augen sah er eine Bewegung oder vielmehr einen Schein wie von einer Klinge oder Schneide im Mondlicht.
Folke drehte sich ganz sacht wieder zum Ufer um. Er war zuweilen kühn, jedoch niemals tollkühn. Es würde niemandem nützen, wenn er selber mit gespaltenem Schädel im Wasser trieb. Und gegen einen Mann, der eine der langschäftigen Streitäxte zur Hand hatte, die im Boot lagen, und dabei eine halbe Manneslänge über ihm stand, würde er mit seinem kurzen Messer nicht ankommen. Einen weiteren Mann brauchte er mindestens.
Als er den Strand endlich erreicht hatte, nahm er keine Rücksicht mehr darauf, ob man ihn hörte oder nicht, sondern stürmte auf die Düne. Hinter ihm polterten Steine den Wall hinunter und plätscherten ins Wasser.
Der andere war schneller. Ohne daß Folke ahnte, wie nah der Verfolger war, ja sogar ohne daß er überhaupt von ihm wußte, stand plötzlich ein Schatten neben ihm. Der Schatten holte aus und schlug zu.

Als Folke wieder erwachte, graute der Morgen, und zwischen den Häusern bellte ein Hund. Langsam setzte er sich auf und öffnete die Augen erst, nachdem das Kreisen in seinem Kopf aufgehört hatte. Dann kroch er die wenigen Schritte zum Zelteingang, und ihm war, als müßte er die schmale, kalte Brücke Bifröst zwischen Midgard und Asgard über einem tiefen Abgrund bezwingen. Zuweilen fühlte er sich stürzen,

aber dann spürte er das Gras zwischen seinen Fingern und zog sich verbissen vorwärts.
Am ersten Sack, der ihm im Zelt in die Finger kam, zerrte er, bis der Besitzer wütend Laut gab.
Das nächste Mal kam Folke zu sich, als mehrere Männer ihn umstanden und auf ihn hinuntersahen. »Seht auf dem Boot nach«, krächzte er mühsam. Während ihm der Kopf wieder ins Gras sank, hörte er Schritte, die sich entfernten.
Gleich darauf erscholl Hrolfs Stimme: »Der Sklave ist fort!« Ein Wutgebrüll erhob sich.
Da die Männer nun alle zum Boot liefen, hatte Folke Zeit, sich aus seiner entwürdigenden Lage aufzurappeln und sich wenigstens hinzusetzen. Er lehnte mit dem Rücken an der Zeltstange des Eingangs und bekam auch seine Augen wieder auf, als Hjalti mit einem Sprung vor ihm stand.
»Erzähl, was passiert ist«, forderte Hjalti knapp.
Die Männer machten finstere Gesichter, als Folke berichtete. Sie haben allen Grund zur Wut, dachte er und betrachtete sie der Reihe nach. Zum Glück nicht auf ihn. Erst hatten sie einen Mann verloren, dann die Sklaven nicht verkaufen können, dann hatte Sven sich als untauglicher Schiffsgenosse erwiesen, und nun war obendrein der Sklave weg. Die Fahrt stand unter einem unglücklichen Stern. Und obwohl er mit alldem eigentlich nichts zu tun hatte, war ihm unbehaglich zumute. Er rappelte sich auf und blieb noch ein wenig unsicher am Zelteingang stehen.
Aslak schob sich nahe an ihn heran und starrte ihm ins Gesicht. »Daß Kaufleute nicht die Mutigsten sind, wußte ich«, sagte er leise, »aber daß Bootsbauer in Haithabu bei ihnen in die Lehre gehen, war mir neu.«
Folke besann sich nicht lange. Ihm reichte es allmählich. Aslak konnte den Streit haben, den er suchte. »Daß Rentiere nicht sehr klug sind, wußte ich«, fauchte er zwischen zusam-

mengebissenen Zähnen, »aber daß ihre Hütejungen bei ihnen in die Lehre gehen, war mir neu.«
Aslak schluckte. Folke konnte seine Kehle sich bewegen sehen und hörte, wie schwer der Mann atmete. Er machte sich auf einen Zweikampf gefaßt und schüttelte den Kopf, um sich die dumpfe Leere aus dem Schädel herauszuschlagen. Dann zog er sein Messer.
Hrolf, der ihnen interessiert zugehört hatte, brach in lautes Gelächter aus. »Ich glaube, Aslak, mit Worten muß ein Norweger gegen einen Mann aus Haithabu verlieren. Und mangelnden Mut kannst du ihm nicht vorwerfen. Sieh dich an und sieh ihn an: Eine langbeinige Schnake mit geknickten Flügeln richtet ihren Stachel gegen einen Bären, der sie mit seinem Atem hinwegpusten könnte.«
Aslak ließ die Schultern sinken. Plötzlich grinste er Folke ein wenig an und nickte. »Hrolf hat selten recht, aber heute will ich eine Ausnahme machen.«
Folke steckte das Messer wieder zurück und lockerte vorsichtig seine Hand. Er wagte dem vierschrötigen Mann gegenüber ein Lächeln. Er hatte Glück gehabt, daß er mit Aslak aneinandergeraten war. Die meisten Norweger hätten die Sache ohne viel Federlesen mit der Waffe beantwortet.
»Wenn ich es mir recht überlege, wäre es der Sache auch nützlicher, wenn du noch ein wenig erzählen könntest«, fuhr Aslak fort und nahm Folke beim Arm. Folke versteifte sich sofort wieder, aber es erwies sich, daß Aslak ihn nur beiseite führen wollte. »Zu viele Ohren sind nicht gut«, murmelte er und deutete mit dem Kinn auf das Zelt von Högni, wo sich in Schulterhöhe von Folke eine Einbuchtung abzeichnete, just da, wo sich der Kopf eines nicht allzu großen Mannes befinden würde.
Folke runzelte die Stirn, und dann berichtete er Aslak mit gedämpfter Stimme weitere Einzelheiten.

Währenddessen standen die meisten Männer untätig am Strand. Als einige von ihnen sich entschlossen, die Schlafsäcke zusammenzupacken, um sie im Schiff zu verstauen, rief Hjalti ihnen zu, daß sie heute noch hierbleiben würden.

Da merkte Folke, wie ernst der Schiffsführer die Sache mit dem Sklaven nahm. »Der Mann war ungewöhnlich schnell«, versuchte er sich zu erinnern. »Ich bin nicht langsam, und doch war er mit mir hier.«

»Im Kampf bin ich Wertizlaw nicht begegnet«, sagte Aslak nachdenklich, »aber Hrolf, der mit ihm zu tun hatte, wunderte sich über die Schnelligkeit, mit der er sein Kurzschwert schwang. Er war es wohl auch, der Lodin den Kampfblinden derart zugerichtet hat; und das, obwohl er nach einiger Zeit alle seine Waffen verloren hatte und auf dem Boden nach anderen suchen mußte.«

Lodin der Kampfblinde, das war der Verletzte, der zu Hause von seiner Mutter Aasa gepflegt wurde. Niemand hatte ihn bisher erwähnt.

»Vielleicht hast du Glück gehabt, daß du nur niedergeschlagen wurdest.«

Jäh wurde Folke bewußt, daß es nicht selbstverständlich war, daß er noch lebte. Wertizlaw hätte ihm leicht das Genick brechen können. Er nickte.

Als Aslak merkte, daß Folke nun alles gesagt hatte, verließ er ihn und ging hinüber zu den Männern, die Hjalti umstanden und mit ihm beratschlagten.

Mittlerweise war es hell geworden, aber jeder konnte sehen, daß der Tag trübe bleiben würde. Eilig zogen die Wolken über den Himmel, und vielleicht würde es auch noch regnen. Solches Wetter konnte schnell in die nicht enden wollenden Winterstürme übergehen, die ihnen die Weiterfahrt unmöglich machen würden. Folke wußte, daß sie sobald wie möglich aufbrechen mußten.

Aber Hjalti hatte anderes vor. »Wir werden suchen, bis wir ihn finden«, brüllte er über den Strand, und das galt sowohl den wenigen anwesenden Visbyern als Warnung, den Sklaven nicht etwa zu verstecken und für sich zu behalten, als auch Högni und seinen Männern. Und um ihren festen Willen zu bekunden, die Sache zu einem Ende zu bringen, schlugen die Ruderer mit den Kurzschwertern an die Schilde. Die Frauen des Dorfes, die zufällig am Strand waren, griffen nach ihren kleinen Kindern und verschwanden so eilig zwischen den Heckenrosenbüschen, daß die letzten Blütenblätter hinter ihnen zu Boden rieselten.

Auch Folke wußte, daß die Fahrt nun anders verlaufen würde, als er und sein Vaterbruder sie geplant hatten. Aus einer Probefahrt für einen Schiffsbauer war eine Fahrt in einen Kampf geworden. Wer konnte wissen, wo das noch enden würde.

Mit verdrossenem Gesicht, was nur zum Teil von den Kopfschmerzen herrührte, betrat er das Zelt. Die Fellsäcke, der schmutzige Kochtopf, ein fliegenübersätes Schneidbrett mit Fischresten, Kleidungsstücke und Packsäcke lagen in großem Durcheinander auf dem Boden. Das Zelt war leer.

Nur in Svens Ecke grunzte jemand, und als Folke genauer hinblickte, bemerkte er zu seinem Erstaunen, daß Sven noch in seinem Schlafsack lag und erst jetzt dabei war aufzuwachen. Seine Nasenspitze beschrieb einen Bogen, an dem Folke feststellen konnte, daß Sven sich umsah, und als er damit fertig war, warf er die Decke von sich, sprang auf und stand geduckt mit dem Beil in der Hand da, noch bevor Folke ihm gut zureden konnte. Erst als Sven sich überzeugt hatte, wer vor ihm stand, richtete er sich ganz langsam auf und legte die Waffe beiseite.

Folke konnte sich denken, daß Sven ihn gegen das helle Licht nicht hatte erkennen können. Wahrscheinlich hatte er

aus der Leere im Zelt geschlossen, daß die Männer irgendwo in Kämpfe verwickelt und tot waren und nun einer käme, um das Zelt auszuplündern. Trotzdem ärgerte er sich.
»Bist du immer so mißtrauisch?«
»Man weiß nie«, antwortete Sven kurz. »Ich bin hier nicht unter Freunden.«
»Vielleicht glauben sie, daß du auf ihre Freundschaft keinen Wert legst«, gab Folke verdrießlich zurück und ließ sich behutsam auf seinen Schlafsack niedersinken. »Ich glaube es auch.«
Sven schob das Kinn vor und antwortete nicht. Hastig packte er seine Sachen zu einem Bündel zusammen und verschnürte es fest mit einem Lederriemen. Mit dem Fuß rollte er den Packen an die Zeltwand.
Folke, der die Hände unter dem Nacken verschränkt hatte, beobachtete ihn dabei. »Wir fahren heute nicht«, sagte er.
»Kann ich mir denken.« Svens Antwort war so gleichgültig wie sein ganzes Gebaren, und Folke sparte sich die Frage, warum er dann packe. Einen Eigenbrötler wie Sven Ichwohlnicht konnte keiner belehren.
Folke schloß die Augen, und er mußte wohl eingeschlafen sein.
Nach einer Weile hörte er das Geräusch von vielen Füßen vor dem Zelt und von Waffenklirren.
»Wohin wollt ihr?« fragte er Bard, der pfeifend und mit großen Schritten über die Packsäcke und Kleidungsstücke stieg und sich an seinen Sachen zu schaffen machte.
»Bergvögel fangen«, sagte Bard tatendurstig und sammelte hastig seine Waffen zusammen.
Folke, noch ganz verschlafen, antwortete verwirrt: »Gegen die braucht man doch keinen Speer.«
»Gut, wenn wir keine Vögel finden, nehmen wir eben Sklaven.«

»Ach so«, murmelte Folke und rappelte sich auf. Wohl oder übel mußte er nun mit. Die Sache der Norweger war auch zu seiner eigenen geworden. Gern hätte er Sven auf die Probe gestellt, wie der es denn nun mit der Freundschaft hielt, aber Sven war nicht im Zelt, und Folke beeilte sich, die Ruderer einzuholen, die sich bereits auf den Weg gemacht hatten.
Als er am Zelt des schwedischen Kaufmanns vorüberrannte, schlüpfte gerade ein Mann unter Eysteins langem Arm hindurch und hinein. Genau konnte er nicht sehen, wer es war, aber der saubere Haarschnitt ließ auf Alf schließen. Möglicherweise hatte dieser im Namen von Hjalti etwas mit dem Schweden zu regeln.
Am weitesten vorn waren Hjalti und Hrolf. Mit entschlossenen harten Schritten stapften sie zwischen den ersten Häusern des Dorfes die Straße hinauf. Hier sah es anders aus als in Haithabu: Sie würden es nicht nötig haben, Gatter und Tore zu Grundstücken einzutreten, denn es gab keine. Die Hütten lagen offen da für jeden, der sie betreten wollte, und vielleicht war dies auch der beste Schutz für ihre Bewohner.
Jedenfalls stießen die Männer, die in die Vorgärten und Hinterhöfe strömten, auf keine Gegenwehr. Die Fischer gingen auch aus dem Weg, wenn auch zögernd, als die Männer begannen, in die Häuser einzudringen.
Hjalti mußte irgend etwas zur Beruhigung der Leute gesagt haben, denn sie rührten ihre Waffen nicht an, und so kam auch niemand zu Schaden, nicht einmal die Hühner, die aufgeregt vor den Kriegern über den Weg flatterten. Diese hatten die Frauen nicht mehr einsperren können, wohl aber hatten sie die Kinder eingefangen; die Kleinsten schmiegten sich an die Röcke der Mütter und blinzelten mit einem halben Auge die gefährlichen Männer an.
Folke schlenderte mehr oder weniger hinterher. Er hatte nicht die geringste Absicht, eines Sklaven wegen, den er

weder gefangen hatte noch verkaufen wollte, mit einem Visbyer Streit anzufangen. Schließlich waren die Visbyer nahe Nachbarn der Haithabuer, und gute Schiffsbauer lebten sicherlich nicht unter ihnen. Folke hatte unter Thorbjörns Aufsicht gelernt, für die Zukunft zu planen. Er nutzte die Zeit, um sich unter den Leuten umzusehen.

Zwischen den Hütten der ärmeren Fischer in Strandnähe und der Burg lagen am Hang die Häuser der Bauern; einige der Bauern blieben trotzig neben Frau und Kindern stehen, in der Hand die Axt. Immer noch war Hjalti ganz vorn, und neben ihm lief nun Alf; Folke merkte, wie der junge Mann vor Verlangen zitterte, in die Häuser zu stürmen. Aber immer wieder hielt Hjalti ihn zurück. Folke, der den Anführer beobachtete, merkte bald, warum Hjalti trotz allem als ein besonnener Mann galt. Auf dem Land war sein Augenmaß genauer als auf dem Schiff.

Vor einem der Häuser wäre Folke beinahe auf Aud geprallt, und erkannt hatte er sie nur deshalb nicht gleich, weil er gebannt auf die Axt starrte, die sie genau wie die Bauern vor sich auf den Boden gestellt hatte. Nur befanden sich hinter der Axt eben nicht kräftige Männerbeine, sondern ein Rock. Staunend betrachtete er sie und ihren Hof. Das Haus war in gutem Zustand, der Kalkbewurf weiß wie neu und das Dach frisch gedeckt. Hellgelb stach das Reet von dem grünbemoosten des Nachbarhauses ab. Und dennoch schien es kaum bewohnt zu sein: neben Aud stand ein Junge, der vielleicht acht Jahre alt sein mochte, und er konnte ebensogut ihr Bruder wie ihr Sohn sein. Hinter beiden tauchte in der Eingangstür eine alte Frau auf. Aber ein Mann war weit und breit nicht zu sehen.

Folke nickte Aud überrascht zu, und sie lächelte ihn trotz ihres angespannten Ausdrucks freundlich an. Dann aber flogen ihre Augen schnell und besorgt wieder über die fremden

Männer, und Folke verstand, daß sie Angst hatte. Kein Wunder, wenn kein Mann auf dem Hof war.
Hrolf, der weiter vorne gewesen war, hatte sich wohl nach Folke umgesehen und dabei entdeckt, daß dieser sich in aller Freundlichkeit mit einer Frau unterhielt. Mit langen Schritten eilte er herbei. »So, so«, sagte er und betrachtete Aud mit glänzenden Augen von Kopf bis Fuß, »mein junger Schützling ist an Bord noch nicht ganz flügge, an Land aber weiß er die weichsten Nester schneller als jeder andere zu finden.«
Folke wurde ärgerlich. »Auds Haus ist gewiß kein Nest, und ich bin auch kein Küken.«
»Oh, du kennst sie«, sagte Hrolf und strich sich schmunzelnd den kurzen Bart. »Um so besser. Vielleicht sucht die junge Frau ja auch kein Junghähnchen. Ich wüßte etwas besseres.«
Aud hatte sich bei dem Wortwechsel unter ihr Dach zurückgezogen. Als sie sich in ausreichender Sicherheit wußte, die Hand an der Türkante, und eigentlich auch ohne große Angst dem älteren Mann gegenüber war, antwortete sie schnippisch: »Was sollte wohl das bessere sein? Doch nicht ein zerrupfter alter Hahn?«
»Ich, ein zerrupfter alter Hahn?« fragte Hrolf empört. »Das hat mir meine Bera aber noch nie vorgeworfen.«
Folke lachte leise, und Aud fiel ein. Hrolf mochte bärbeißig wirken, aber er war nicht halb so gefährlich, wie er hätte sein wollen. »Vielleicht solltest du schnell zu ihr nach Hause fahren«, schlug sie vor. »Und du solltest auch nicht allzuviel von weichen Nestern erzählen, dann freut sie sich noch mehr.«
Hrolf blinzelte ihr zu und legte sich langsam die Axt wieder auf die Schulter. »Du hast recht mit beidem. Aber Bera kennt mich. Heimisch bin ich in einem fremden Nest noch nie geworden, selbst wenn es mit den weichsten Daunen gepolstert war.«

Da Hrolf sich nun zum Gehen wandte, hob Folke die Hand zum Gruß und war mit einem Satz an seiner Seite. Sein Wachführer nahm allmählich feste Umrisse an wie der Steven unter der Hand seines Schnitzers. Und sie gefielen ihm. Aber zum Schwatzen über Nester und Daunen war keine Zeit. Die anderen waren schon weit voraus. Hrolf und Folke beeilten sich, sie einzuholen. Hrolf hatte wieder ein ernstes Gesicht aufgesetzt. Vielleicht dachte er über Aud nach. Folke war überzeugt davon, daß Hrolf sich früher nicht lange mit Geschwätz aufgehalten, sondern sich gleich in die Nester hineingeworfen hatte. Aber nun war er wohl älter und ruhiger geworden.

Stille herrschte auch bei den Männern, die weiter vorn die restlichen Gebäude durchkämmten wie ein Hornkamm die Läusenester. Nur ein verwegener Hahn hielt sich nicht an die allgemeine Atemlosigkeit. Aber das Gurgeln, mit dem er abbrach, deutete darauf hin, daß kein Dorfbewohner den Kriegern traute und der Besitzer ihn lieber für den eigenen als für einen fremden Kochtopf sterben sah.

Hjalti aber war nicht auf Hähne aus. Mit zusammengekniffenen Lippen blieb er unterhalb der Fluchtburg stehen und blickte über die Häuser und die Bucht, während sich seine Männer allmählich um ihn sammelten. Folke und Hrolf kamen als letzte an, und Folke hörte eben noch, wie Hjalti sagte: »Der Sklave ist nicht hier. Dann kann er nur noch in den Wäldern sein.«

Mit seinem Arm beschrieb er einen weiten Bogen über die Hügel. Und ob nun hinter dem Wald, der die Burganlage im Süden schützte, noch weitere undurchdringliche Wälder oder aber leicht überschaubare Äcker und Viehweiden lagen, er schien entschlossen, die ganze Insel nach dem verschwundenen Sklaven zu durchsuchen, ganz gleich, wieviel Zeit es sie kosten mochte.

Folke atmete tief ein und versuchte, seinen Ärger zu verbergen. Warum hatte Thor ihm keinen Wink geben können, daß ein norwegisches Schiff nicht der rechte Ort für einen strebsamen Schiffbauer darstellte? Unversehens befand er, der nichts als Schiffe bauen wollte, sich auf Sklavenjagd.

5 Der Sklave Wertizlaw

Daß der Mann sich nicht auf den Feldern und Weiden verstecken würde, war jedem klar. Da gab es nur Buschwerk entlang der Bäche, und ein Entkommen war Wertizlaw auf diesem Weg kaum möglich. Trotzdem sammelten Hjalti und seine beiden Wachführer die Männer um sich und teilten sie auf: sie würden in sieben Suchmannschaften unterwegs sein, jede Bootswache aufgeteilt in vier Gruppen. Die achte würde das Schiff bewachen.

Hrolf übernahm mit seinen Männern den Wald, Aslak das Gelände mit freier Sicht, das ihm vertrauter war: die Felder, die Weiden und den Strand. Folke ging mit Hrolf und dem Ruderer, der im Schiff vor ihm saß, Frodi, einem stillen Mann, der kaum den Mund aufmachte. Auf dem Schiff war er so unauffällig gewesen, daß Folke ihn kaum bemerkt hatte. Hier im Wald aber übernahm er sofort die Führung, und Hrolf überließ sie ihm wortlos. Folke hätte es nicht besser treffen können: der Mann war ein geübter Waldläufer, und er selber konnte sich seinen Gedanken hingeben.

Lautlos stieg Frodi ihnen durch das Gebüsch voran und schien im Vorübergehen jedes Stück Erde und jeden Busch zu mustern. Das Buschwerk war dicht. Nur hin und wieder schimmerte ein winziger Ausschnitt des Burgwalls durch die Zweige hindurch, und der grau verhangene Himmel stach kaum von den Baumkronen ab. Statt daß es gegen Mittag heller wurde, schien die Dunkelheit sich bereits wieder über das Tal herabzusenken.

Endlich waren sie auf der Höhe angekommen, die ein wenig unterhalb der Fluchtburg lag. Frodi wartete auf Hrolf und Folke, und als diese den Abstieg auf der anderen Seite beginnen wollten, schüttelte Frodi den Kopf und hob die Hand.

Während Hrolf und Folke Frodi verwundert über die Schulter sahen, befühlte Frodi einen in Augenhöhe gebrochenen Ast. Dann bückte er sich und kroch ins Unterholz.
»Kommt mit«, ertönte nach einer Weile gedämpft seine Stimme, und die Männer beeilten sich ihm zu folgen.
Der Pfad war nicht von den Dorfbewohnern ausgetreten, denn sie mußten auf ihm entlangkriechen.
»Keine Sorge«, hörten sie vor sich die etwas spöttische Stimme von Frodi. »Es ist kein Weg von Trollen oder Zwergen. Und den Wildschweinen, denen der Pfad gehört, werdet ihr nicht begegnen – bei dem Lärm, den ihr macht.«
Folke rieb sich betroffen die nassen Knie und verzog beschämt das Gesicht. Er war kein Jäger, sondern Bootsbauer; aber im Unterholz soll man sich benehmen wie das Wild: das hatte ihm sein Vater oft genug gesagt, und in den Wäldern rund um den Bärenhof hatte er nie vergessen, den Rat zu beherzigen.
Es wurde immer nasser, der Pfad schien in ein Bachbett überzugehen. Plötzlich wurde es vor Folke heller, und Hrolf, der vor ihm kroch, sprang auf. Folke hörte seinen unterdrückten Ausruf.
Noch bevor er auf seinen eigenen Füßen stand, wußte er, daß ihre Suche beendet war. Frodi, auf seine Axt gestützt, blickte auf einen Mann hinunter, der der Länge nach auf einem kreuzenden Weg lag: Wertizlaw.
Folke wußte es, auch ohne das schwarze, fremdartige Gewand zu sehen. Wertizlaws Gesicht war mit einem schweren Gegenstand zerquetscht worden; die Gehirnschale war geplatzt, eine graue Masse hatte sich in den schwarzen Haaren verteilt. Fliegen krochen auf der Leiche herum.
Hrolf trat mit angewidertem Gesicht zurück. »Glück hat uns der Mann nicht gebracht.«
Frodi preßte seine Lippen zusammen und schüttelte nur den Kopf. Es war nicht gut, den üblen Dämpfen eines erschlage-

nen Sklaven Einlaß in den eigenen Körper zu gewähren. Er wandte seinen Kopf ab, bevor er zu sprechen wagte. »Sollen wir ihn liegenlassen?«

»Wozu sollte der Mann ein Grab brauchen?« entgegnete Hrolf und drehte sich bereits um, um auf dem Weg, den der Sklave gekommen sein mußte, ins Dorf zurückzugehen.

Nein, ein Grab natürlich nicht, dachte Folke. Aber das hatte Frodi wohl auch nicht gemeint. Er wollte sicherlich Hjalti beweisen, daß er den Mann gefunden hatte. Ihm selber war es gleich, ob Hjalti den Mann zu sehen bekam oder nicht. Seine Blicke konnten sich von dem Erschlagenen nicht trennen. In ihm begann eine Saite zu summen, die es ihm unmöglich machte, seinem Wachführer zu folgen. Damals, im Hain bei Haithabu, war es ähnlich gewesen . . .

Die Stimmen von Hjalti und Frodi entfernten sich und waren bald gar nicht mehr zu hören. Schließlich war er allein mit dem Rauschen der Buchen und Ulmen, dem Summen der Fliegen und dem Toten.

Irgend etwas störte ihn an dem Mann, und er zwang sich, ihn vom Kopf bis zu den Füßen zu betrachten. Das Gewand an der Schulter war zerrissen, jetzt mehr als vorher – das konnte freilich bei seiner Flucht durch den Wald passiert sein. Die dunkle Tunika, die er trug, war an der unteren Kante mit einer bunten Borte verziert; wahrscheinlich benutzten die Frauen der Slawen dieselben Brettchen wie ihre eigenen Frauen. Aber warum hatte einer ihn erschlagen, statt ihn einzufangen und an Hjalti auszuliefern? Er hätte einer Belohnung sicher sein können. Königsleute mußten großzügig sein, damit sie ihren Herrn nicht in Verruf brachten. Das wußten die Männer im Auftrag des Königs, und das wußten auch alle anderen.

Plötzlich überlief es Folke kalt. Jetzt merkte er, was ihn beunruhigt hatte: die Schuhe fehlten. Wertizlaw hatte Schu-

he getragen, sie waren ihm deshalb aufgefallen, weil sie bewiesen, daß der Mann in seinem Dorf kein Sklave gewesen war. Vielleicht war er sogar ein geachteter und begüterter Mann gewesen.
Ohne Hemmungen bückte Folke sich und betrachtete die Fußsohlen des Toten. Wie er vermutet hatte: sie waren keineswegs schwarz von lange eingearbeitetem Dreck wie bei einem Sklaven, der nie Schuhe trägt. Ja, Wertizlaw konnte noch nicht einmal über den matschigen Waldboden gelaufen sein. Er hatte seine Schuhe gar nicht verloren – jemand hatte sie ihm ausgezogen.
Folke stand so langsam auf, als ob jemand ein Messer an seine Kehle gesetzt hätte. Gefahr lag in der Luft, aber als er sich verstohlen umsah, waren rings um ihn nur Büsche und Gras. Aber er fühlte, daß sein eigenes *hugr* ihm etwas sagen wollte. Wollte es ihn warnen? Mit Gewalt mußte er seine Angst unterdrücken. Plötzlich rannte er los.

Später wußte er nicht einmal, wie er vom Berg herunter und wieder ins Tal gelangt war.
Trotzdem traf Folke mühelos auf die Männer vom »Grauen Wolf«, die sich im Gelände zwischen den Häusern und der Fluchtburg versammelt hatten und sich besprachen.
Hjalti stand inmitten seiner Männer und redete. Der besonnene Mann des Königs schien jetzt zu allem entschlossen. Seine Augen waren schmal wie bei einem jagenden Luchs, und mit ebenso schmalen Lippen gab er seine Befehle. Die Männer lauschten, keiner widersprach. Denn keiner hatte soviel zu verlieren wie Hjalti. Es ging nun um seine Ehre, um sein Geschick, die Aufgabe durchzuführen, die sein König ihm anvertraut hatte. Was für ihn auf dem Spiel stand, war weit mehr wert als das Leben einiger Männer: es ging um sein Heil, und da der König sein eigenes Heil vor der Fahrt ins

Slawenland zu dem von Hjalti gelegt hatte, ging es auch um das Heil des Königs Geirmund.

»Der Dickwanst, der sich Högni nennt«, sagte Hjalti, ohne die Stimme zu erheben, »hat von Anfang an vorgehabt, das Unternehmen zu vereiteln. Ihm reichte es nicht, den Kauf von hundert Sklaven abzulehnen, sondern er war entschlossen, ihren Verkauf überhaupt zu verhindern.«

»Vielleicht hat er zwanzig eigene, die er loswerden will«, dröhnte die Stimme von Bolli.

»Ist es die Art der Haithabuer, so mit Nordmännern umzugehen, die nichts als freundschaftlichen Handel suchen?« fragte Hrolf und meinte Folke, der sich inzwischen neben ihn gestellt hatte.

Und Folke, der die Härte in seiner Stimme hörte, wußte augenblicklich, daß er nun nicht mehr als schiffskundiger Bootsbauer zwischen den Männern stand, sondern als Mann aus Haithabu. »Wir haben mit Högni und seiner Sippe keine Verwandtschaft und keine Freundschaft«, verteidigte er sich rasch. Hrolf nickte mißmutig, und Folke konnte die Frage nicht zurückhalten, die ihm auf der Zunge lag. »Was werft ihr dem Högni denn vor?«

Keiner antwortete. Die Männer, die eben noch Folkes Schiffskameraden gewesen waren, rückten ihre Gürtel zurecht und warteten auf den Befehl ihres Anführers, loszustürmen. Folke sah sich nach Aslak um. Er war ein ruhiger und besonnener Mann. Vielleicht konnte er von ihm eine vernünftige Antwort bekommen.

Aber Hrolf legte seine Hand auf Folkes Arm. Er schien zutiefst verärgert, und Folke blieb bei ihm, um ihn nicht noch mehr zu erzürnen. Ohne Hjalti aus den Augen zu lassen, zischte Hrolf: »Högni hat den Sklaven erschlagen lassen, damit von unserem Angebot auch nicht die geringste Spur bleibt. Worüber können wir schon verhandeln, wenn nicht

nur der Helm, sondern auch der Mann fort sind? Verstehst du?« Er ließ Folke keine andere Wahl, als zögernd zu nicken, und dann ging sein Zorn gegen den Schiffsführer endgültig mit ihm durch: »Ich wußte gleich«, rief er Hjalti zu, »daß es nicht gutgehen konnte mit einem Handel, bei dem du einen Helm abgibst, ohne auch nur ein Stückchen Helmheil zurückzubehalten! Bedeutet dir der Handel mit dem Haithabuer so viel, daß du obendrein alle Sitten mißachtest?«
Hjalti ballte seine Faust im Schild. Die Schuld lag nicht bei ihm! Er hätte Hrolf gebührend geantwortet, wenn ihn nicht Alf und Folke fast gleichzeitig von Hrolf abgelenkt hätten: Alf schrie mit überschnappender Stimme: »Wie sollte ein slawischer Helm wohl Helmheil enthalten können?«
Hjalti, dem das nicht eingefallen war, nickte Alf mit einer Mischung aus Wohlwollen und Dankbarkeit zu, und Alf spreizte das Gefieder. Bolli und Ulf langten gleichzeitig bei ihm an, und Alf nickte selbstzufrieden, als Bolli ihm auf die Schulter klopfte.
In diesem Moment fragte Folke, dessen Gedanken mit anderem beschäftigt waren: »Hat das Wort von Geirmund auf Geirstad so wenig Gewicht bei den Kaufleuten?« Erst als alle ihn plötzlich ansahen, merkte er, daß er nicht nur den König, sondern auch Hjalti und die ganze Schiffsmannschaft beleidigt haben mußte. Das hatte er nicht gewollt. Er hielt den Atem an und wartete stocksteif.
Hjalti, dem eine Gasse zu Folke geöffnet wurde, rührte sich nicht vom Fleck, aber seine Stimme war schneidend: »Wenn du nicht mit mir auf König Geirmunds Schiff gegessen und getrunken hättest, wäre dein Leben jetzt weniger wert als das des Sklaven. Aber von König Geirmund hat noch nie jemand behaupten können, daß er für seine Gäste nicht mit dem Leben einsteht, und von seinen Männern auch nicht.«
Hrolf neben Folke brummelte unzufrieden. Seiner Ansicht

nach lag die Schuld bei Hjalti, nicht bei Geirmund, und er hatte gewollt, daß seine Männer sich darüber im klaren waren. Auf der anderen Seite war er nicht auf einen Streit mit dem Schiffsführer aus. Dazu verband sie zuviel. Und nun hatte Folke zu seinem eigenen Schaden den Zorn Hjaltis, der eigentlich ihm selber galt, auf sich genommen. Mit gesenktem Kopf bohrte er mit dem Speerschaft im Boden. Dann entschied er, daß Folke selber damit fertig werden mußte.

Folke verstand nur, daß er, der einige Stunden lang zu einem Gefolgsmann eines norwegischen Königs geworden war, nun plötzlich nur noch geduldet war. Mit den Augen suchte er nach Aslak, aber er konnte ihn nicht finden. Und so beharrte er denn eigensinnig auf seiner Meinung: »Ihr kennt die Kaufleute nicht, es wäre nicht nach Högnis Art, eine Ware zu vernichten. Kaufleute sind anders.«

Die Männer kümmerten sich nicht mehr um ihn. »Auf, zu Högni!« bellte Hjalti und setzte sich in Bewegung. Nur Bolli warf Folke im Vorüberlaufen einen Brocken hin, an dem er kauen konnte: »Haithabu-Kaufleute vielleicht. Aber mit Haithabu-Leuten wollen wir nichts zu tun haben.«

Folke war ein Haithabu-Mann, heute mehr denn je. Trotzdem lief er mit, enttäuscht und ratlos. Was hätte er sonst tun sollen?

In der Ansiedlung waren weder Frauen noch Kinder zu sehen. Die Stimmung war plötzlich feindlich. Alle Haustüren waren zu, auch die von Auds Haus. Als Folke an ihm vorüberkam, konnte er sich gut vorstellen, daß Aud von innen beide Querbalken vorgelegt und mit schlagbereiter Axt dahinter stand.

Das Laufen bereitete ihm trotz des Verdrusses wie immer sinnliches Vergnügen. Er mußte an sich halten, um sie nicht alle zu überholen, und hatte viel Zeit, die anderen zu beobachten. Zum Beispiel um festzustellen, daß Alf mit seinen

kantigen Bewegungen etappenweise wie ein Hase vorankam. Oder Frodi, der ein ausdauernder, wenn auch nicht besonders schneller Läufer war. Und Bolli, der wie ein Fellball beim *skinnlek* vorwärtshüpfte.
Das Dorf kümmerte die Norweger nicht. Sie durchquerten es unbeachtet. Am Strand stand ihr eigenes Zelt, wie sie es verlassen hatten, und die Achterschiffswache daneben.
Aber Högnis Zelt war weg und sein Knorr ebenfalls. Nur die flachgetretenen Strandgräser und ein Haufen abgenagter Kaninchenknochen bezeugte, daß hier bis vor kurzem Menschen gelagert hatten.
Die Männer erhoben ein Wutgebrüll, während die Ruderer der Schiffswache sich mit betretenen Gesichtern unter die übrigen mischten und ahnten, daß etwas nicht stimmte.
»Sie sind noch nicht lange weg«, sagte Finn zu Hjalti.
»Wir holen sie ein!« drängte Alf.
Hjalti blickte sinnend auf das Meer hinaus. Zu sehen waren weder Mast noch Segel, und das konnte auch gar nicht anders sein, denn Högni war natürlich auf dem offenen Meer sofort auf Südwestkurs gegangen. »Wann sind sie aufgebrochen?« knurrte er.
»Vor dem vierten Teil einer Wache«, erklärte Finn bestimmt und drängte sich zu Alf hindurch.
»Länger.« Der zweite Mann der Wache kaute lässig auf einem Grashalm herum und schüttelte den Kopf. »Die sind schon weit weg.«
Finn zuckte mit den Schultern. Der andere war wesentlich älter und erfahrener, und er hatte keine Lust, sich mit ihm anzulegen. »Aber wir schaffen es trotzdem«, beteuerte er, und Alf schlug aufreizend mit seinem Speer auf den Schild.
Auch Hrolf gefiel die Idee. »Wir bohren sie in den Grund, ehe sie Schleimünde auch nur sehen können«, rief er. »Wir waren höchstens eine halbe Wache unterwegs, und als wir

fortgingen, saß Högni vor seinem Zelt und schärfte sein Schwert. Sein Boot kann außerdem nicht schnell sein, so wahr ich hier stehe! Los, Hjalti, laß uns fahren! Fünf Mann können hierbleiben und unsere Sachen bewachen.«

Er hatte kaum ausgesprochen, als Bewegung in die Männer kam; keiner wollte zurückbleiben. Die ersten rannten bereits ins Zelt, um ihre übrigen Waffen zu holen. Nur Hjalti rührte sich nicht. Er hatte mehr zu bedenken als den Gegenwert eines Sklaven. Obwohl knappe zwei Stunden Vorsprung bei einem schwerfälligen Knorr nicht viel war, gemessen an der Schnelligkeit eines Kriegsschiffes. Sie würden Högni einholen können . . .

Folke schüttelte den Kopf. Natürlich würden sie Högni einholen können, obwohl sein Boot nicht gerade langsam war – da irrte Hrolf. Er kannte es nämlich. Aber wozu? Nur um festzustellen, daß er mit dem Tod des Sklaven gar nichts zu tun hatte? Der war doch für ihn völlig unwichtig! Aber würden die Männer das überhaupt bemerken? Womöglich würde Högni erschlagen sein, bevor er wußte, worum es ging.

Unzufrieden setzte sich Folke auf den Baumstumpf, der vorher Högnis Sitzplatz gewesen war. Er verwünschte die ganze nutzlose Fahrt.

Der Strand war leer. Die Fischer hatten sich genauso unsichtbar gemacht wie die Frauen und Kinder und sogar die unvernünftigen Hühner. Nur die aus den Häusern quellenden Rauchschwaden bewiesen, daß das Dorf noch belebt war. Und daß das Wetter sich verschlechterte: der leichte Nieselregen der vergangenen Stunden ging allmählich in heftige Schauer über. Die Regenböen verwirbelten den Rauch und drückten ihn zuweilen bis zum Boden.

Während Folke auf Hjaltis Entscheidung wartete, schob er gedankenlos Baumrinde und Steine vor seinen Schuhen her. Plötzlich sah er einen Gegenstand im Sand glänzen, den er vorher übersehen hatte. Verblüfft hielt er den Bohrer in der Hand, den er vermißt hatte. Während er ihn am Ärmel abputzte und die Sandkörner wegrieb, die im Fettmantel hängengeblieben waren, ließ er den Blick über den Fundort schweifen: er befand sich mitten auf Högnis Zeltplatz. Wie kam Högni zu seinem Bohrer? Und plötzlich fiel ihm auch wieder der Lauscher in Högnis Zelt ein. Hatte er das Schiff durchsucht, den Sklaven laufenlassen, damit er ihn nicht verriet, und dann ihn, Folke, niedergeschlagen, weil er sich erwischt sah? Daß sein Bohrer hier gelegen hatte, öffnete plötzlich vielerlei Möglichkeiten, den Tathergang zu erklären.

Hjalti beobachtete die Wetterentwicklung mit Besorgnis. Schweren Herzens verzichtete er auf Rache und entschied sich für die Heimfahrt. »Hrolf!« sagte er laut. »Wir gewinnen nichts, wenn wir dem Kaufmann hinterherfahren. Er läuft uns nicht weg! Wir werden im nächsten Jahr zurückkehren. Viel Freude wird er an seinem Verrat nicht haben. Für uns wird es dringend Zeit, nach Hause zu fahren.«

Die Leute sahen ihn mißmutig an, wagten aber keinen offenen Widerstand. Ulf, Finn und Bolli steckten die Köpfe zusammen. Sie hatten bereits mit der Beute geliebäugelt. Hrolf ballte sichtbar die Fäuste, und Bolli stimmte ihm lauthals zu. Der einzige, der nichts dazu sagte, war Alf. Aber er knirschte mit den Zähnen, und Folke hörte es genau.

Außerdem sah er etwas: Auf der Straße, die vom Dorf an den Strand führte, schritt das Mädchen Aud heran, und an ihren suchenden Blicken konnte jeder erkennen, daß ein Anliegen sie zu den Männern des »Grauen Wolfs« führte.

Aud war gerade rechtzeitig gekommen, um die Mannschaft abzulenken. Sie beachtete die neugierigen und abschätzenden Blicke der Männer jedoch nicht. In aller Ruhe sah sie

sich selber um. Unter dem Arm trug sie einen mit einem Tuch verhüllten Gegenstand. »Wer ist euer Anführer?«
Hjalti lächelte gezwungen. »Mich suchte noch nie ein Bote im Frauenrock auf«, sagte er, »aber du siehst ganz wie einer aus. Ich bin Hjalti und führe dieses Schiff, und wenn du tatsächlich ein Bote bist, so bin ich der, den du suchst.«
Aud nickte und wickelte den Gegenstand aus. Sie reichte ihn Hjalti. »Kennst du diesen Helm?«
Die zwei Adern an Hjaltis Schläfen traten hervor wie Wurmspuren im Schlick, als er an das Gespräch mit Högni zurückdachte, und seine Antwort klang gepreßt. »Ich kann mich nicht erinnern, mit einer Frau gehandelt zu haben. Wollte ich den Helm zurückhaben, würde ich mich an den Kaufmann wenden, der sich Högni nennt. Du kannst ihm das sagen!« Hjalti konnte seinen Zorn nur mühsam bändigen, aber Aud ließ sich nicht von ihm beeindrucken.
»Högni mußte Erri verlassen«, erklärte sie kühl. »Ich habe Vollmacht, für ihn zu verhandeln.«
»Verlassen!« schnaubte Hjalti. »Geflohen ist der fette Kerl, der selber nicht weiß, ob er Mann oder Weib ist...«
Die Männer lachten unterdrückt, aber Aud hielt Hjalti geduldig den Helm entgegen. »Du wolltest den Handel«, erinnerte sie ihn.
Widerwillig gab Hjalti zu: »Ich gab ihn Högni vor wenigen Stunden als Zeichen und als Pfand.«
»Und als Pfand sollst du ihn zurückhaben«, sagte Aud, »so hat es Högni bestimmt, bevor er abfuhr. Als Pfand für sein Versprechen, im nächsten Sommer einhundert Sklaven von dir zu übernehmen. Du sollst nur nicht vergessen, ihm mitzuteilen, wann und wo er sie übernehmen soll, läßt er dir sagen.«
Hjalti, der den Helm zögernd aus Auds Hand nahm, blickte auf die See hinaus, wo sie sich fast schon befunden hätten,

wenn nicht das Wetter und seine Vorsicht ihn davon abgehalten hätte. Enttäuschung mischte sich in seine Wut auf den Mann. Es war so einfach gewesen, dem Kaufmann die Schuld am Tod des Sklaven zu geben . . .

»Ein Kaufmann, der stiehlt, ist nicht ungewöhnlich«, warf Aslak ein, der auf einem großen Stein saß und anscheinend nichts Wichtigeres zu tun hatte, als sein Messer zu schärfen. Mit dem Daumen fuhr er an der Messerschneide entlang, die er eben am Stein gewetzt hatte. »Ein Kaufmann, der seine Ware erschlägt, wäre ein sonderbarer Mann.«

Hjalti schluckte seinen Zorn mit einem tiefen Atemzug hinunter. »Und was glaubst du nun: Ist Högni ein Dieb oder ein sonderbarer Mann?«

Aslak verwahrte das Messer sorgsam in der Scheide, die an seinem Gürtel hing, und stand auf. »Er ist weder ein Dieb noch ein sonderbarer Mann«, stellte er fest. »Aber ein kluger Mann ist er. Er hat vorausgesehen, daß ihn in deinen Augen die Schuld treffen würde, was auch immer mit dem Sklaven passiert ist. Und er tat zwei Dinge, die ihm das Leben und seinen Vorteil wahren: Er flieht, und er schließt mit dir einen Vertrag. Das nenne ich klug.«

Hjalti sah seinen Wachführer ein wenig verwirrt an. »Was soll ich deiner langen Rede nun entnehmen? Meinst du etwa, daß er so klug ist, daß er uns überlistet?«

Der kleine Mann, dessen Rat Hjalti in kritischen Fällen oft suchte und ihn ebensooft verwarf, schüttelte energisch den Kopf. »Ein wirklich kluger Mann versucht bei einem wirklich guten Handel den anderen nicht zu übervorteilen.«

»Oh, Aslak«, sagte Hjalti ungeduldig. »Du bist manchmal schwer zu verstehen.«

»Ich weiß«, gab Aslak trübe zu, »Schwerter sind immer leichter zu verstehen als Gedanken. Aber im Augenblick gehen deine eigenen Gedanken krumme Wege. Es ist ganz einfach: Ich glaube dem Kaufmann Högni. Es gibt keine schlaueren Leute als Kaufleute. Manchmal vermute ich, sie werden einmal wichtiger werden als Könige und Jarle und ihre Macht größer. All das . . .« Aslak deutete mit dem Arm auf den Hügel und auf die See hinaus, »hätte überhaupt keinen Sinn gehabt. Wir hätten von Anfang an Folke glauben sollen. Er ist zwar jung und ohne Erfahrung als Krieger, aber uns an Erfahrung mit Kaufleuten voraus. Es war übereilt, den Kaufmann zu beschuldigen.«

Folke wurde es heiß vor Freude, und er sah Hjalti hoffnungsvoll an. Dieser nagte unentschlossen an seinen Lippen und bohrte mit dem Axtschaft in den Ufergrund, bis Wasser neben dem Stiel hochquoll.

»Es war auch übereilt, Folke so zu kränken . . .«

Aber Hjalti kümmerte sich um Folke nicht.

»Ich«, drängte Aslak ungeduldig, »schlachte auch kein Rentier, das ich kaufen will.«

Hjalti sah auf. »Du glaubst also, er meint es ehrlich?«

Bevor Aslak antworten konnte, nestelte Aud an ihrem Hals, zog einen kleinen Lederbeutel am Band unter ihrem Kleid hervor und streifte es vom Kopf. »Högni schickt dir durch mich eine Anzahlung auf den ersten Sklaven: einen Beutel Silber. Dies soll dich für den Becher entschädigen, den ihr nicht miteinander getrunken habt, sagte er.«

»Für Wertizlaw?« fragte Hjalti überrascht und öffnete den Beutel, um hineinzusehen. Er war zutiefst überrascht von der Wende, die sein Handel genommen hatte, und hörte kaum noch zu, als Aud ihm antwortete.

»Für den ersten Sklaven, den er lebend erhält, hat er gesagt.«

Hjalti war einverstanden. Högni hatte nicht geknausert. Er versuchte sich einhundert Teile dieser Menge vorzustellen! Er konnte es nicht. »In Ordnung«, sagte er.

Die Männer, die am Vortag so schwer enttäuscht worden

waren, sahen sich plötzlich und unerwartet als Sieger. Der ganze vergangene Sommer hatte jetzt endlich den Sinn erhalten, den Geirmunds und Hjaltis Planung ihm bestimmt hatten. Und nicht nur das: auch die Absprachen mit den Verwandten für den nächsten Sommer würden eingehalten werden können. Die Beute würde gut und der Anteil jedes Mannes hoch sein.

Sie ließen die Schilde und Saxe fallen, rissen die Arme hoch und stimmten ein Freudengebrüll an, das die Menschen in Visby zittern ließ.

Aud lächelte nicht, und als Folke, der immer noch abseits im Gras saß, sie so ernst sah, hörte er auf, sich mit den Männern zu freuen, und seine Gedanken gingen eigene Wege. Wahrscheinlich sah das kleine slawische Dorf ähnlich aus wie Visby. Frauen wie Aud würden gefangengenommen und Kinder wie ihr Sohn oder Bruder erschlagen werden. Vielleicht war es das, was Aud im Kopf herumging. Jedenfalls zog sie ihr Gewand gegen den Regen zusammen, drehte sich wortlos um und ging.

Da niemand auf ihn achtete, sprang Folke an ihre Seite. Aud schien ein wenig überrascht, aber sie sagte nichts, als sie langsam den ersten Häusern entgegengingen. Erst als sie außer Hörweite der Schiffsleute waren, machte Folke den Mund auf.

»Es scheint mir merkwürdig, daß ausgerechnet du die Überbringerin solcher gewichtigen Nachrichten bist«, sagte er zögernd. »Hjalti hat recht, aber ihm hast du das Rätsel nicht gelöst. Löst du es mir?«

»Hjalti hat nicht gefragt«, stellte Aud richtig. »Ich könnte es jedem sagen, der es wissen will. In Visby allerdings wird danach nicht gefragt werden …« Sie verzog spöttisch den Mund, und Folke merkte, daß sich etwas dahinter verbarg.

»Nun erzähle«, forderte er ungeduldig.

Aud blieb stehen und sah ihn herausfordernd an. »Sie trauten sich nicht. Sie hatten Angst vor den Norwegern. Die Männer hatten Angst, sich in eine Sache einzumischen, die sie nichts angeht.«
»Und du?«
Das Mädchen zuckte gleichmütig mit den Schultern. »Ich habe keinen Mann oder Vater oder sonst einen Verwandten, der mich schützen kann. Ob ich nun hier am Strand erschlagen werde oder in meinem Haus – wo ist da der Unterschied? Wenn ich selber mit der Botschaft ging, wußte ich doch wenigstens, daß ich das Ergebnis in der Hand hatte. Andernfalls hätte ich dem Boten vielleicht Vorwürfe gemacht ...«
Folke nickte. Ob seine Frau auch den Mut gehabt hätte? »Högni muß gewußt haben, daß du Hjalti überzeugen könntest. Und doch hat er dich einen ziemlich gefährlichen Weg gehen lassen.«
»Er kannte mich ja nun ein wenig«, überlegte Aud laut. »Ich gebe keine Wortgeräusche von mir. Und Hjalti hat er wohl ganz richtig eingeschätzt.«
Ja, Folke mußte ihr im stillen recht geben, daß Högni keinen Fehler begangen und trotzdem sich und seine Ware aus der Gefahrenzone gebracht hatte. Das Risiko hatte er Aud aufgebürdet. »Da fällt mir noch etwas ein«, sagte er hastig. »Hat Högni wirklich gekauft, was du ihm anbieten konntest?«
Aud nickte froh. »Was du gesehen hast, war genauso eine Kostprobe wie euer Sklave. Ich bot ihm den Bernstein, den mein Bruder sammelt. Wir haben nun verabredet, daß ich ihm regelmäßig Bernstein nach Haithabu schicke. Wenn alles gut geht, werde ich als erstes einen verläßlichen Sklaven zu unserem Schutz kaufen können, und den hat mir Högni bereits zugesichert. Er wird sich selber darum kümmern, daß er einen ordentlichen Mann findet.«
Inzwischen waren sie bei den Fischerhütten angekommen.

Noch lagen sie still, und es war nicht zu erkennen, ob ihre Bewohner vorsorglich inzwischen auf die Burg oder in die Wälder geflohen waren. Dann aber wurde eine Tür einen Spalt weit aufgezogen, und die spitze Nase einer älteren Frau erschien in der Ritze.

»Es ist alles in Ordnung, Astrid«, rief Aud ihr zu.

Die Fischersfrau antwortete nicht, aber sie nickte so dankbar, daß Folke merkte, daß sie alle gewußt haben mußten, was auf dem Spiel stand. Und Aud stand bei ihr in hohem Ansehen, obwohl sie hier keine Sippe hatte, wie sie sagte.

»Du lebst wirklich ganz allein?« fragte Folke vorsichtig.

Aud nickte. Folke wartete auf eine Erklärung, aber sie dachte gar nicht daran, seine Neugier zu stillen. Nein, Wortgeräusche liebte sie nicht.

Aus den Häusern kamen noch mehr Frauen. Sie ließen auch die Kinder wieder laufen, und das bedeutete, daß in ihren Augen die Gefahr vorbei war. Folke blieb stehen.

»Ich muß jetzt wieder zurück«, sagte er. »Wenn ich nicht rechtzeitig da bin, glauben sie, daß ich mich anders besonnen habe, und fahren ohne mich ab.«

»Gehörst du denn nicht zur Gefolgschaft von Hjalti?« fragte Aud hellhörig.

»Nein, ich fahre mit, um festzustellen, ob norwegische Langboote wirklich so schnell sind, wie man rühmt. Ich kehre bald nach Haithabu zurück und baue dort meine eigenen Schiffe.«

Seine Stimme klang so stolz, daß Aud lächeln mußte. »Sie werden sicher noch schneller als die norwegischen.« Sie sah Folke nach, der auf den Hacken kehrtgemacht hatte und zum Ufer hinunterstürmte.

Einen Moment hatte Folke wirklich die Angst gepackt, sie könnten schon fort sein. Aber das war natürlich nicht der Fall. Jedoch waren Männer der Steuerbordwache bereits dabei, das Schiff zu wenden und seeklar zu machen, während die

Backbordwache das Zelt abbaute und einpackte. Folke sprang mit einem Satz ins Wasser. Zwischen Frodi und Bolli half er im tiefen Wasser, das Heck des »Grauen Wolfes« zum Land herumzuschieben.
Die Stimmung der Männer war jetzt wie ausgewechselt. Sie johlten und bespritzten sich mit Wasser, und als sie wieder an Land stiegen, war nicht nur Folke klatschnaß vom Kopf bis zu den Füßen. Mit Gelächter wurden sie am Strand in Empfang genommen, und weil sie nun schon naß waren, mußten sie sich auch gleich die schweren Zeltplanen auf die Schultern wuchten und an Bord hieven. Niemand ließ Folke spüren, daß er noch vor kurzem in Ungnade gefallen war, und in seiner Erleichterung vergaß Folke den Sklaven mitsamt seinem Bohrer und seinem Argwohn.
Um so mehr Gedanken machte sich Hjalti. Es kam fast einem Angriff auf Geirmund und seine Streitmacht gleich, daß die erbärmlichen Dörfler es gewagt hatten, Hand auf das Eigentum des Königs zu legen – besonders, da dieser Ort genau an einer stark befahrenen Strecke lag und im allgemeinen als sicher galt.
Zusammen mit ihm standen auf dem Schotterkamm, wo vor kurzem noch zwei stattliche Zelte aufgebaut gewesen waren, Hrolf und Aslak. Hrolf überwachte von oben lässig seine Hälfte der Schiffsmannschaft.
»Ich bin dafür, die Dörfler jetzt gleich zu bestrafen«, knurrte er. »Sie sollen wissen, was passiert, wenn sie sich am Eigentum anderer vergreifen.«
Hjalti, der nun nach dem erfolgreichen Abschluß seines Geschäftes alles daran setzte, schnell nach Hause zu kommen, nickte. »Wenn mir nicht schon der Schnee von Norwegens Bergküsten in der Nase steckte, würden wir mit dem Dorf gründlich aufräumen. Aber ich traue Njörds Geduld nicht.«

Aslak hatte mit seinen Männern das Zelt abgebaut und war danach zuständig für ihren Schutz bis zum Ablegen. Er stellte Schild und Axt auf dem Boden ab, während er das Dorf und die Burg im Auge behielt. »Ich bin nicht so sicher wie ihr, daß jemand aus dem Dorf ihn erschlagen hat«, sagte er bedächtig. »Außerdem wollen wir im nächsten Jahr irgendwo die Sklaven übergeben. Warum nicht hier? Es ist ein guter Ort, viel besser als die Insel Gath. Wenn sich Högni dort auch nur um zwei Tage verspätet, haben wir Mühe, die Leute durchzufüttern. Hier aber sind wir mit zwei Wachen oben auf der Fluchtburg vor Überraschungen von See sicher. Und wir könnten notfalls tagelang warten.«

»Um so wichiger ist es, daß die Dörfler Respekt vor uns haben«, warf Hrolf ein, dem der eine Ort so recht wie der andere war.

»Ich hatte auch daran gedacht, im nächsten Jahr wiederzukommen . . .«, sagte Hjalti mit einem versonnenen Blick, der das ganze Tal umfaßte.

»Nur nicht wegen der hundert, sondern wegen des einen«, unterbrach ihn Aslak. »Aber wer fragt im nächsten Jahr noch nach diesem einen?«

Hrolf hatte eine mürrische Miene aufgesetzt. Ihm paßte das alles nicht. »Soll Geirmund wegen euch als Schwächling bezeichnet werden? Es kann ja wohl nicht so lange dauern, dieses kleine Dorf abzubrennen! Bei dem Wind pflanzt sich ein Brand von Haus zu Haus fort, ohne daß wir überhaupt etwas tun.«

»Wie du meinst«, sagte Aslak ruhig. »Aber der Schwedenkönig Knuba wird Geirmund vielleicht nicht viel Freude an seinen hundert Sklaven gönnen, wenn Geirmunds Männer vorher seinen Handelsstützpunkt Visby niedergebrannt haben. Weder auf Gath noch auf Erri.«

Aslak hatte, wie so oft, recht. »Wir fahren«, sagte Hjalti.

Unterdessen hatten die Männer ihre Sachen ordentlich unter den Bodenbrettern verstaut, die Schilder angebändselt und die Zeltplanen festgezurrt. Auf Hrolfs Signal hin schoben sie bereits die Ruder durch die geöffneten Pforten. Alles war klar zum Ablegen, nur die drei Anführer fehlten.

In diesem Moment stand Ulf auf. »Sven ist nicht an seinem Platz«, meldete er seinem Wachführer Aslak laut.

Folke konnte die Häme heraushören; Ulf war wohl immer noch nicht gut auf seinen Vordermann zu sprechen. Er selber hatte Sven schon vermißt, aber geschwiegen, weil er nicht wollte, daß jemand Gemeinsamkeiten zwischen ihm und Sven witterte. Und er hatte noch einiges gutzumachen.

Aslak suchte mit den Augen das strandnahe Gebüsch ab. Sven war so unerfahren auf Schiffen, daß er es fertigbringen würde, sich ausgerechnet jetzt, kurz vor der Abfahrt, zu erleichtern. Aber weit und breit war niemand, außer einigen mageren Rindern zeigte sich überhaupt kein lebendes Wesen. Aslak steckte zwei Finger in den Mund und pfiff gellend.

»Wenn ich ein Rentier wäre«, schmunzelte Hrolf, der sich wieder beruhigt hatte, »käme ich jetzt sofort gerannt, um mich schlachten zu lassen. Oder was macht ihr mit denen?«

Aslak warf ihm einen langen Blick zu. »Mit Njörd stehst du auf gutem Fuß, das weiß ich. Aber mit Thor wohl weniger. Das ist der mit den Böcken, weißt du?« Lachend wich er der kurzen Axt von Hrolf aus. Dann pfiff er ein weiteres Mal. Aber außer dem Rauschen des Windes in den Büschen und dem Wellenschlag am Ufer war nichts zu hören. Selbst die Männer im Schiff hatten ihr Schwatzen eingestellt.

»Na ja«, knurrte Hjalti, »ich denke, wir werden noch nicht einmal Bußen von Sven oder seiner Sippe für sein Ausbleiben einfordern. Er war kein Mann, wie ich ihn mir an Bord meines Schiffes wünsche. Vielleicht ist es sogar ein Glücks-

fall, daß er nun fort ist. Aslak, du wirst seine Sachen sicherstellen und später Geirmund als Eigentum übergeben.«
Damit war das letzte Wort über Sven gesprochen. Sie würden weder warten, noch nach ihm suchen. Nach den Rechtsbestimmungen waren sie dazu auch nicht verpflichtet, und die Sippe konnte Hjalti keinen Vorwurf machen.
Hrolf und Aslak nahmen ihre Waffen auf und stiegen vor ihrem Schiffsführer zum Ufersaum hinunter.
Kurz danach wirbelten einunddreißig Ruder das Wasser auf, der »Graue Wolf« nahm Fahrt auf und wurde in der Bucht von Visby von den Regenschwaden des Herbsttages aufgesogen.
Erleichtert sahen ihnen die Männer und Frauen des Dorfes nach. Kriegsschiffe sahen sie lieber gehen als kommen, obwohl sie auch die Handelsschiffe nur widerwillig duldeten.

Schiffbruch

6 Njörds wilde Töchter

»Der ist bestimmt mit Högni nach Haithabu zurückgefahren«, keuchte Ulf, auf dessen Seite nun ein Ruderer fehlte. Redlich versuchte er, noch mehr Kraft als vorher in seinen Schlag zu legen.

Niemand im Vorschiff antwortete. Der Wind stand fast genau gegenan und war nicht schwächlich. Folke machte seine Schultern rund, um ihm so wenig Angriffsfläche wie möglich zu bieten. Seine dichtgewebte Lodentunika war trotzdem durchgeweicht, noch bevor sie im offenen Wasser angekommen waren.

Draußen rollten unaufhörlich hohe Wellen auf Erri zu. Den »Grauen Wolf« warfen sie hin und her, als die Männer endlich die Ruder einzogen, um das Segel zu setzen. Bei diesem Wetter war das Segelsetzen Schwerstarbeit. Beide Wachen mußten mit anpacken. Trotzdem waren sie in guter Stimmung. In drei oder vier Tagen würden sie ihre Frauen, die Kinder, die Höfe wiedersehen. Manche Männer würden ihr neugeborenes Kind zum ersten Mal aufs Knie setzen. Und der Sohn oder die Tochter würde endlich den Namen erhalten, der ihm oder ihr bis zur Heimkehr des Vaters vorenthalten worden war. Wer wußte, daß ihn der jüngste Sproß erwartete, dachte bereits über den künftigen Namen nach. Die Älteren unter den Männern hatten weniger glückliche Gedanken. Oft genug kam es vor, daß einer nach seiner Heimkehr den liebsten Verwandten nur noch im Hügel hinter dem Hof begrüßen konnte. So mischte sich auch ein wenig Nachdenklichkeit unter die Freude.

Folke aber war unendlich erleichtert, daß nun die Schwierigkeiten aus dem Weg geräumt waren. Als sie die Schoten und Brassen dichtgesetzt, die Taue aufgeschossen und an den

Holznägeln aufgehängt hatten, beugte Folke sich zu Ulf hinüber. »Wenigstens brauchst du heute nicht deinen Schild zu retten.«

Ulf grinste schadenfroh. »Heute kriegt Högni Svens Morgenmahl in seine kostbaren Handelsgüter. Geschieht ihm ganz recht. Der Kaufmann hat schließlich genug davon . . .«

Folke strich sich die Haare aus dem Gesicht und nickte. Für seinen Geschmack war der Kaufmann reichlich hochnäsig. Ein kleiner Dämpfer war ihm zu gönnen, vor allem auf diese Weise, die entwürdigend war, ohne Rachegefühle zu erlauben, und also viel schlimmer . . .

Aber dann befiel ihn plötzlicher Zweifel, ob Sven wirklich zurückgefahren war. Seine Verwandten hatten nicht so ausgesehen, als ob sie Sven jemals wieder in ihrer Nähe dulden wollten. Und wer hätte das besser gewußt als Sven selber? Möglicherweise war Sven gar nicht an Bord von Högnis Knorr, sondern wartete auf Erri besseres Segelwetter und eine weniger rauhe Schiffsgesellschaft ab. Womöglich wollte er ja plötzlich nach London. »Weißt du eigentlich, warum der überhaupt an Bord war?«

Ulf schob die Unterlippe vor und schüttelte den Kopf. »Sollte wohl nach Halland, hörte ich. Aber Lust hat er nicht gehabt, das sah man ja.«

Nach Halland, soso. Das lag an der Westküste des schwedischen Gebietes, dort wo die Götar wohnten. Aber wer wußte, ob er da je ankommen würde. Sven war so unentschlossen und wechselhaft wie eine Moorkröte gewesen, mal hierhin, mal dorthin, erst grün, dann braun, dann alles beides . . .

Während der »Graue Wolf« sich langsam mit gerefftem Segel am Wind seinen Weg bahnte, dachte Folke über seinen sonderbaren Rudergenossen nach. Sven schien zu den Männern zu gehören, die zeitlebens auf einem Hof sitzen und deren Gemüt durcheinandergerät, sobald sie ihn verlassen.

Keiner von denen, die ausfahren, um sich Ruhm zu erwerben. Und doch hatte er nach Halland gewollt...

Folke fiel mitten in seinen Überlegungen wieder ein, daß der Löffelbohrer in seinem Wams ihn beim Rudern behindert hatte. Und man konnte nie wissen, wann es mit dem Rudern wieder losging... Er zog ihn aus dem Wams, tauchte ihn an beiden Seiten tief in das Fetthorn, um den Bohrer gut zu schützen und verwahrte beides wieder sorgfältig in seinem Werkzeugbeutel. Er war heilfroh, daß der Bohrer wieder da war. Dann stopfte er die Werkzeuge zwischen Schild und Bordwand; Rostflecke hatten ihm gezeigt, daß die Bilge auf die Dauer zu naß war.

Hrolf beobachtete Folke neugierig. »Sie sind wohl kostbar«, vermutete er.

»Jawohl«, bestätigte Folke und verschwieg, daß er dem Vaterbruder ohne den Löffelbohrer kaum hätte unter die Augen kommen können. Dann grinste er seinen Wachführer an und verkniff sich auch zu sagen, daß er Hunger hatte. Daran war er selbst schuld. Wäre er nicht mit Aud am Strand entlangspaziert, hätte er auch nicht versäumt, seine Wasserflasche zu füllen. Aber außer durchnäßtem Fladenbrot und kalten Regenwasserspritzern war über die nächsten Stunden nichts zu erwarten. Es würde bei dem Wetter sogar zu mühsam sein, ein Wasserfaß aus dem Laderaum hochzuhieven.

Seine Eingeweide fuhren hoch und hinunter. Wenn am Punkt der Umkehr zwischen Berg und Tal das Knarren der Planken und das Seufzen der Taue verstummte, konnte er sogar hören, wie sein Magen knurrte.

Folke blickte hoch. Erri an seiner Seite des Schiffes rührte sich kaum. Der Bug des »Grauen Wolfs« tauchte heute besonders tief ein, schien ihm, und schwerfällig schob sich das Heck hinterher.

Bard war aufgestanden und drängte sich an ihm vorbei nach

vorne. Er hatte jetzt die Bergwache. Bei seinem Anblick fiel Folke ein, daß er nun nach hinten sollte, um zu ösen. Frodi, der ältere Rechte auf dem Schiff hatte, hatte sich selber den vorderen Ösraum zugeteilt.
Aber es machte ihm nichts aus, sich auf dem schwankenden Schiff zu bewegen. Und die Männer waren von grölender Fröhlichkeit, gar nichts bekümmerte sie. Endlich einmal waren die kleinen Nörgeleien und Streitigkeiten verstummt, die ihn selber so mißgestimmt gemacht hatten. Selbst, als er Bolli in einem Wellental fast von der Ruderbank stieß, verging dem nicht die gute Laune.
»Na, Langer«, rief er gemütlich, »dich habe ich an Land stolz und gerade wie eine Kiefer gesehen. Aber ein Schiff scheidet Gerades von Krummem, und mancher büßt seine Geradheit unerwartet ein.«
»Und doch«, gab Folke geistesgegenwärtig zurück, während er sich von Bolli wegstemmte, »ist das krumme Stevenholz das wichtigste Holz am Schiff, und viele gerade Hölzer werden verworfen, bis eines mit passender Krümmung gefunden ist.«
»Gut geantwortet, Folke«, sagte Aslak beifällig.
Bolli grinste, daß seine schadhaften Zähne sichtbar wurden. »Das muß ich sagen, dieser uns zugelaufene Bootsbauer ist nicht von schlechten Eltern.«
Danach klopfte er Folke herzhaft auf den Rücken, und Folke, der bereits den engen Gang weiterschwankte, hätte beinahe genickt und war sehr zufrieden mit sich und seiner Sippe, in diesem Fall besonders mit Mutter Aasa. Sie war es, der er seine gewandte Zunge verdankte, auch wenn diese sich erst gelöst hatte, lange nachdem Husbjörn und Aasa ihn nach Haithabu zu seinem Vaterbruder in die Lehre geschickt hatten. Das Breitbeil seines Oheims hatte allerdings wenig damit zu tun.

Als Folke am unterbrochenen Verlauf der sonst langen Bodenplanken sah, wo sich der Ösraum befand, ließ er sich auf die Knie nieder und nahm ein Brett nach dem anderen auf. Während er sie neben sich stapelte, blickte er in den Ösraum und wurde sofort von schlechtem Gewissen gepackt: schon längst hätte er ösen sollen! Hastig tauchte er den Ledereimer ins Wasser, schüttete ihn über die Reling aus und versenkte ihn wieder im Ösraum.

Obwohl – er kannte das Schiff nicht. Hrolf hätte ihm einen Wink geben müssen, daß das Fell ihres »Grauen Wolfs« sich gerne vollsog.

Es war elend viel Wasser, wenn man in einer der Wachen eingeteilt war, die nur aus drei Mann bestanden, zumal Hrolf als Wachführer sich am Wasserösen nicht zu beteiligen brauchte.

Folke stieg nach unten und stand neben dem Ösgang auf den Ballaststeinen, während er pützte. Die Holzplanken des Schottes waren bis an den oberen Rand wasserdurchtränkt. Vom Wellenschlag auf See konnte das eigentlich nicht kommen. Das sah aus, als hätte hier schon länger das Wasser hoch gestanden. Nachdenklich stützte sich Folke auf das Schott und blickte in den immer noch gefüllten Raum hinein. Sein verstohlener Blick nach vorn zeigte ihm, daß auch Frodi emsig arbeitete.

»Nicht so faul«, riet Alf überheblich, der auf der Bank hinter dem Ösgang herumlümmelte und ihm zusah. Er fühlte sich wohl bereits als künftiger Steuermann.

Folke mit den geschärften Sinnen des schlechten Gewissens ärgerte sich darüber nicht wenig. Freiwache war kein Freibrief für alles. Er antwortete nicht, aber als er den Eimer erneut gefüllt hatte, bekam Alf einen tüchtigen Guß ab.

»Hör mal«, sagte Alf, während er seine Gamaschen mit so viel unnötiger Kraft ausdrückte, daß er Folke den Treffer bestätigte, »hast du nicht vielleicht vergessen zu ösen? Bei meiner Öswache habe ich noch nie erlebt, daß da so viel Wasser drin gewesen wäre.« Er sprach absichtlich laut und lugte unter seinen langen Haaren nach allen Seiten, um festzustellen, ob die Männer des Achterschiffs ihn gehört hatten.

»Nein!« knurrte Folke kurzangebunden und schleuderte das Wasser förmlich hinaus. Alf war unfriedlich wie das Eichhörnchen in der Weltesche Yggdrasil, und er würde sich hüten, sich mit ihm anzulegen.

»Warum denn dann so schnell?« reizte Alf.

»Damit ich fertig werde«, antwortete Folke sachlich und kümmerte sich nicht darum, daß Wassertropfen spritzten und die Männer auf den nächstgelegenen Plätzen sich zurücklehnten, um ihnen auszuweichen. Dann fiel ihm etwas ein, und er blieb mit dem tropfenden Eimer neben Alf stehen. Er sah, wie Alfs spöttischer Blick sich von der Wasserlache löste, zu Folkes Gesicht hochkroch und langsam argwöhnisch wurde. »Wer hatte eigentlich die Öswache im Hafen? Ich frage nur für den Fall, daß tatsächlich jemand das Ösen vergessen haben sollte.«

Anscheinend war sein Verdacht richtig gewesen. Alf blühte auf wie ein reifer Haithabuapfel und lehnte sich schweigend nach vorn, um die feuchten Gamaschen glattzuziehen. Folke knallte verärgert den Eimer auf die Bank neben den vergeßlichen Ruderer. »Da, schöpf du deinen eigenen Anteil!« verlangte er. Ohne ein weiteres Wort ging er nach vorne; und obwohl er sah, daß ihn die Männer wie einen Fremden musterten, war er zu stolz und auch zu störrisch, um vor ihnen Rechenschaft abzulegen. Wenn sie wieder zu Verstand kamen, würden sie schon merken, daß er recht hatte.

Jedoch, so schnell wie Gerüchte von Dorf zu Dorf laufen, so schnell wußten auch die Männer mittschiffs und vorne, was

vorgefallen war. Bolli blickte kaum auf, als er vorbeikam. »Mach dir keinen Ärger, Bootsbauer«, brummte er, und Folke begriff, daß es ein gutmütiger Rat sein sollte.
Aslak war an den Zeltbahnen zugange und hatte anscheinend keine Zeit, sich um die Sache eines Mannes aus seiner Wache zu kümmern, obwohl Folke halb und halb schon erwartet hatte, daß er für Alf Partei ergreifen würde. Aber Aslak sprach ihn nicht an, und das konnte dann ja wohl nur bedeuten, daß er ihm im stillen recht gab. Hrolf würde das vermutlich lauter tun können als Aslak. Folke arbeitete sich mit grimmiger Rechtschaffenheit nach vorne durch, vorbei auch an Frodi, der unablässig schöpfte.
Und dann sah er Hrolf.
Hrolf stand breitbeinig, um das Gleichgewicht im Rollen des Bootes nicht zu verlieren, zwischen den Bänken und blickte Folke entgegen. »Deine Arbeit ist nicht zu Ende«, schnauzte er. »Oder müssen Haithabuer zwischendurch ausruhen?«
»Aber er ...«, fing Folke wütend an und deutete nach hinten.
Er wurde von Hrolf unterbrochen. »Nicht er, du.« Folke sah seinen Wachführer empört an. Aber in Hrolfs Augen fand er kein Verständnis. Da war nur Ärger über einen Streit, den ein Mann aus seiner, Hrolfs, Wache ohne Not vom Zaun gebrochen hatte.
Folke ballte die Fäuste und kehrte um. Keiner sagte etwas zu ihm. Alf hatte nur Augen für die Küste. Und diese zog so langsam vorüber, daß seine Zufriedenheit eigentlich nicht daher rühren konnte, daß sie nun bald Erri hinter sich lassen würden.
Erst als Folke schon lange fertig war und eine Weile mürrisch auf seinem Platz gesessen hatte, beugte sich Frodi unauffällig zu ihm hinüber und flüsterte: »Das zahl ich dem heim, du kannst dich darauf verlassen.«

Es war für Folke wenig tröstlich, daß Frodi genauso wie er selber unter Alfs Schlampigkeit hatte leiden müssen, denn damit hatte er ja noch keine Genugtuung erhalten. Er wollte keine Rache wie Frodi, sondern Rechtfertigung vor Hjalti und Hrolf, und das war etwas ganz anderes. Trotzdem nickte er Frodi zu und versank dann wieder in Schweigen.

Diese Norweger dachten anders als er und Aasa und sogar der Wikgraf von Haithabu: sie boten Freundschaft oder Feindschaft, und entschieden sich auf der Stelle für das eine oder das andere. Und das war alles. Auch mancher Mann in Haithabu hätte gesagt: Das ist alles; mehr kann ein Mann nicht wollen. Aber er, Folke, wollte mehr. Schwarz oder weiß, warm oder kalt: das war ihm zu wenig. Es konnte einer das Heil wollen, und es geriet ihm zum Unheil. War nun das Wollen richtig und die Tat falsch – oder war sie richtig? Mit blinden Augen blickte er über die See und kam sich vor wie der Rabe Huginn, der über einem Wolf schwebt.

Bis ihm wieder die Keule einfiel. Neben dem Ösgang hatte sie gelegen, zwischen den Ballaststeinen und sorgsam in ein Tuch gewickelt, aber durch die Bewegungen im Wellengang war sie wohl herausgerutscht. Aber warum? Benutzte jemand an Bord eine Keule beim Kampf? Oder war es vielleicht die, von der Lodin der Kampfblinde getroffen worden war? Hatte es am Ende doch einen Zweikampf innerhalb der Mannschaft gegeben? Vielleicht sogar einen unehrenhaften – was der Grund sein mochte, weshalb niemand davon sprach?

Es waren lauter nutzlose Fragen, jedenfalls war ihre Zeit noch nicht gekommen. Folke beschloß, Huginn nach Hause zu Odin zu schicken, dann wandte er sich wieder der Insel zu.

Der »Graue Wolf« hatte sich erleichtert geschüttelt, als er das viele Wasser endlich losgeworden war, und merklich Fahrt aufgenommen. Ohne daß Hjalti den Kurs ändern mußte, näherte sich der steinige Strand von Erri rasch ihrem

Boot, denn das Land schlug hier einen weiten Bogen, dessen Sehne sie auf See folgten. Sie konnten bereits das nördlichste Ende der Insel ausmachen, den Punkt, an dem sie ihren Kurs ändern würden. Wie ein schlafender Bär lag Erri im Inselmeer, den hoch aufragenden Rücken zur Wetterseite gekehrt, den ungeschützten Bauch in den ruhigen Gewässern der Ostseite. Die flachen Sände dort streckten sich wie breite Tatzen in die sanften Wellen, während es hier am Rücken überall tief war.
Vor dem Drachenkopf wurde schon das niedrige Buschwerk auf Erris Nordspitze erkennbar und darüber auf der Anhöhe die geschwärzte Stelle, von der aus lodernde Feuer die Anwohner früher vor einfallenden Nordleuten gewarnt hatten. Auf dem steinigen Strand, der sich hier am Inselende wie ein aufgeschütteter Wall ausnahm, befand sich kein Mensch. Nur einige Pfähle im Wasser und ein Holzgestell mit einer Winde bewiesen, daß von hier aus Fischer auszufahren pflegten. Folkes Blick blieb in der auf und nieder schwankenden Bewegung des »Grauen Wolfs« an einigen Kiefernlatschen hängen. Fast hatte er gedacht, dort etwas Buntes zu sehen. Aber er hatte sich wohl geirrt.
»Wie weit wollen wir heute segeln?« fragte er Hrolf, der ebenfalls Ausschau hielt.
»Bis zur Küste des Langen Landes. So war es zumindest geplant«, antwortete Hrolf mißmutig. »Aber mir scheint, daß wir heute nicht schneller vorwärtskommen als der Holzschuh meiner Sklavin, wenn mein Sohn ihn als Boot benutzt.«
Folke wartete, daß Hrolf weitersprach. Aber der schien mit den Augen an der Insel Maß zu nehmen. Er erhob sich sogar, um besser sehen zu können. Erst als er sich gesetzt hatte, kehrte er mit den Gedanken zu seinem Sohn zurück. Schmunzelnd fuhr er fort: »Ohne seinen Inhalt, versteht

sich. Die Sklavin kann sich freuen, wenn er sie vorher noch raussetzt.« Hrolf grinste, und Folke verstand, daß er ungemein stolz auf seinen tüchtigen Sohn war und gleichzeitig, daß für Hrolf die Sache von vorhin erledigt war.
»Dein Jüngster?« wollte er wissen.
»Bisher.« Hrolfs Stimme hörte sich nun hochgradig zufrieden an. »Drei Sommer ist er alt, und sieben Söhne habe ich von Bera«, erzählte Hrolf weiter. »Nur zwei sind gestorben, bevor ich sie aufgenommen hatte. Ja, meine Bera ist tüchtig. Noch bevor wir im nächsten Jahr auf Sklavenjagd gehen, werde ich den achten Sohn haben, denke ich. Vielleicht sollte ich Freyr ein besonders großes Opfer bringen.«
»Meine Frau erwartet auch einen Sohn«, erzählte Folke scheu, aber Hrolf hörte nicht hin. Er grübelte darüber nach, welches Opfer er bringen sollte, obwohl solche Sorgen angesichts seiner und Beras Fruchtbarkeit unnötig schienen.
Folke spähte wieder zum Land. Tatsächlich stand nun eine Frau zwischen den grünen Ästen, und ihr Rock war lang und bunt, und sie hatte es aufgegeben, sich zu verbergen. Mit der Hand über den Augen spähte sie auf die See hinaus, so wie man nach Feinden Ausschau hält. Folke erschrak. Nicht vor der Fischersfrau, sondern weil er sie immer noch querab ortete. Querab wie vorhin. Sie kamen kaum vorwärts.
Er sprang auf. »Ich werde noch einmal ösen gehen. Jetzt ist das Wasser wohl zusammengelaufen.«
Hrolf nickte bedächtig mit schmalen Augen und gerunzelter Stirn. Auch er ließ die Frau nicht aus den Augen. Es ist wohl das erste Mal, daß er eine Frau als Seezeichen benutzt, dachte Folke und wartete noch einen Moment. Aber Hrolf sagte nichts, und Folke machte sich auf den Weg nach achtern.
Frodi, der sich gemächlich aufgerappelt und dann die Steifheit aus allen Gliedern geschüttelt hatte, hatte den vorderen Ösgang gerade abgedeckt, als Folke bei seinem eigenen an-

kam. Folke sah ihn in den Ösraum blicken und dann entsetzt die Hände hochwerfen.

Folke brauchte nicht lange, um sicher zu sein, daß hier etwas nicht stimmen konnte. Er richtete sich wieder auf, und winkte Hrolf, der den Bootsbauer nicht aus den Augen gelassen hatte. Dieser hastete so schnell er konnte, zu Folke.

»Was meinst du?« fragte er.

»Viel zuviel«, antwortete Folke und dachte daran, daß er sich den Ärger mit Alf und fast auch mit Hrolf grundlos eingehandelt hatte. »In der kurzen Zeit . . .«

»Ja«, knurrte Hrolf. »In der kurzen Zeit . . .«

Folke fing an zu schöpfen, und da er auch einen zweiten Eimer zwischen dem Gepäck der Achterschiffmänner fand und er überdies einfach seinem Wachführer den vollen zum Ausleeren in die Hand drückte, ging es wesentlich schneller als beim ersten Mal. Trotzdem mußten sie eine Menge Eimer Wasser über Bord schütten, bis der Eichenspant im Ösgang wieder sichtbar war. »Merkwürdig«, sagte Folke, der ein rot verschwitztes Gesicht hatte und mittlerweile überall naß war.

»Ja.«

Während sie besorgt in die Bilge starrten, um festzustellen, ob der Pegel während ihrer Pause bereits sichtbar wieder stieg, kam Aslak angestapft.

»Was ist?« fragte er. »Der ›Graue Wolf‹ benimmt sich wie eine Rentierkuh vor dem Werfen. Haben wir zuviel Wasser im Schiff?«

»Eine kalbende Rentierkuh würde dich froher machen als mich ein Wolf mit Wasser im Bauch, denke ich«, antwortete Hrolf düster, ohne hochzusehen. Er setzte seinen breiten Zeigefinger am Holz unterhalb der Wasseroberfläche an und hielt ihn dann Aslak mit dem Daumen als Markierung vor die Augen. »Sieh dir das an. Ein Fingerglied Wasser in der Zeit, die du vom Mast hierher brauchtest.«

»Mehr als zwei Kälber bei einer Kuh ist auch nicht gut«, entschied Aslak und rief mit gedämpfter Stimme nach achtern. »Du solltest näher ans Ufer halten, Hjalti.«

»Warum?« fragte der Schiffsführer zurück und grinste breit. »Glaubst du, ich will verlieren, was ich schon gutgemacht habe?«

Zu Folkes Erstaunen luvte Hjalti sogar ein wenig an. Der Weg über Grund würde sich nun verkürzen, aber die Entfernung zum Ufer nahm zu. Er sah von Hrolf zu Aslak und von Aslak zu Hrolf. Die Kinnladen des Lappen knackten. Hrolfs Runzeln neben der Nase vertieften sich. Aber das war alles. Die Wachführer beabsichtigten nicht, dem Schiffsführer zu widersprechen. Erbost fing Folke wieder an zu ösen, und dabei stand ihm vor Augen, wie Hjalti sich in Haithabu eingeführt hatte. Mehr denn je zweifelte Folke, daß seemännisches Können den Steuermann quer über die Bucht trieb.

Nach einer Weile, in der die Männer gemeinsam das Wasser beobachteten, brummte Aslak leise: »Viel zuviel, du hast recht. Wir haben uns ein Stück Kalfaterung herausgerissen, denke ich.«

Hrolf verzog zweifelnd den Mund. »Es sieht eher so aus, als hätten sich zwei Planken voneinander gelöst.«

»Noch schlimmer. Aber wenn du meinst?«

Hrolf nickte düster. Auch Folke nickte.

»Verstehst du davon auch etwas?« fragte Aslak überrascht.

Folke nickte wieder. Zwei Jahre Bootsbauerei von neuen Schiffen und genauso lange Begutachtung von Schäden an alten, anfangs unter seines Oheims Thorbjörn Anleitung, später zunehmend allein und sicherer im Urteil, hatten ihn eine Menge gelehrt. Er brauchte sich nicht zu verstecken.

Aslak, der Mann mit der faltigen braunen Haut des ewig Wandernden, die eine Altersbestimmung fast unmöglich macht, verschränkte grimmig die Arme, ohne die Nordspitze

der Insel aus den Augen zu lassen. »Glaubt ihr, daß der ›Graue Wolf‹ noch nach Hause hinken kann?«
Ohne sich abzustimmen schüttelten Hrolf und Folke die Köpfe.
»Wir müssen an Land und nachsehen, je eher, desto besser«, sagte Folke.
Hrolf war sich nicht so sicher, aber er widersprach nicht. »Hjalti wird es nicht wollen«, sagte er ausweichend.
»Aber wir werden kaum noch vorankommen.« Folke trat verärgert nach dem Eimer, der ihm vor lauter Staunen aus der Hand geglitten war. Hrolf war offensichtlich nicht nur Frauen gegenüber schwach.
»Wir werden ständig schöpfen«, sagte Hrolf zuversichtlich und seufzte dann. »Der Sklave ist verkauft, aber Glück hat er Geirmund nicht gebracht.«
»Als ob der Sklave etwas damit zu tun hätte!« fauchte Folke. »Wir werden vollaufen!«
»Nein«, antwortete Hrolf überlegen und war die Ruhe selbst. »Vielleicht dichtet es sich wieder von selbst, wenn die Planken aufquellen. Du brauchst dir keine Sorgen zu machen. Solange das Wetter sich nicht plötzlich verschlechtert, können wir segeln. Die Männer werden sich beim Schöpfen alle halbe Stunde ablösen.«
Hrolf hatte entschieden. Aslak trat zurück, um Hrolf vorbeizulassen, aber sein Blick ruhte nachdenklich auf Folke, der den Kopf schüttelte. Die Männer des Achterschiffs rückten unruhig auf den Bänken und flüsterten miteinander.
Alf, der eine ganze Weile unbeteiligt Nüsse geknackt hatte, ohne die beratenden Männer aus den Augen zu lassen, spuckte erbittert schwärzliches Fruchtfleisch in die See. Er streute eine Handvoll leerer Schalen in die Wogen, die bedrohlich nahe neben ihm aufstiegen und deren Gischt über das Freibord hereingeblasen wurde. Als eine Schalenhälfte ihm vor

die Stiefel gespült wurde, sagte er inbrünstig: »Wären wir doch an Haithabu vorbeigefahren! Es wäre für uns alle besser gewesen.«
»Und hättest du geschöpft, als die Reihe an dir war, wüßten wir vielleicht mehr«, gab Folke wütend zurück und hatte in seinem aufgestauten Zorn auf Alf längst vergessen, daß dieser ja vermutlich ganz unschuldig war. Erst als es gesagt war, fiel es ihm ein. Aber es war zu spät.
Alf erhob sich von seinem Sitz und glitt wie eine Natter auf Jagd auf Folke zu. »Woher willst du das wissen?« zischte er. Er war beinahe so lang wie Folke, und beide wirkten eher sehnig als muskulös. Dennoch reichten ihre beiden Gewichte zusammen aus, das Schiff merklich rollen zu lassen, und bei der Schwerfälligkeit, mit der sich der »Graue Wolf« wieder aufrichtete, sträubten sich Folkes Nackenhaare. Es mußte schon wieder sehr viel Wasser im Boot sein. Aber Alf war gefährlich, und er durfte ihn nicht aus den Augen lassen.
Aslak trennte die beiden jäh und schnell wie Thor der Hammerwerfer. In seinem Nacken traten die Muskeln wie dicke Schiffstaue hervor. »Ihr Hornochsen könnt euren Streit in Skiringssal austragen, wie ihr wollt«, schrie er, »meinetwegen schlagt euch tot. Hier aber wird bei den Bärten der neunhundertköpfigen Alten nichts ausgetragen!«
Folke ließ sich auf die Knie fallen, als er sicher sein konnte, daß Aslak Alf auf Abstand halten würde, und schöpfte weiter.
»Wenn du schon Tyrs Großmutter anrufst, Aslak«, bellte in diesem Moment Hjalti, der mit wachsender Verärgerung zugehört hatte und sich – ausnahmsweise – in die Streitereien der Männer einmischte, »solltest du auch daran denken, daß ihr Enkel Tyr den Fenriswolf gebändigt hat... Ich würde Tyrs Sippschaft nicht anrufen – jetzt jedenfalls nicht.«
»Du wolltest doch wohl nicht Ähnlichkeiten zwischen unse-

rem ›Grauen Wolf‹ und dem Fenriswolf sehen?« fragte Aslak höhnisch, dem die Wut allmählich in den Kopf stieg. »Mit diesem Ungetüm! Das kann dein Ernst nicht sein!«
Aber Hjalti schüttelte unnachgiebig den Kopf. Aslak wußte schließlich selber, wie weitläufig die Verwandtschaft der Wölfe war. »Du wirst gut daran tun, den ›Grauen Wolf‹ nicht zu verärgern, indem du seine Feinde beschwörst«, beharrte er. »Der ›Graue Wolf‹ hat heute ohnehin nicht die beste Laune, wie es scheint.«
Die Männer von Hrolfs Wache nickten, Aslaks Männer aber blickten zu Boden und weigerten sich, ihrem Wachführer in den Rücken zu fallen. Nur Alf hatte nicht vergessen, wie gering der Beistand gewesen war, den er bisher von Aslak bekommen hatte.
»Vielleicht hat Aslak vergessen, daß der Fenriswolf Sieger bleiben wird und mit ihm alle anderen Wölfe«, rief er aus der sicheren Entfernung vom Mast, in dessen Schutz er sich zurückgezogen hatte. »Der ›Graue Wolf‹ fliegt nach Hause, ohne sich auch nur zu schütteln. Aber Aslak versteht weder von Wölfen noch von Booten allzuviel. Und deine Großmutter kannst du mitsamt ihren Bärten in ihren Metkessel tauchen!«
Alfs Unverschämtheiten ließen Aslak die Gefahr vergessen. Alf sah sich hilfesuchend nach dem Schiffsführer um und sprang dann an die Bordwand, um Aslak zu entgehen. Aber er hatte Hjaltis Wohlwollen über- und Aslaks Ansehen unterschätzt.
Die Ruderer wichen zurück, um dem Wachführer freie Bahn zu geben. Eine freie Bahn, dessen Ende bei Alf mündete. Keiner von Alfs Gefolgschaft hob gegen Aslak die Hand. Gehetzt sah Alf sich um, ohne einen Ausweg zu finden.
Folke, der wie ein Sklave geschöpft hatte, hörte auf und sah den beiden ungläubig zu.

Aslak schob sich beinahe gemächlich vorwärts, mit hängenden Armen und offenen Händen. Alf zog sein Messer und hielt es in Hüfthöhe mit der Schneide nach oben.
»Hjalti, so tu doch etwas!« rief Folke, der entsetzt bemerkte, daß Hjalti den »Grauen Wolf« aus einem unbegreiflichen Grund gewendet und dann das Ruder verlassen hatte. »Das Segel steht back!«
Die Wellen waren hier an der Nordspitze Erris nicht sanfter als an anderen Nordspitzen, die sich der See entgegenstellen. Die Wogen, die Raum genug gehabt hatten, um von der Ostseite Jütlands Anlauf zu nehmen, liefen hoch auf. Wo sie plötzlich vom steil ansteigenden Meeresgrund gebremst wurden, polterten und schäumten Njörds Töchter vor Wut, warfen sich längs und quer übereinander, schleuderten faustgroße Steine auf das schmale Ufer und nagten am Steilabhang.
Wie ein Stein wurde auch der »Graue Wolf« hin- und hergeschleudert, und das schwere Segeltuch sog sich mit jeder Krängung am Schothorn und an der Halse mehr voll Wasser. Folke ließ die Pütz fahren, sprang auf die Plattform des Steuermanns und stürzte an die Pinne, obwohl ihm im Auf und Ab des Hecks zumute war wie einer Maus, die ein Habicht im Fluge hat fallen lassen und wieder einfängt.
Doch der »Graue Wolf«, der mit backstehendem Segel langsam rückwärts segelte, ließ sich durch den Rudergänger allein nicht wieder an den Wind bringen.
Wirkungslos drehte Folke am Ruderschaft.
Aslak war inzwischen bei Alf wie Tyr, der Gott der Gerichtsbarkeit und des Krieges, angekommen. Alf wagte nur einen schwächlichen Ausfall mit dem Dolch, der Aslak am Arm streifte. Dann war Aslak über ihm, rang ihm das Messer aus der Hand, packte ihn um die Mitte und stemmte ihn auf die oberste Planke. Dort schwankte Alf noch einmal kurz, bevor

Aslak ihn mit einem endgültigen Stoß in Lee über Bord kippte.
Die Männer schrien auf. Jeder wollte den über Bord Gegangenen retten. Bevor sie alle auf dieselbe Seite traten und das Schiff in Gefahr brachten zu kentern, brüllte Aslak: »Zurück!«
Folke mühte sich immer noch mit der Pinne ab. Trotzdem sah er aus dem Augenwinkel, daß Aslak mehr für Alfs Rettung tat als alle anderen zusammen. Denn während Alf im brodelnden Wasser um sein Leben kämpfte und vom Schiff schnell fortzutreiben drohte, schlug Aslak die Verschlußkappe einer Riemenpforte heraus, griff sich ein Ruderblatt und schob es dem Ertrinkenden vor die Nase.
Alf klammerte sich am Holz fest, und Aslak holte das Ruder langsam und stetig ein. Mit geschlossenen Augen hing Alf kraftlos am Ruder. Fast wären ihm im letzten Augenblick noch die steifen Hände abgeglitten, als es Aslak gelang, den erschöpften Mann am Kragen zu packen und hochzuhieven. Wie ein gefangener Wassergeist rutschte er zwischen die Sitzbänke.
Folkes Gebrüll: »Segelwache! Halse los! Schoten und Bulinen los!« fand endlich Gehör.
Hjalti tobte zähnebleckend nach hinten, während die Männer in Windeseile alle Leinen loswarfen und die Rah rundbraßten. Als der Schiffsführer bei Folke angekommen war, war der Bug schon ein wenig abgefallen. Wortlos wechselten Hjalti und Folke die Plätze, und Folke machte sich, so schnell er konnte, unsichtbar.
Nach unendlich langer Zeit nahm der »Graue Wolf« endlich wieder Fahrt nach vorne auf, jedoch auf dem falschen Bug. Aber für eine Drehung durch den Wind brauchten sie erst einmal Fahrt im Schiff...
Immer näher kamen sie dem Strand.

»Es ist tief hier«, rief Folke, der sich zwischen Haithabu und den südlichen dänischen Inseln gut auskannte. »Wenn wir jetzt wieder wenden, schaffen wir es.« Trotzdem preßte er seine Nägel tief in die Handinnenflächen, bis diese schmerzten.

»Ruder ausfahren«, brüllte Hjalti, ohne sich um ihn zu kümmern, und in die Männer kam wieder Bewegung. Hastig zerrten sie die Ruderblätter heraus und schoben sie durch die Ruderpforten.

Folke, der nach vorne stürzte, um an seinen Platz zu kommen, bekam mehr Püffe von den Fäusten der Männer und mehr Schläge durch die Ruderschäfte, als er zählen konnte. Endlich erreichte er seine Bank, als die meisten Ruder sich bereits im Takt in das schaumig-grüne Wasser senkten.

Das Ufer von Erris Nordspitze war gewiß nicht mehr als drei Ruderlängen von ihnen entfernt, als sie sich mit dem schlagenden Segel, das jemand losgeworfen hatte, an ihm vorbeimogelten. Unter ihnen brauste und gurgelte das Wasser, und die Wellen überschlugen sich dicht neben ihnen. Obwohl die Ruder flogen, kam der »Graue Wolf« kaum vorwärts.

»Öswache!« gellte Hjaltis Stimme, und Folke und Frodi sprangen wieder auf.

Während die Ruderblätter noch schneller wirbelten, schöpften die beiden um aller Leben. Sie mußten die Leeseite der Insel erreichen, denn nur hier gab es die flachen Sände, auf die sie einigermaßen gefahrlos auflaufen konnten.

Ganz allmählich folgte der »Graue Wolf« der Küstenlinie, die nach Südosten zurückzuweichen begann. Der Winddruck ließ scheinbar nach, bis sie ihn plötzlich von der anderen Seite bekamen. Aber das Wasser wurde ruhiger und die Sicht unter der dünner werdenden Regenwolkendecke besser.

Während Hjalti auf eine Landzunge zuhielt, die sich unweit der Nordspitze in unregelmäßigen sandigen Buckeln und

Buchten in das ruhige Wasser hinausstreckte, füllte sich das Langboot schnell mit Wasser. Und als das Knirschen ertönte, auf das sie alle warteten, und der »Graue Wolf« gleich darauf mit einem letzten Bocksprung festsaß, trieben schon die kurzen Planken des Ösgangs im Wasser, und die Männer standen bis zu den Knöcheln darin.

Hjalti, der hinten auf der Plattform kauerte, blickte ungläubig über Geirmunds Schiff und murmelte: »Sein Fahrheil war dahin.« Er verstand immer noch nicht, wie das alles so schnell hatte passieren können. Aber ganz tief in seinem Hinterkopf saß die Demütigung, die Folke ihm erteilt hatte, und er wußte, daß auf Folke ein Teil der Schuld kam. Noch aber war dafür keine Zeit. Nur kleine Kränkungen sind schnell beantwortet.

7 Der Verdacht

Weniger erschrocken als wütend sprangen die Männer auf die Ruderbänke, während das Wasser weiter stieg. Alf und einige von den unerfahrenen jüngeren Ruderern zogen die Bodenbretter rasch beiseite und warfen sie achtlos hinter sich, dann gruben sie mit den Armen im durchfluteten Unterwasserschiff nach ihren persönlichen Sachen.

»Das Zelt zuerst!« röhrte Hrolf und hielt das Schothorn fest, das unaufhörlich knatternd schlug und ihm die Sicht auf das Boot nahm. Während er mit der einen Hand herrisch die Männer einteilte, die sich darum kümmern sollten, bändselte er schließlich die Schot an einem Belegnagel fest.

Er hatte recht. Folke, der es Alf nachtun wollte, sah ein, daß Eile nichts helfen würde. Ihre Sachen waren ohnehin naß, verloren jedoch nicht. Tiefer sinken konnten sie nicht, und wo der »Graue Wolf« auflag, konnten sie allemal an Land waten. Aber die Zeltbahnen würden halbnaß leichter zu tragen sein als ganz naß. Folke warf sich nach vorne und schob sich durch das Wasser zum Mast. Es stieg nun rasch.

Bolli und Aslak, die beiden stärksten Männer an Bord, hatten das Tuch bereits auf die Bordkante hochgezerrt, worauf Bolli hinüberflankte und sich die Zeltbahn von Aslak auf seine breiten Schultern rollen ließ. Dann stapfte er mit gebeugtem Nacken los. Es ging nur langsam. Das Wasser war nicht gleichmäßig tief, man konnte es auch an der Landzunge sehen, die in einiger Entfernung mit Bögen und Wasserkuhlen aus der See kroch. Bolli wußte das. Er tastete bei jedem Schritt den Boden mit dem Fuß ab, bevor er sein Gewicht verlagerte, und so gelang es ihm, näher und näher an den Sandstrand zu kommen. Nur einmal sahen die Männer, die ihm nachstarrten, wie Bolli unter Wasser verschwand und

dann wieder auftauchte, ohne seine Last loszulassen. Schließlich hatte er es geschafft.
Folke lud unter Mühe Aslak die zweite Zeltbahn auf: für ihn war es schwerer, er war kleiner als Bolli. Schließlich schickte Hrolf ihm Folke nach, damit dieser für ihn den Weg suchte. Zusammen erreichten sie triefend den Strand, und Aslak wälzte sich erleichtert das Zelt von den Schultern.
Es war kein guter Strand, ein Schwanenstrand. Zwar waren die Schwäne nicht da, aber ihr Dreck. Kaum fand sich ein genügend großer, sauberer Platz, um die Zeltbahnen darauf zu lagern. Bolli trat fluchend verstreute beschmutzte Äste, die als Nistplatz gedient hatten, und halbverfaulte Algen beiseite und warf einige Steine zu einer einigermaßen trockenen Plattform für die geretteten Sachen zusammen. Dann machten sie sich wieder auf dem Weg zum Schiff, von dem die ersten Männer ihnen bereits entgegenkamen.
Die Leeküste war ruhig im Vergleich zu der anderen Seite. Die Wellen plätscherten hier sachte an Land. Um so lauter dröhnte das zornige Schweigen der Männer, die sich jetzt um das Wichtigste dieser Reise gebracht sahen: Ehre und Ansehen.
Hjalti hockte immer noch schweigend im Heck. Hrolf auf der Bordkante wies hierhin und dorthin auf die Dinge, die zuerst mitgenommen werden sollten, und die Ruderer gehorchten ihm. Niemand wußte, wie lange das Wetter ruhig bleiben würde.
Folke, der dem Schiffsführer lieber nicht unter die Augen kommen wollte, ließ sich über die Bordkante rollen und lief dann unauffällig an seinen Platz. Er duckte sich und suchte mit den Händen nach den Grifflöchern in den Planken, die längst nicht alle nach oben getrieben waren, weil sie fest gefügt und nun aufgequollen waren. Die Wellen schwappten ihm in den Mund, und er legte den Kopf in den Nacken.

Endlich ließen sich zwei Bretter hochzerren. Einige Male mußte er abtauchen, bevor er seine Sachen gefunden hatte. Im Wasser schwamm allerlei Dreck, der sich wie bei jedem Boot nach langer Fahrt unter den Bodenplanken angesammelt hatte. Ein wenig erstaunt starrte Folke auf die Holzspäne, die im Sog seines Sackes an die Oberfläche trieben; sie sahen fast wie die langen Holzlocken aus, von denen ganze Hände voll beim Bau eines Bootes entstanden. Und recht frisch. Normalerweise entfernte man sie, bevor das Boot dem Auftraggeber übergeben wurde.
»Los, Folke!« bellte Hrolf. »Das Segel holen wir später.«
Folke schüttelte sich das Wasser aus den Ohren und merkte dabei, daß alle anderen bereits ihre Sachen geschultert hatten. Er kletterte ihnen nach. Hjalti folgte als letzter, mit leeren Händen.

Als sie festen Boden erreicht hatten, verschwand Hjalti im Wald. Folke verstand, daß er mit sich ins reine kommen mußte. Niemand erwähnte den Schiffsführer, wie sie überhaupt sehr schweigsam waren.
Bis sie sich an Land eingerichtet hatten, war es Abend geworden. Ein matter rötlicher Schein lag noch auf der Höhe von Erri, und wer da oben stand, konnte die Sonne jetzt im Westen ins Meer sinken sehen. Das Ostufer aber lag schon im tiefen Schatten, und den Männern wurde kalt. Die meisten waren nackt und hatten ihre Wämser und Hosen auf den Büschen am Ufer zum Abtropfen aufgehängt.
Aslak hatte schon ein Feuer angezündet, das Bolli mit ganzen Armen voll trockenen Holzes fütterte. Es loderte hoch und wärmte gut. »Wir brauchen mehr, viel mehr!« knurrte Aslak. »Macht euch auf, solange ihr noch etwas sehen könnt.« Die Männer seiner Wache erhoben sich sofort, mit Ausnahme von Alf.

»Du auch«, befahl Aslak, ohne ihn anzusehen, bückte sich und brach einen Ast von einem der ausgetrockneten Bäumchen, die hier vor langer Zeit angeschwemmt worden waren. Alf rührte sich nicht.
»Es gibt«, sagte Aslak drohend und so leise, daß er kaum das Prasseln und Knacken des Lagerfeuers übertönte, »Jungvolk, dem eine einzige Belehrung nicht ausreicht, bevor es begreift, wer an Bord befiehlt und wer gehorcht.«
Alf hob den Kopf ein wenig und sah zwischen den gespreizten Fingern hindurch auf seinen Wachführer. »Meinst du mich?« fragte er. »Dann könnte es sehr wohl sein, daß ich Hjalti an seinen Schwur Geirmund gegenüber erinnern muß.«
»Und?« fragte Aslak nur wenig beunruhigt.
»Er hat geschworen, auf dem Schiff im Namen des Königs das Recht zu wahren. Daß du an mir die Wassertauche verübt hast, konnte wohl jeder sehen, der Augen im Kopf hat. Und jeder weiß, daß du gegen den Schwur verstoßen hast.«
»Ich habe dich hineingeworfen, und ich habe dich herausgeholt«, entgegnete Aslak, »das ist eine einfache Sache, die jeder verstehen kann. Das hat nichts mit Wassertauche zu tun.«
»Geirmund, mein Verwandter, wird das wohl anders sehen.«
»Das kann schon sein«, sagte Aslak nun wütend, »und es kann auch sein, daß wir diese Meinungsverschiedenheit mit dem Schwert austragen werden. Aber besser er als du. Mit deinem Fell mag ich nicht einmal meine Klinge putzen.«
Bebend vor Zorn sprang Alf auf und griff an seine Seite. Aber das Messer lag wie Axt und Schild auf dem großen Stein, auf dem auch Alfs lächerlich spitze, hohe Schnürstiefel trockneten.
In diesem Moment kam Hjalti mit langen Schritten den Abhang halb rutschend, halb springend heruntergestiegen. Als einziger steckte er noch in seiner triefenden Kleidung und

war voll bewaffnet. Äußerlich schien er ruhig wie immer. Während er seine Axt sorgsam auf den Boden legte, sah er argwöhnisch von Aslak zu Alf.
Aslak wartete gekrümmt und mit hängenden Armen auf den Angriff. Alf war stehengeblieben. Ein wütender Mann, der nackt um sein Messer rennt, kann leicht lächerlich aussehen, und das war eins der Dinge, vor denen Alf Angst hatte.
»Wir können hierbleiben«, sagte Hjalti und blähte die Nüstern wie ein aufmerksames Tier, das Gefahr wittert. »Hier ist es so gut wie anderswo. Ansiedlungen scheinen nicht in der Nähe zu sein. Aber wir werden natürlich Wache halten.«
Mit den anderen Männern war auch Folke zurückgekehrt. Von Hjaltis Sorge hörte er zum ersten Mal. Er zeigte auf den Bergkamm, der sich im Süden rund um eine weite Bucht erhob. »Hier sind keine Dörfer. Dahinten gibt es einige Häuser, die zu Visby gehören, allerdings nennen sie den Weiler Söby, und unterhalb von ihnen liegt eine Anlegestelle. Die Fischer haben die Nordseite von Erri lieber, sie ist ruhiger bei schlechtem Wetter.«
Die Männer schüttelten ungläubig die Köpfe. Waren sie einen halben Tag unterwegs gewesen – nur um abends wieder fast in Visby zu landen?
»Nun gut«, sagte Hjalti hochmütig, »wer immer es ist, wir haben keinen Grund zur Furcht. Sie werden uns nicht ausplündern. Auch wenn euer Feuer noch bis Haithabu leuchtet.«
Ihr Schiff und sie selber besaßen nun einen anderen Rechtsstand als noch vor zwei Stunden: Sie waren Schiffbrüchige und nicht mehr ein Kriegsschiff des Königs Geirmund auf der Heimfahrt. Es gab genug Küstenanwohner in der Ostsee, die auf einen Teil des Schiffes und seine Ladung in solchen Fällen energisch ihr Recht geltend machen würden. Aber Folke konnte das von den Einwohnern des kleinen Handelsstütz-

punktes kaum glauben. Die Erri-Bewohner galten im allgemeinen als friedfertig.
»Auf jeden Fall«, sagte Hjalti und sah beziehungsvoll von Aslak zu Alf und streifte auch kurz Folke, »sind im Moment alle Zwistigkeiten ausgesetzt, bis wir sicher zu Hause sind. In König Geirmunds Namen befehle ich euch, untereinander Frieden zu bewahren! Alf vor allem.«
Die Männer grinsten gezwungen und fingen wieder an zu schwatzen. Das, was Hjalti wie eine Nebensächlichkeit ausgesprochen hatte, war wie ein zusätzlicher feierlicher Treueeid gewesen. Sie waren jetzt einander wie auf einem Kriegszug wie leibliche Brüder verpflichtet. Kämpfe mußten so lange ausgesetzt werden, wie das Versprechen galt.
Aslak nickte und entspannte sich. Er suchte mit keinem Streit, aber Alf schien es geradezu darauf anzulegen.
»Waffenlos wird Aslak ohnehin nie jemand antreffen«, bekräftigte Hrolf und sah sich unter den jungen Männern um, die offen oder heimlich auf Alfs Seite standen. »Weder ein Wolf noch ein Feind. Noch ein saftiger Braten«, fügte er hinzu, um die versteckte Drohung abzumildern.
Das stimmte. An Aslaks Hüfte stießen sich am Messergurt das Salzdöschen und der Dolch und klimperten leise. Nach Lappenart legte Aslak beides noch nicht einmal als nackter Mann ab.
Alf knirschte verstohlen mit den Zähnen. Er hatte zwar mit seinem Verwandten gedroht, dem das Schiff gehörte – aber sein Verwandter war nicht hier, und Aslaks Ansehen war größer. Er schlug Ulf, der an Land öfter mit ihm zusammen war, kameradschaftlich auf die Schulter und zog ihn beiseite.
»Wenn ich wüßte, wer Grund zur Rache an meinem Verwandten Geirmund hat! Der müßte sich wegen Zauberei verteidigen. Daß wir hier liegen, geht doch nicht mit rechten Dingen zu. Glaubst du mir?« fragte er unbekümmert laut.

Ulf hatte daran noch nicht gedacht, aber er ließ sich schnell überzeugen und nickte.
»Dir sollte man den Mund vernähen wie Loki mit dem bösen Mundwerk«, schnaubte Aslak und begann den Ballen einer Zeltbahn auseinanderzufalten.
Folke half ihm, die gerettete Leinwand über den Strand zu zerren und die schweren nassen Lagen glatt auf dem Boden auszubreiten. Aus dem Augenwinkel sah er Alf mit Ulf davonziehen und atmete erleichtert auf. Aber irgendwann würde es zum Kampf zwischen Aslak und Alf kommen müssen.
»Wie lange, glaubst du, wird das Boot halten, bevor es auseinanderbricht?« fragte Aslak nachdenklich.
»Wenn der Wind so bleibt, wie er jetzt ist«, antwortete Folke spontan, »wochenlang.«
»Aber er wird nicht so bleiben.«
Folke nickte. Genau das war der Punkt. Niemand konnte voraussagen, wie lange es dauern würde.
»Ich werde morgen versuchen, ein, zwei Wasserfässer zu holen«, beschloß Aslak. »Und noch ein paar andere Dinge.«
Folke nickte. Er würde mitgehen und Aslak helfen. Es gab noch etwas, was er erledigen mußte. Er hatte einen Verdacht...

Die Nacht war so scheußlich, daß Folke am nächsten Morgen froh war, die Sonne über dem Meer aufgehen zu sehen. Das Feuer, das die Wache die ganze Nacht unterhalten hatte, hatte die Feuchtigkeit nicht aus dem Zelt treiben können, und es war so gemütlich gewesen wie in Aasas Eiskeller auf dem Bärenhof. Auch er hatte eine Stunde Wache geschoben. Es war ruhig geblieben. Wahrscheinlich waren die Einwohner von Söby selber froh gewesen, daß man sie in Ruhe gelassen hatte.
Noch mußten sie nicht hungern. Das Faß mit geräuchertem

Fleisch würde noch einige Tage ausreichen. Die Männer bissen schweigsam und mürrisch in die Fleischbrocken, die als Morgenmahl herhalten mußten. Folkes Stimmung war um kein Haar besser, als er sich zu ihnen setzte. Ihn machte auch der Gedanke nicht munterer, daß Hjalti wahrscheinlich vorhatte, nach Visby zurückzugehen. Es würde Ärger geben.
Es gab auch jetzt schon Ärger.
Aber Folke wunderte sich, wie einig sich die Männer waren ...
Alf, der sich anscheinend zum Anführer der Unzufriedenen machen wollte, fing wie auf Absprache an. »Mein Verwandter wird nicht erfreut sein, wenn wir ohne sein Schiff ankommen«, sagte er mit einer Stimme, die für einen erwachsenen Mann noch nicht dunkel genug und durch die Aufregung noch heller war. Deswegen horchten auch alle sofort auf.
Hjalti nagte lustlos weiter am lauwarmen Fleisch. »Was meinst du?« fragte er ahnungslos.
»Geirmund wird sich fragen, ob er das Schiff nicht dem Falschen gegeben hat.«
Hjalti hörte auf zu kauen. Aus verschiedenen Gründen hatte er sich um ein gutes Verhältnis mit Alf bemüht und zog vor, es auch zu behalten. Friedfertig fragte er: »So glaubst du heute nicht mehr an Zauberei?«
»Es gibt auch andere Möglichkeiten«, antwortete Alf ausweichend. »Es könnte auch an dir selber liegen. Du hast ja bereits nachgewiesen, daß du mit Njörd nicht auf bestem Fuß stehst.«
Hjalti brach in ein gezwungenes Gelächter aus. »Und du meinst natürlich, du wärst der Bessere gewesen?«
»Ich wäre jedenfalls nicht bei der Nordspitze der Slawen aufgelaufen«, protzte Alf. »Das hätte ja schon das jüngste Kebsenkind des Königs gewußt, daß wir da nicht ohne Schlag vorbeikommen.«

»Hätte es auch vorhersagen können, daß der Wind abflaut?« fragte Hjalti, aber seine Verteidigung war nicht so gut, wie sie hätte sein müssen, und jeder merkte es.
Hjalti hätte den Mund halten sollen, dachte Folke. Jeder wußte schließlich, daß Alf ständig auf Streit aus war, allerdings bisher nicht mit dem Schiffsführer.
»Mit abflauendem Wind muß man immer rechnen«, sagte Alf überlegen. »Aber du sprengst ja immer durch das Wasser wie Thor mit seinen Böcken durch die Luft! Wir hatten Glück bisher. Bis heute! Und da du glaubst, mir Ratschläge erteilen zu können, denke ich, ich sollte sie dir hin und wieder mit Dank zurückerstatten.«
»Gut gesprochen«, sagte Bolli.
Hjalti preßte das Fleisch in der Hand, daß der Pökelsaft herausfloß. Von Alf hatte er keinen Pfeilschuß aus dem Hinterhalt erwartet. Aber er hatte selbst schuld: er hatte Alf getadelt, und daß es Alf an jeder Großzügigkeit fehlte, wußte er seit langem.
Die Männer hatten schweigend zugehört, aber Folke fühlte, wie der Hohn zu wirken begann, vor allem, weil Hjalti sich nicht verteidigte. Wer würde zum Schiffsführer stehen? Nach dem, was er selber auf der Schlei erlebt hatte, war der Vorwurf von Alf nicht aus der Luft gegriffen.
Schließlich sprach Aslak. »Ich gebe dir in der Sache recht, Alf«, sagte er zum Erstaunen aller. »Hrolf meint, wir hätten uns eine Naht aufgerissen, und das kann, wie ich glaube, nur vom Auflaufen kommen.«
Alf grinste siegesgewiß. Daß er sogar von seinem Feind Hilfe bekam . . .
Hjalti sprang auf, ohne sich um Alf zu kümmern. »Glaubst du das wirklich, Hrolf? Bei Thors Hammer Mjölnir, ich hätte nicht gedacht, daß du mir so in den Rücken fallen könntest!«
Folke hatte den Schiffsführer noch nie einen Gott anrufen

hören, im Gegensatz zu Aslak, der sie alle auf der Zunge trug, und daran merkte er, wie aufgewühlt Hjalti war. »Dein Vater und mein Vater, die Blutsbrüder waren!« beschwor Hjalti seinen Wachführer.

Hrolf bohrte mit einem Stock im Sand und sah nicht auf. Er machte ein unglückliches Gesicht. Aslak reagierte schnell. Er fuhr fort, als ob Hjalti ihn nur unterbrochen hätte: »Aber du, Alf, solltest erst lernen, Gänse zu hüten, bevor du Wölfe befehligen willst! Und einstweilen sollte Geirmund deine Gänseherde hübsch klein halten. Für anderes taugst du noch nicht. Und im Gegensatz zu Hjalti glaube ich auch, daß du nie zu etwas taugen wirst.«

Alf wurde bleich. Diese Beleidigung war schlimmer als aller bisherige Ärger mit Aslak, so groß, daß sie nicht gleich beantwortet werden konnte. Möglicherweise war ja auch sein Verwandter, der König, betroffen. Er mußte erst darüber nachdenken. »Du wirst noch von mir hören«, stammelte er nach einer Weile.

Aslak, der ihn regungslos beobachtet hatte, nickte. Ihre Abrechnung würde so oder so kommen. Aber noch brauchte er sich darauf nicht einzurichten. Noch war es zu früh.

Folke fühlte sich in seiner Haut ebenso unbehaglich wie alle anderen, und das kam nicht vom trocknenden Salz. Er war erleichtert, daß wenigstens Hjalti und Hrolf ihre Sache nicht vor aller Augen austragen wollten, obwohl er letzten Endes gar nicht wußte, ob es da überhaupt etwas auszutragen gab. Er hatte den dankbaren Blick Hrolfs an Aslak aufgefangen. Oh, wie hatte er sich geirrt, als er die Männer anfangs um ihre Harmonie beneidet hatte. Das Zusammenleben auf einem Schiff war schwieriger, als er gedacht hatte.

Das weitere Mahl verlief schweigend. Als Folke das Fleisch gegessen und ein wenig heiße Brühe getrunken hatte, fühlte er sich trotz allem aufgewärmt und gestärkt.

Fast bereute Folke seine Zusage vom Vorabend, als Aslak aufsprang und ihn auffordernd ansah. Aber es half ihm nichts, Aslak blieb unerbittlich, und er mußte seine Kleidung ablegen, die ihn schon ein wenig wärmte, obwohl sie noch feucht war. Und dann watete er hinter Aslak her ins seichte Wasser, der stur vorausstapfte und vielleicht genausowenig Lust wie Folke hatte und nur wegwollte.
Einige mühsame Scherze begleiteten sie, und sie wußten, daß die Männer ihnen nachsahen. Für einen Moment war hinter ihnen Friede eingekehrt.

Der Wind hatte im Laufe der Nacht abgenommen. Das Wasser war wieder zurückgeflutet, und das Schiff lag tiefer im Wasser als am Vortag, wie sie schon von weitem sehen konnten.
»Die Lappen sind kurzbeiniger als die Norweger, und ihre Herzen sind näher an der Erde. Deshalb wohl ist mir Freyr lieber als Thor«, sagte Aslak und warf sich schwimmend in die Wellen.
Folke, der die Kuhle noch zu Fuß durchqueren konnte, stapfte hinterher. Nach einer Weile, als auch Aslak wieder Fuß gefaßt hatte, fragte er: »Wolltest du damit etwas Bestimmtes sagen?«
Aslak lächelte ein wenig bitter. »Ich will immer etwas Bestimmtes sagen.«
Folke traute sich nun nicht mehr weiterzufragen. Er konnte sich denken, daß Hjalti und Hrolf eher dem Donnergott als dem Gott der Fruchtbarkeit huldigten, und vielleicht hatte Aslak damit sagen wollen, daß er von anderer Art war als die beiden. Hinter Aslaks Stirn steckte manches, das Folke neugierig machte. Aber noch war die Zeit, mit Aslak zu reden, nicht gekommen. Auch Aslak wußte das. Er blieb schweigsam, bis sie das Schiff erreicht hatten.

Der »Graue Wolf« schwojte ein wenig. Folke fühlte die wiegenden Bewegungen, während er auf der Bordkante hockte und in den Bootsrumpf hineinblickte, in dem Spieren, Tauwerk, Belegnägel und noch allerlei Gebrauchsgegenstände der Mannschaft herumschwammen.
Noch war das Schiff in gutem Zustand. Das Gefüge war noch so, wie es sich für ein Schiff gehört. Aber Folke wußte, wie schnell die See ein Schiff auseinanderschlagen kann. Er war froh, daß Aslak ihm den Vorwand geliefert hatte mitzukommen. Er wollte gern eine Sache klären, die ihm wichtig war, aber er wollte sich nicht dem Gelächter der anderen aussetzen.
Sie tasteten mit den Füßen nach den Ruderbänken, auf denen sie nun bis über die Knie im Wasser standen.
»Ich muß an meinem Sitzplatz nach etwas suchen«, murmelte Folke und lief über die kaum erkennbaren Ruderbänke nach vorne.
Aslak nickte gleichgültig, während er überlegte, wie er am besten an die Fässer herankäme. Die Fässer waren vor und hinter dem Mast verstaut und würden möglicherweise nicht mehr brauchbar sein. Er hatte mit Hrolf gewettet, daß das Wasser mindestens genießbar wäre. Aber seine Ehre hing davon nicht ab.
Zwischen der zweiten und der dritten Ruderbank ließ Folke sich ins Wasser gleiten und tauchte zähneklappernd. Den Kopf tief unter Wasser, ließ er seine Fingerspitzen hastig den treppenförmigen Absätzen zwischen den einzelnen Planken folgen. Mehrmals tauchte er auf, um schnaufend Luft zu holen und ging wieder hinunter. Er fand nichts. Nirgends waren die Planken getrennt, nirgends auch nur ein winziges Anzeichen davon, daß irgendwo Wasser hereingesprudelt war. Dann wechselte er hinüber auf Svens Seite. Auch hier war das Schiff so dicht, wie es die Bootsbauwerkstatt einst

verlassen hatte. Folke machte sich sogar die Mühe, einzelne Ballaststeine zu verlagern, um die Ritzen am Bootsboden zu prüfen. Endlich gab er auf. Er war zufrieden. Er hatte es nicht anders erwartet.

Dann begann er von neuem und prüfte nun die Planken selber, nicht ihre Stöße. Sie waren glatt gehobelt und ebenmäßig. Auch hier entdeckte er nichts, aber damit war er keineswegs zufrieden. Da mußte etwas sein!

In der Zwischenzeit hatte Aslak die Fässer gefunden und das erste hochgehievt. Zu seiner Freude war es dicht wie eine Haselnuß am Strauch. Er band versuchsweise einige Planken, die im Inneren des Bootskörpers umherdümpelten, zu einem Floß zusammen. Es war nicht groß, aber zwei oder drei Fässer würde es tragen können. Zufrieden band Aslak es am Mast an und tauchte nach dem nächsten Faß. Als er hochkam, war auch Folke zufällig über Wasser zu sehen.

»Was suchst du eigentlich?« fragte Aslak.

»Ach«, murmelte Folke und suchte fieberhaft nach einer vernünftigen Erklärung. »Nach Werkzeugen. Mir sind einige verlorengegangen.«

Aslak strich spöttisch grinsend das Haar von seinen Augen. »Auf Svens Seite auch?« Dann verschwand er wieder, und auch Folke tauchte ab.

Als Aslak wieder einmal hochkam, um auf der Bordkante eine Weile zu verschnaufen, saß Folke bereits dort. Er hielt seinen Zeigefinger in die Höhe und betrachtete ihn nachdenklich. Von diesem Durchmesser waren die Löcher, die jemand in den Rumpf des »Grauen Wolfs« gebohrt hatte, um ihn zum Sinken zu bringen. Wie viele hatte er wohl mit Folkes Löffelbohrer machen müssen?

Rache

8 Die Wolfsmaske

Als Aslak und Folke mit den Wasserfässern auf der Schulter bei den anderen ankamen, hatte sich deren Stimmung merklich geändert. Mit dem Instinkt des Tundrajägers witterte Aslak es noch vor Folke und fragte sofort: »Was ist los?« Er übersah absichtlich das zufriedene Grinsen von Alf und wartete auf die Antwort, die von Hjalti kommen mußte.

Folke lief ein warnendes Kribbeln über die Haut, als er mit gespitzten Ohren sein Faß langsam auf den Sand gleiten ließ und sich umsah. Die Männer hatten die vom »Grauen Wolf« geretteten Gegenstände auf einen Haufen gestapelt und waren vollständig bekleidet und bewaffnet.

Hjalti ließ sich Zeit mit der Antwort. Er saß auf einem Stein und schob mit der Speerspitze seinen Schild durch den Sand. Wollte er Aslak wissen lassen, daß sein Wort nicht mehr viel galt? Folke sah verstohlen vom Schiffsführer zum Wachführer. Aslak hatte die Arme in die Seiten gestemmt und wartete nackt und naß; die Ruhe selbst, schien er von seinem Schiffsführer Rechenschaft zu fordern, die ihm nicht zustand.

»Wir werden uns in Visby holen, was wir für die Weiterfahrt brauchen«, antwortete Hjalti knapp. »Ein Schiff und alles, was dazugehört.«

Aslak sagte nichts. Er nickte nur und trocknete sich mit seinem Wams ab, das er von einem der Holunderbüsche herunterholte. Während er es überzog, klimperten die kleinen Amulette aus Bronze und Leder leise, die auf dem Wams angenäht waren.

Folke atmete tief ein. Jetzt würde geschehen, woran er sich nicht beteiligen wollte. Aber er war nun ein Mitglied der Mannschaft und hatte keine andere Wahl. Vielleicht konnte er sich wenigstens im Hintergrund halten.

»Du führst uns, Folke«, befahl Hjalti.
Wenige Minuten später zogen sie los. Zwei ältere, nur noch beim Rudern zähe Männer aus Hjaltis weitläufiger Verwandtschaft wurden zur Bewachung ihrer Sachen zurückgelassen. Sie würden später mit dem Schiff Männer und Sachen holen.
Folke führte die Männer am Ufer entlang. Auf dem Oberland stand wegeloser Wald, und auch die Abhänge waren hier, am Nordende der Insel, noch nicht unter den Pflug genommen worden: dichtes Buschwerk, unterbrochen von zahlreichen Bächen, machte sie unpassierbar.
Der Strand war steinig, veralgt und buchtenreich und das Laufen unangenehm. Aslak schob sich neben den Schiffsführer, wo zwischen herabhängenden Büschen und umgekippten Bäumen ein wenig Sand hochgeschwemmt worden war und ein kurzes Stück gut begehbaren nassen Strand geschaffen hatte. »Was das Schiff und das Dorf angeht . . .«, begann er vorsichtig und raunte Hjalti über den Schild hinweg dann ins Ohr: ». . . hast du daran gedacht, daß auch einer von der Mannschaft den Sklaven erschlagen haben kann?«
Hjalti schüttelte den Kopf. »Unmöglich!« Er wechselte den Schild auf die Seeseite hinüber, so daß Aslak ihm näher war. Auch Aslak war nun erstmals kriegsmäßig bekleidet. In seinem Wollwams nach Wikingerart, das mit Rentierfellen nach Lappenart gefüttert war, schien er noch kleiner und noch kräftiger als sonst. Er reichte Hjalti nur bis zur Schulter, und dieser beugte sich hinunter, um Aslaks Flüstern zu verstehen.
»Der Unfriede in der Mannschaft ist groß. Mein Rentier hat mir für uns auf Erri Unheil vorausgesagt. Es sträubte sich, als ich es anziehen wollte«, berichtete Aslak mit düsterer Miene. »Und ich glaube nicht, daß die Dorfbewohner es getan haben. Es konnte ihnen nur Ärger und keinen Nutzen bringen.«

Hjalti sah Aslak, von dem er manchen guten Ratschlag erhalten hatte, unfroh ins Gesicht. »Was den Unfrieden betrifft«, sagte er, »so hast auch du den deinigen dazugelegt; und was das Dorf betrifft: es gibt keine andere Möglichkeit. Entweder die oder wir. Und meine Männer haben auf den König und mich geschworen: Den Eid bricht keiner!«

»Ja, ja«, gab Aslak zu. »Aber nicht nur die Kaufleute haben sich verändert, wie du gestern selbst sagtest, auch unsere Männer . . . Alf ist besonders unfriedlich, und das, was du meinen Unfrieden nennst, ist in Wahrheit seiner. Und er ist nicht dein, sondern Geirmunds Mann, jedenfalls solange er sich davon etwas erhofft.«

»Ich weiß, daß ihr nie Geschenke miteinander tauschen werdet«, erwiderte Hjalti ungehalten. »Aber ich hatte gedacht, daß ihr einander wenigstens aus dem Wege gehen könnt.«

»Es ist nicht leicht, einem Mann der eigenen Wache aus dem Wege zu gehen.«

Hjalti seufzte. »Ich weiß. Manches ist auf einem Schiff nicht leicht.«

»Bei Magni, dem Starken, du dürftest auch gemerkt haben, daß sich seine Unzufriedenheit schnell gegen dich wenden kann«, polterte Aslak heraus, ohne sich darum zu kümmern, daß ihn jeder hören konnte. »Wie kannst du ihn nur so gewähren lassen!«

Darauf hing Hjalti nicht ein. Er hatte unbedingt Führer des Geschwaders werden wollen, das im kommenden Jahr auf Sklavenjagd gehen sollte. Als Schiffsführer kamen außer ihm Hrolf und Alf in Frage, und Hrolf auch als Geschwaderführer. Der Weg zu Geirmunds Wohlwollen führte über dessen Verwandten Alf. Aber all das würde er einem Aslak nicht erzählen. Der war zu klug . . . »Übrigens«, sagte er steif, »mir wäre es lieber, wenn du aufhören könntest, die Götter anzurufen.

Stets trägst du ihre Namen auf den Lippen; und ich glaube, wenn sie erst dort sind, können sie in deinem Herzen nicht mehr sein.«

»Oh«, sagte Aslak, überrascht wegen der unerwarteten Frömmigkeit Hjaltis, und stapfte eine Weile schweigend neben dem Schiffsführer einher, während er mit sich selber zu Rate ging. »Ich kann«, sagte er endlich und lachte verunsichert, »die Götter selber nicht mehr unterscheiden. Manchmal denke ich, sie sind alle einer. Und sooft ich sie auch angerufen habe, nie hat einer geantwortet oder je gezeigt, daß es ihn überhaupt gibt ...«

Hjalti sah ihn betroffen an, sagte aber nichts, und weil der Sand nun wieder von veralgten Steinen und Muschelbänken abgelöst wurde, mußten sie sich trennen. Aslak ging voraus und sah nicht, wie erleichtert Hjalti war, den unbequemen Mahner abzuschütteln. Endlich konnte er sich dem Vorhaben in Visby widmen.

Obwohl es nicht weit schien, brauchten sie mehr als zwei Stunden, bis sie vor den Hütten von Söby standen. Die Männer murrten und schimpften und waren sich wenigstens einmal wieder einig. Sie alle waren immer wieder ausgerutscht und dreckig und naß. Der Weg hob weder das Ansehen von Folke noch die Laune der Schiffsbesatzung.

Hjalti kümmerte sich darum nicht. Er wußte nun, was zu tun war. Mit raschen Schritten drängte er nach vorne durch und befahl: »Es muß einen kurzen Weg von hier nach Visby geben. Sucht ihn, damit wir da sind, bevor Alarm geschlagen wird.«

Ein paar von den Männern rannten ohne Deckung davon und kümmerten sich nicht darum, daß die Bewohner der armseligen Hütten sie sehen mußten. Es zeigte sich jedoch niemand, wahrscheinlich hatten sie sich längst mit ihrem Vieh im Wald versteckt.

Bolli winkte nach einer Weile mit ausladenden Gesten. Hinter der letzten Hütte der Ansiedlung führte der Pfad, den sie suchten, in den Wald. Dicht zusammengeschlossen, mit den Schilden nach außen gewendet, stiegen sie wie ein wehrhafter vielfüßiger Igel die Anhöhe hinauf. Aber niemand kam ihnen entgegen. Nur die Bäume rauschten in einer plötzlichen Brise, und irgendwo in der Nähe plätscherte ein Bach. Es war, als ob die Botschaft vom drohenden Unheil ihnen bereits vorausgeeilt wäre und die Angst sich im Wald ausgebreitet hätte.

Oben auf dem Buckel sahen sie die Fluchtburg mit ihrer Umwallung auf der nächsten Anhöhe liegen, aber keine Wachen. Die Senke davor war übersichtlich und leer bis auf einige Kühe, die an Holzpfählen angebunden waren und das Gras ringsherum kreisförmig abgefressen hatten. Mitten durch ihre Weide führte der Pfad an der Burg vorbei zum Dorf.

»Um so besser«, sagte Hjalti zufrieden. »Die haben Angst vor uns. Wir werden leicht kriegen, was wir brauchen.«

»Und noch mehr«, sagte Alf und klopfte auf den Köcher mit Pfeilen, den er auf dem Rücken trug. Er war erhitzt und sein Gesicht verschwitzt. Er stand dicht bei Hjalti und lauschte so eifrig dessen Befehlen, als hätte er seinen König vor sich. Seine Vorwürfe gegen den Schiffsführer schien er längst vergessen zu haben.

Der Jungkrieger Alf hatte sich herausgeputzt, wie Folke verblüfft feststellte: sogar den viereckigen Mantel der Vornehmen hatte er aus seinem Sack herausgekramt. Wäre er nicht so jung gewesen und wäre sein Gesicht nicht so unedel gewesen, hätte er wohl für den Unterführer Hjaltis durchgehen können. Heute war Folke besser in der Lage, unter der oberflächlichen Schönheit von Alf den Ehrgeiz zu erkennen, der in ihm brannte und ihm angesichts des wehrlosen Dorfs in die Wangen stieg.

Hjalti betrachtete Alf vom Kopf bis zu den Füßen, bis dieser anfing, vor lauter Unbehagen an der Fibel zu fingern, die seinen Umhang zusammenhielt. Auf der ganzen Fahrt hatte Alf den Umhang noch nicht getragen, und daran war nicht ausschließlich das warme Wetter schuld. Hjalti schoß ein warnender Gedanke durch den Kopf, aber er verdrängte ihn sofort wieder. Trotzdem wäre es keine schlechte Idee, Alf ein wenig auf die Probe zu stellen. »Du bleibst am besten am Schluß und sicherst ab, daß wir nicht von hinten überrascht werden. Folke soll bei dir bleiben.«
Folke war es recht, Alf aber nicht. »Ich denke gar nicht daran«, sagte er streitsüchtig. »Laß die Gebrechlichen und Alten sich hinten aufhalten.«
Über Aslaks Gesicht flog ein verächtliches Lächeln, und er machte eine zornige Kopfbewegung. »Bei Rota«, sagte er leise, »dem Totengott, zu dem du nicht eingehen wirst! Das wäre auch nicht zum Aushalten, dir dort zu begegnen.« Er wußte, wen Alf meinte, und Hrolf, der es ebenfalls wußte, verfärbte sich.
Auch Hjalti hatte verstanden, aber er wandte sich ab. Er fand die passenden Worte nicht. Ohnehin war es zu spät.
»Laßt uns jetzt endlich angreifen!« rief Alf ungeduldig und gleichzeitig gönnerhaft. Innerlich jubelte er. Hjalti war erledigt. Er hatte ein Wimpernzucken lang versagt, und daran würde er sein ganzes weiteres Leben viel mehr zu denken haben als an die Havarie. Er selber würde dafür sorgen, daß seinem Verwandten Geirmund alles genauestens geschildert würde.
Alf warf entschlossen seinen Schild über den Rücken, und rannte los. Blindlings folgten ihm Bard, Ulf und die anderen jungen Krieger. Hjalti atmete scharf ein und setzte sich ebenfalls in Bewegung.
Folke hatte keine Mühe zu folgen; wie ein junger Hirsch lief

er mit, hielt sich aber weisungsgemäß am Ende; auch weil ihm das gut paßte. Es gefiel ihm alles nicht, aber er steckte nun mittendrin. Immer wieder sicherte er nach hinten.
Sie überquerten die Weide, ohne einen Dorfbewohner oder Wachmann zu sehen, und kamen oberhalb des Dorfes an, ohne daß Speere oder Pfeile geflogen wären. Wo sie einige Stunden zuvor noch ohne feindliche Gefühle gestanden hatten, traten sie jetzt plötzlich als Angreifer auf. Aber das Dorf war genauso friedlich wie am Vortag, und niemand kam, um sich zu verteidigen.
Die Arglosigkeit des Dorfes und sein Sieg über Hjalti stiegen Alf zu Kopf. Wie berauscht polterte er die Dorfstraße hinunter, schlug auf seinen Schild und schrie aus vollem Hals: »Heraus, ihr Feiglinge! Kommt doch!« Die anderen jungen Männer griffen seine Rufe auf und rannten grölend hinter ihm her.
Folke, der als letzter ankam, blieb auf der Kuppe stehen. Er hatte Hjaltis Worte anders verstanden: sie würden sich nehmen, was sie für ihre Rückkehr brauchten, notfalls mit Gewalt; aber nicht mit Gewalt, bevor die Not eingetreten war. Und Aslak war wohl auch dieser Meinung. Von oben beobachtete Folke, wie er Hjalti am Arm ergriff und auf ihn einredete. Die beiden schienen einen heftigen Streit miteinander auszutragen. Schließlich pfiff Hjalti.
Alf und Bard hörten es. Aber sie kauerten auf dem Boden und kümmerten sich nicht darum. Erst als sie aufstanden, erkannte Folke entsetzt, daß sie eine Fackel angezündet hatten und sich dann nach Brennholz umsahen.
Und plötzlich war Alf nicht mehr der junge unreife Mann vom Schiff, sondern ein Wolf. Aus seinem Wams hervorgezaubert und über den Kopf gestreift hatte er die fürchterliche Wolfsmaske, die den gnadenlosen Kampf ansagt. Und so lief er schreiend auf den Hof zu, der ihnen am nächsten lag.

Er war der einzige im Dorf, der einigermaßen ansehnlich war. Zwei Nebengebäude und das Haupthaus mit hölzernen Wänden und Reetdächern waren Brennholz genug und würden ein hübsches Leuchtfeuer geben.
Bard folgte fackelschwenkend, während die übrige Schiffsbesatzung neugierig hinterherschlenderte. Hjaltis halbherziger Rückruf war vergessen. Alf trat die Tür ein und stürmte ins Haus, Bard blieb unschlüssig mit der Brandfackel davor stehen.
So still der Hof vorher gelegen hatte, so laut wurde es jetzt. Die Einwohner waren bei weitem nicht so wehrlos, wie es geschienen hatte. Schwerter klirrten, und tiefe Stimmen ertönten. Von Alfs heller war nichts zu hören.
In diesem Moment drängten die anderen Männer in die Tür. Der Hof versprach Beute, und jetzt wollten sie daran teilhaben.
Der Lärm im Haus wurde lauter, aber bevor noch irgendeiner aus der Mannschaft hatte eindringen können, erschien Alf mit dem Rücken voran. Er hieb erbittert mit dem kurzen Sax in die Luft und erreichte den Mann nicht, der sich selber mit dem Schild schützte und mit dem langen Handspeer nach Alfs Beinen stach: die Gamaschen hingen bereits in Fetzen herunter, und das Blut troff an seinen Beinen entlang.
Um endlich richtig ausholen zu können, machte Alf einen langen Schritt nach hinten, stolperte über einen Knüppel, der ihm zwischen die Beine geriet, und fiel der Länge nach auf den Boden. Der Speer des Hausbesitzers, der just in diesem Moment losflog, traf Bard tief in die Brust.
Die Wut der Norweger war angefacht und wuchs ins Unermeßliche, als Bard zu Boden sank. Laut brüllend stürmten sie das Haus, überrannten den Verteidiger und schlugen ihn kurzerhand tot.
Was sich drinnen im Haus tat, entging Folke, der untätig auf

der Kuppe stand und zusah. Auch Aslak war vor dem Haus geblieben, er war viel zu erfahren, um sich in ein volles Haus zu stürzen, in dem jeder zusätzliche Mann den Kampf behinderte, statt ihn zu entscheiden.

Nach wenigen Minuten ebbte der Lärm ab, und die Männer begannen herauszuschleppen, was nicht niet- und nagelfest war. Sie stapelten Säcke, Tonnen und Krüge auf dem Grasplatz vor dem Hof auf, alles, was sie finden konnten.

Bolli schleppte eine junge Frau mit sich, die nicht mitansehen wollte, was ihrer Familie und ihrem Anwesen geschah und den Kopf verhüllt hatte. Sie sank auf den Boden und blieb dort liegen. Ihr neuer Besitzer, von seiner Gier getrieben, noch mehr zu holen, sah sie unschlüssig an und rannte wieder ins Haus.

Als einer der letzten kam er mit leeren Händen zurück, worauf Alf die Fackel gegen das Haus warf. »Da habt ihr ein Andenken an Bard«, schrie er und lachte.

Das Reetdach flammte sofort auf, angefacht vom Wind, und es dauerte nicht lange, bis die drei Gebäude lichterloh brannten. Der Wind trug die Funken den Hügel hinauf, wo sie im Gras verglommen. Bald sanken die glühenden Balken mit dumpfem Krachen in sich zusammen. Zwischen den Hölzern wurden die nackten Beine eines Toten sichtbar. Folke starrte sie an und roch versengtes Fleisch. Er wandte sich ab.

Die Männer des »Grauen Wolfs« sammelten sich schweigend neben Bard, den jemand vom Haus weggezerrt hatte. Ihre Wut war erloschen. Auch Alfs strahlende Fröhlichkeit fiel in sich zusammen wie die glimmenden Reetbunde des Daches. Er zog sich die von Schweiß und Speichel durchnäßte Maske vom Kopf und verwahrte sie in seinem Wams. Dann flüsterte er leise mit Ulf.

Hjalti sah sich nach Folke um und winkte ihn heran. »Sieh du nach, was mit Bard ist«, bat er.

Folke kniete neben Bard auf die Erde und hielt ihm seine Hand vor den Mund und vor die Nase. Er schüttelte den Kopf – wegen der nutzlosen Handlung nicht weniger als wegen des sicheren Ergebnisses – und stand auf. »Er ist tot«, stellte er fest. Aber dann hielt er sein eigenes Schweigen nicht mehr aus, fuhr herum und sagte erbittert: »Glaubst du wirklich, du müßtest an diesem kleinen Dorf Rache nehmen für den Sklaven Wertizlaw? Siehst du denn nicht, daß sie viel zuviel Angst vor euch Kriegern haben, um sich Mann gegen Mann zu wehren? Sie hatten sogar soviel Angst, daß sie eine Frau schickten . . .«
»Eine Rache war es nicht«, sagte Hjalti streng und hatte endlich die Autorität, die er Alf gegenüber hätte an den Tag legen sollen, »glaubst du etwa, daß Männer des Königs Geirmund auf diese lächerliche Art Rache nehmen? Nein, wenn wir Rache nehmen, merkt man es auch!«
Folke atmete tief ein und sagte gepreßt: »Dem Hofbesitzer ist es gleich, ob du es Rache nennst oder anders.«
»Aber den anderen Dorfbewohnern nicht«, versetzte Hjalti kalt, »vom Dorf wäre nichts mehr übrig . . .«
Schon war Alf an Hjaltis Seite, und der Schiffsführer sah ihn auffordernd an und nickte beifällig, als er von Alf die Hilfe bekam, die er sich wünschte: »Und das könnte jederzeit passieren. Ein Wink von Hjalti . . .«
Danach war die Sache für Hjalti erledigt. Er wandte sich den Vorräten zu, die die Männer herausgetragen hatten und betrachtete sie abschätzend. »Das wird reichen«, stellte er fest. »Die paar Tage werden wir davon leben können. Und einiges andere habt ihr auch, wie ich sehe. Jetzt zum Schiff!«
Was der Bauernhof hergegeben hatte, war nur ein kleiner Ersatz für das, was auf dem »Grauen Wolf« inzwischen durch das Wasser verdarb, aber sie hatten doch genug daran zu tragen. Nur wenige Männer blieben übrig, die für den Schutz

nach den Seiten und nach hinten mit ihren Schilden sorgen konnten.
Folke hatte sich weder beladen, noch wollte er den Schutz der Norweger in Anspruch nehmen. Er fühlte sich von Hjalti getäuscht und folgte den Männern in deutlichem Abstand. Die Dorfbewohner sollten ruhig sehen, daß er sich nicht zu den Mordbrennern zählte.
Am Strand lagen wie am Vortag kleinere Boote. Mitten in der Bucht befand sich der Knorr des Englandfahrers, und die Männer ruderten aus Leibeskräften gegen die Brise an, um die freie See zu erreichen. Als sie das Feuer gesehen hatten, hatten sie sich kurzerhand zum Auslaufen entschlossen.
Die Norweger kümmerten sich nicht um den kleinen Knorr. Er war ohnehin zu langsam für ihren Zweck. Das einzige größere Schiff, das Schnelligkeit versprach und das einem Visbyer gehören mußte, schwojte mit gelegtem Mast und ohne Besatzung an einem Pfahl im Hafen. Auf dieses Schiff setzten die Norweger ihre Hoffnungen.

Folke war ihnen gefolgt, obwohl er sich nicht im klaren war, was er eigentlich wollte. Nur soviel wußte er: nach Norwegen würde er nicht mitfahren. Sein Auftrag war beendet. Als sie am Ufer beratschlagten, blieb er zwischen den Sträuchern stehen.
Dicht neben ihm gab leise ein Hund Laut. Folke wandte vorsichtig den Kopf und spähte ins Gebüsch. Es dämmerte schon, aber er konnte noch genügend sehen, um einen Hund von einer Katze zu unterscheiden. Und auch von einer Frau.
»Folke«, wisperte sie, »ich muß mit dir sprechen.«
Folke wußte, daß es Aud war, obwohl ihr Gesicht verborgen blieb. Schritt für Schritt zog er sich aus der Sicht der Männer am Strand zurück, bis er neben der Frau hinter dem Busch stand. Sie legte den Finger auf den Mund, drehte sich um und

eilte einen Pfad entlang, der hinter dem Uferwall am Strand entlang führte. Erst als sie Dorf und Anlegestelle weit hinter sich wußte, drehte Aud sich zu Folke um.
Sie war erhitzt und sah ängstlich aus. Nichts mehr war von der wehrhaften Frau übriggeblieben, die am Vortag ihr Gehöft hatte verteidigen wollen. »Was haben die Männer vor?«.
»Sie wollen so schnell wie möglich nach Hause«, antwortete Folke, überrascht, daß sie sich das nicht denken konnte. Schließlich standen die Norweger bereits im Schiff und waren vielleicht schon dabei, den Mast zu setzen. »Heute abend wollen sie noch los.«
Zu seiner Überraschung schien Aud keineswegs erleichtert – sie rang die Hände. »Sie werden bald merken, daß das Schiff nicht seetüchtig ist. Sie werden noch nicht einmal aus der Bucht kommen! Was dann?«
Folke hob die Augenbrauen. Wenn das stimmte, ja was dann? Dann konnte es gut sein, daß sie sich doch noch rächen würden, für alles . . .
»Es liegt nur im Wasser, weil es nicht austrocken soll, bis der Bootsbauer kommt«, erklärte Aud gequält, »aber wenn sie fahren wollen, werden sie merken, daß sie es nicht können, und sie werden sich betrogen fühlen.« Sie wurde immer leiser und flüsterte zum Schluß nur noch.
Folke fuhr sich mit der Hand nervös durchs Haar. Sie hatte recht. Ein Schiff mußte her, sonst würden die Visbyleute die Norweger nicht los. Und es würde weiteren Totschlag und noch mehr Plünderung geben.
»Kannst du uns nicht helfen?« bat Aud. »Du bist nicht wie die . . .«
Nein, Folke fühlte sich weniger denn je mit der Mannschaft verbunden. Aber wie sollte er helfen?
»Du hast mit ihnen gelebt. Du wirst die richtigen Worte für diesen Hjalti finden . . .«

»Ich gehöre zu ihrer Gemeinschaft«, wehrte Folke ab, aber auch in seinen eigenen Ohren klang es nicht aufrichtig.
»Sie werden das ganze Dorf nicht anders behandeln als den einen Hof«, fuhr Aud eindringlich fort.
Folke nickte zögernd. Er hatte nichts unternommen und Hjalti gegenüber sofort aufgegeben. Aber vor Auds Augen kamen ihm Zweifel, ob das genug war, vor allem, wenn er daran dachte, wie erst Hjaltis Rache aussehen würde. »Wie viele sind umgekommen?«
»Ein Mann, eine Frau und zwei Kinder. Die Mutter der Kinder habt ihr mitgenommen.«
»Sie, nicht wir«, verbesserte Folke und überlegte fieberhaft. Aber es fiel ihm nichts ein. »Das Beste wird sein, du fliehst. Sie werden sich in jedem Fall an euch rächen, und wenn sie jetzt ein Schiff flott machen können und fortsegeln, dann kommen sie eben im nächsten Jahr wieder.«
»Warum?« fragte Aud empört.
Folke sah sie ernst an. »Aus Rache. Für den Sklaven. Hjalti ist der Meinung, daß ihr ihn erschlagen habt.«
Aud schlug die Hände vor dem Gesicht zusammen. Folke wartete, aber dann sah er ihre Schultern beben und hörte sie schluchzen.
Der Bootsbauer wunderte sich nicht wenig. Wut und Empörung hätten besser zu ihr gepaßt. Er bohrte mit der Schuhspitze im weichen Sand und konnte ihr Elend gar nicht mit ansehen. Wenn wirklich jemand aus dem Dorf den Sklaven erschlagen hatte, mußte er sich die Folgen selbst zuschreiben. Wilde Norweger durfte man nicht reizen. Selbst in Haithabu waren die Speere und Äxte neben die Tür gerückt worden, als es hieß, Nordleute aus Skiringssal hätten im Hafen angelegt.
»Tja«, sagte er bedauernd, »da weiß ich auch nicht, wie man euch helfen kann.«
»Aber sie waren es doch gar nicht!« Aud schniefte und

schluchzte und rieb sich endlich die Tränen von den Wangen.

»Woher weißt du das?«

»Jeder weiß es«, antwortete Aud verzweifelt. »Und sie wußten es auch vorher und haben mich gewarnt. Aber ich habe es nicht geglaubt!« Sie war jetzt so verzweifelt, daß sie sich am Rande der Hysterie befand. Ein Hopfentrank hätte ihr gut getan, jedenfalls hätte Aasa ihr einen aufgebrüht und ihr außerdem befohlen zu schweigen, damit ihre Stimme nicht noch schriller wurde.

Aber Aasa war nicht da, und Folke hatte keine Ahnung, wie er das überreizte Mädchen beruhigen sollte. Er nahm sie bei den Schultern und drückte sie in den Sand. Dann ließ er sie eine Weile in Ruhe, während er seinen Gedanken nachhing. Nebenher versuchte er, den Geräuschen am Strand zu entnehmen, wie weit die Mannschaft bei den Vorbereitungen zum Ablegen war. Noch konnte Folke vieles sehen, vor allem auf dem Wasser, das den Schein des aufgehenden Mondes zurückwarf. Auch die Männer. Sie arbeiteten fieberhaft. Aber nicht mehr lange, dann würden sie unterbrechen müssen. Zum Glück regnete es heute nicht, und es war auch warm. Vielleicht würden die Leute noch nicht einmal auf die Idee kommen, die nächstgelegenen Häuser von unerwünschten Anwohnern freizuräumen, um sich dort schlafen zu legen. Er seufzte. Seine Gedanken waren nur unnütze Schnörkel aus der Unsicherheit heraus.

Man konnte nie vorhersagen, was die Nordleute in ihrer Wut und Enttäuschung anstellen würden. Lautes Plätschern bewies, daß sie nun das Schiff leerzuösen versuchten. Das konnten sie auch in der Dunkelheit; den Mast eines fremden Schiffes mit Tauwerk zu setzen, das nicht mehr sichtbar ist, würden sie nicht versuchen.

»Kannst du mir jetzt erklären, was du damit gemeint hast: sie

hätten dich gewarnt?« fragte er behutsam, als Auds Tränen versiegt waren und ihr lauter Schluckauf aufgehört hatte.
»Wer? – und vor was?«
»Die Männer wollten, daß euer Hjalti annahm, Högni hätte den Sklaven getötet. In dem Moment, wo Hjalti wüßte, daß nicht Högni ihn erschlagen hat, gerieten wir in Gefahr, sagten sie. Ich aber wollte dem Kaufmann Högni nicht den Gefallen verweigern, um den er uns bat. Ich war ihm ja nun auch verpflichtet...«
»Hat er darauf hingewiesen?« fragte Folke schnell.
Aud nickte.
So war das also gewesen. Högni hatte sich nicht gescheut, sich einer Frau zu bedienen, die von ihm abhängig war. Folkes Wut über den Verlauf seiner Fahrt flackerte plötzlich wieder auf und wurde zum Haß gegen den Kaufmann. Högnis rüde Vorgehensweise war bekannt, aber daß er sie auch gegenüber schutzlosen Frauen anwandte, war ihm neu. Folke bemühte sich, ruhig zu bleiben. Aud hatte andere Sorgen; er wollte sie nicht zusätzlich belasten.
»Für euch wäre es sicherer gewesen, wenn du den Männern gefolgt wärst«, murmelte er.
Trotz der nun schnell fallenden Dunkelheit konnte Folke sehen, wie Aud errötete. Aus Scham oder auch aus Zorn, weil die Männer recht behalten hatten. Er hatte selbst miterlebt, wie stolz sie mit der Botschaft gekommen war, und er konnte sich auch vorstellen, daß sie die Männer laut der Feigheit geziehen hatte – zu einer Zeit, als sie ihren Hausfrieden selbst mit der Axt verteidigt hatte. Und nun dies...
»Wer hat ihn denn nun erschlagen?«
Aud schüttelte immer noch fassungslos den Kopf. »Wißt ihr es denn selber nicht?«
»Bestimmt nicht«, antwortete Folke erstaunt.
»Ich auch nicht.«

»Bist du ganz sicher, daß niemand es weiß?« fragte Folke eindringlich.
»Keiner aus dem Dorf hat euren Sklaven auch nur angerührt«, beteuerte Aud.
»Dann war es ja doch einer aus der Mannschaft«, stellte Folke mehr für sich fest. Er wunderte sich nicht. Denn daß die Bauern und Fischer einer Auseinandersetzung mit der Schiffsmannschaft eines Königs, auch wenn er nur ein Gaukönig war, aus dem Wege gingen, lag auf der Hand. Weniger offensichtlich war das Ausmaß des Unfriedens an Bord gewesen. Da mußte einiges vorausgegangen sein, bevor sich einer entschloß, den geschworenen Frieden an Bord in dieser Art zu brechen. Ein Racheakt vielleicht? Jedenfalls schien das Anbohren des Schiffes die gleiche Art Antwort wie ein Mord an einem Sklaven.
Aber wer hatte gefragt, und wer hatte geantwortet? Und was hatte die Streitkeule damit zu tun?
Die vielen Fragen ohne Antworten ärgerten Folke. Er wandte seine Aufmerksamkeit wieder dem Strand zu. Die Rufe und Befehle auf dem fremden Schiff verstummten allmählich. Folke erhob sich und klopfte den Sand von seinem Wams. »Sei jetzt still«, flüsterte er. »Sie kommen zurück an den Strand.«
Aber Aud war nicht mehr hysterisch; sie sprang auf, zupfte Folke am Wams und hieß ihn folgen. Sie führte ihn einen Pfad entlang, der zwischen Heckenrosen hindurchführte, wie er schmerzhaft feststellte, als er sich einen Ast von der Schulter streifen wollte. Und da er keinen einzigen Stern schimmern sehen konnte, wußte er, daß über ihnen die Ranken ein Dach bildeten und sie sich in einer Höhle aus Heckenrosen befanden. Unter seinen Schuhen knirschte leise der Muschelsand, während er sich hinter Aud hertastete. Währenddessen begann sich in seinem Kopf eine Idee zu formen.

Als sie wieder ins Freie traten, legte er die Hand auf ihren Arm und zwang sie stehenzubleiben. »Weißt du, was mit dem Schiff ist?« flüsterte er. »Wo es beschädigt ist?«
Aud schüttelte sofort den Kopf. »Aber es soll etwas sein, das einen erfahrenen Bootsbauer braucht.«
»Aud«, beschwor Folke sie eindringlich, »versuch dich zu erinnern. Vielleicht kann ich euer Boot fahrbereit machen!«
Jäh merkte Aud, worauf er hinauswollte. »Erinnern hilft nicht, wenn das Verständnis nie da war«, bekannte sie. »Ich werde dich zu jemandem führen, der es dir sagen könnte. Obwohl ich nicht weiß, ob er . . .« Sie biß sich auf die Lippen.
Folke zögerte. Er wußte nicht, ob es gut war, sich einem der Dorfbewohner zu zeigen. Aber schließlich, was konnte es schon schaden? Wenn er sie überzeugen konnte, daß er ihnen helfen würde, würden sie ihn schon nicht totzuschlagen versuchen. Sicher würde auch jemand bezeugen, daß er sich beim Niederbrennen des Gehöftes nicht beteiligt hatte.
»Gut, bring mich hin«, stimmte er zu.
Aud stieß einen fast verzweifelten Seufzer aus und neigte den Kopf.

Unter Aslaks mißbilligenden Blicken hatte Alf sich auch auf dem Schiff hervorgetan, und Hjalti hinderte ihn nicht. Ihm war es nur recht, wenn die jungen Männer sich auf ihrer ersten Fahrt auszeichneten. In seinen Augen wurde Hrolf allmählich müde, und Aslak war randvoll mit unnötigen Gedanken und dabei tatenlos. Er selber hatte keine Lust, dem Lappen stets und ständig Rechenschaft ablegen zu müssen – noch dazu, bevor überhaupt etwas geschehen war. Ohnehin war Aslak nicht für Schiffe geboren, Alf aber hatte in diesem Sommer eine Menge dazugelernt. Den König würde es freuen zu hören, daß er dabei war, sich den Platz in seiner Sippe zu erkämpfen, den er einnehmen wollte.

Deswegen hatte er auch ein mildes Lächeln für den jungen Mann übrig, als dieser übersprudelnd vor Tatendrang die Steine wegzuschleudern begann, die den Sand als Bett für die Nacht zu unbequem machten. Die anderen Mannschaftsmitglieder waren etwas ruhiger beim Steinelesen, vor allem Aslak und Hrolf, die sich ein wenig abseits von den anderen zusammengefunden hatten.
Aslak witterte prüfend in Richtung auf die Häuser. Brandgeruch lag noch in der Luft, aber keine Gefahr. »Ich glaube nicht, daß die Visbyer etwas unternehmen werden«, sagte er nachdenklich.
»Kaum.« Hrolf war sehr einsilbig, seitdem Alf vor allen ausgesprochen hatte, was er selbst erst in den letzten Wochen bemerkt hatte.
»Bards Tod ist gerächt. Er kann zufrieden sein, und wir werden eine ruhige Nacht haben.«
Hrolf nickte, obwohl Aslak dies kaum mehr sehen konnte.
Aslak schob seinen Schild, den Handspeer und den Sax ans Kopfende seines Lagers, wie er es gewohnt war. Dann setzte er sich in die Kuhle, die er mit etwas dürrem Gras ausgepolstert hatte. »Macht dir der Schiffsuntergang so zu schaffen?« fragte er. »Der Verlust war doch gering... Der Gewinn im nächsten Jahr wiegt ihn bei weitem auf.«
Hrolf warf sich neben Aslak auf den Sand. »Ja, er macht mir zu schaffen«, flüsterte er in Aslaks Ohr, »aber nicht wegen der Beute, sondern weil der ›Graue Wolf‹ versenkt wurde.«
Aslak preßte die Lippen zusammen und hob die Augenbrauen, bis sie sich mit seinem schwarzen Haar trafen. Zuweilen war Hrolf vorschnell mit Schlüssen, aber ein Lügner oder Aufschneider war er nicht. Er sah ihn nachdrücklich nicken.
»Wenn das stimmt, hat Hjalti doch recht gehabt. Sogar Alf«, stellte er nach einer Weile fest.
Hrolf schüttelte bitter den Kopf. »Ich hoffe, daß Alf nie mit

irgend etwas recht haben wird. Nein, die armseligen Visbyer wissen nicht, warum wir wieder hier sind, dafür lege ich meine Hand ins Feuer. Es muß einer von unserem Boot gewesen sein!«
»Von unserer Mannschaft?« fragte Aslak und war so erstaunt, daß er Hrolfs grimmiges Kopfschütteln übersah.
»Vom Boot, sagte ich.«
»Der Bootsbauer? Nein!« Aslak lachte ungläubig auf. »Unmöglich.«
Hrolf war anderer Meinung, und ihm lag daran, Aslak zu überzeugen. »Wer sollte es sonst gewesen sein? Unsere Männer nicht. Die haben geschworen. Und wer würde auch so dumm sein – bei einem Boot, in dem er dringend nach Hause will. Ausgeschlossen!«
Aslak mußte plötzlich daran denken, wie er noch vor wenigen Stunden versucht hatte, Hjalti zu überzeugen. Der hatte mit fast den gleichen Worten abgelehnt zu glauben, daß die Männer sich geändert hätten. Vielleicht bildete auch er sich nur ein, sie beurteilen zu können? Und Folke kannte er genaugenommen überhaupt nicht. Er seufzte tief und zauste sich seinen dünnen Bart. »Woher weißt du es eigentlich?«
»Ich habe Folke beobachtet, als er sich anzog. Aus seinem Wams fielen Holzlocken – solche, die beim Bohren entstehen. Er muß das Schiff angebohrt haben, anders ist es gar nicht zu erklären, daß wir plötzlich soviel Wasser zogen ...«
»Aber er ist doch Bootsbauer«, wandte Aslak ein. »Ich würde mich höchstens wundern, wenn ihm Rentiermist aus den Taschen rieselte ...«
»Mehrere Tage nachdem er von zu Hause fort ist, trägt er doch keinen Holzabfall mehr in der Kleidung! Das glaubst du doch selber nicht«, fiel Hrolf heftig ein, und dann gab er seinen letzten Beweis preis, der ihn am allermeisten erbitterte: »Ich habe sogar gesehen, wie er einen Bohrer aus dem

Wams zog und ihn zum übrigen Werkzeug legte. Dabei gab es doch überhaupt keinen Anlaß, Werkzeuge zu verwenden. Damals dachte ich mir nichts dabei«, fügte er leise hinzu. »Jetzt weiß ich, wozu er ihn benutzte . . .«

Aslak schwieg enttäuscht. Daß Folke auch in seiner Gegenwart nach Werkzeugen gesucht oder vorgegeben hatte zu suchen, erwähnte er nun gar nicht mehr. Letzten Endes war Folkes Verrat nämlich nur eine Bestätigung dessen, was ihn in letzter Zeit oft bekümmert hatte: nichts war, wie es schien. Leise begann er zu reden, er kam vom Hundertsten ins Tausendste, und seine Sorgen hatten nicht mehr viel mit den Vorfällen an Bord zu tun. Während Hrolf immer mehr aufmerkte und ihn schließlich betroffen ansah, redete sich Aslak Gedanken von der Seele, die er noch nie jemandem mitgeteilt hatte. »Ich weiß nicht, was ich noch glauben soll. Es ist alles so unsicher geworden, Hrolf. Früher war das Leben klar und einfach. Die Christen aber haben unser Leben durcheinandergebracht, auch wenn wir gar nicht an ihre Götter glauben. Aber sieh dir jetzt einen Hammer an, der am Hals eines guten Freundes hängt. Bist du sicher, ob es sich wirklich um einen Hammer handelt? Oder ist es vielleicht gar ein Kreuz? Oder etwa ein Kreuz im Hammer? Alles beides oder nichts davon? Und wenn er dir beteuert, es sei ein Hammer, so sagt er einem anderen vielleicht: ein Kreuz!« Da Hrolf nickte, fuhr Aslak fort: »Und wenn du an der südlichen Küste in deinen Braten beißt, kann es sein, daß ein Schwarzberockter vorbeikommt und dich wild anstarrt. Und wenn du ihn fragst, was er hat, bevor du ihn totschlägst, beschuldigt er dich vielleicht frech, du hättest ein Pferd zwischen den Zähnen. Was geht's dich an, fragst du. Und er behauptet, es sei seins, obwohl du genau weißt, daß du ein Schwein ißt und daß du es gestern erst gespeert hast. Aber um jeden Preis versuchen sie sich ins Gespräch zu bringen, wie schwatzhafte

Frauen. Mancher Mann, der so einem nur den Gruß entbot, ging im weißen Hemd davon. Ich bin sicher, es sind die Christen, die alles verändern, Hrolf. Und darum sage ich jetzt auch nicht, daß Folke der Täter nicht sein kann! Man kann keinem mehr trauen. In Haithabu wimmelt es von Christen.«

»Ich glaube, ich fühle das wie du«, sagte Hrolf endlich zu Aslaks Überraschung, »ich kann es nur nicht so schön sagen. An dir ist ein Skalde verlorengegangen.«

Aslak lachte kurz und schmerzlich. »Du weißt wohl, wo ich herkomme. Da werden keine Skalden geboren.«

Hrolf schwieg. Er hatte Aslak nie nach seiner Geschichte gefragt und auch nie daran gedacht, daß er vielleicht nicht freiwillig zu den Norwegern gekommen war. Und doch konnte es so sein.

Aber Hrolf hatte keine Lust mehr auf Unterhaltung, er war müde und Aslak wohl auch. Er tastete nach seinen Waffen. Schild und Speer konnte er finden, seine Axt jedoch nicht.

»Deine ›Droplaug‹ liegt zwischen uns«, machte ihn Aslak leise aufmerksam, und Hrolf merkte, daß er lächelte.

Das stimmte ihn zufrieden. »Du meinst, da gehört sie hin? Da könntest du recht haben. Anders wäre es, wenn meine Bera hier läge.« Mit den glücklichen Gedanken an seine Frau vergaß Hrolf die Sorgen um das Boot und schlief sofort ein.

Nur Aslak wälzte sich auf den harten Steinen, und seine düsteren Gedanken und das leise Weinen der verzweifelten Frau hinderten ihn lange am Schlafen.

9 Angst geht um

Im Schutz der Nacht gelangten Aud und Folke zu einem Haus mitten im Dorf, und das Mädchen schob die Tür auf, obwohl dahinter ein Hund knurrte. Aber er mußte sie erkannt haben, denn er ließ sie schweifwedelnd vorbei und schnüffelte auch nur wenig mißtrauisch an Folkes Gamaschen.

»Bist du's, Svan?« fragte eine Männerstimme im Wohnraum, in dem das Herdfeuer flackerte und roten Schein auf die nächstliegende Wand warf. In diesem Moment tauchte im Durchgang zu einem zweiten Raum die Frau des Hauses auf. Doch bevor Aud sich bemerkbar machen konnte, schrie die Frau gellend und streckte ihrer späten Besucherin die zehn gespreizten Finger entgegen.

Der Mann, der nach Svan gerufen hatte, stand im selben Augenblick vor Folke und hatte ihm ein Messer an die Kehle gesetzt, bevor er auch nur einen Schritt zurück tun konnte.

»Bringst du uns jetzt schon die Feinde ins Haus, Aud?« fragte der Hausherr mit verzerrter Stimme. Daran konnte Wut schuld sein oder auch die Oberlippe, die bis unter die Nase gespalten war. Mit dem einen Auge blickte er Folke an, aber das andere fand eine andere Richtung und stach dachwärts ein Loch in die Luft. Er sah aus wie ein böser Zwerg, und davor erschrak Folke vorübergehend weit mehr als vor dem Messer.

»Nein, nein«, rief Aud und sah ungläubig von der Frau zum Mann. »Er ist kein Feind, er will euch helfen.«

»Aud«, knurrte der Mann, dessen einfache Kleidung ihn als Bauern auswies, »du hast uns schon einmal einen üblen Dienst erwiesen. Sei froh, wenn du so davonkommst. Halte dich in Zukunft aus unseren Angelegenheiten heraus! Ich will den Mann hier nicht haben.«

»Wirf sie doch beide aus dem Haus, Ragnar«, keifte jetzt eine winzige, in viele Tücher und Röcke gehüllte Person, die das Feuer mit Aufmerksamkeit heischendem Lärm angefacht hatte: mochte die Aufregung im Dorf auch noch so groß sein – an der Geste, mit der sie den Topf über die auflodernden Flammen zog, mußte jeder im Hause sehen, daß sie nie vergessen würde, für das leibliche Wohl der Menschen zu sorgen.
Folke interessierte die Frau nicht. Er schlug das Messer des Hausherrn kaltblütig beiseite, nachdem er festgestellt hatte, mit welchem der beiden Augen er reden mußte, und fragte: »Ist ein Gast in deinem Hause etwa nicht heilig?«
»Ein Gast, ja«, knurrte Ragnar.
Folke ließ dem Hauswirt Zeit, sein Messer gleichzeitig in verschiedenen Richtungen zu suchen, und stellte dann den Schild an der Wand ab. Sein Kurzschwert blieb am Schulterband hängen. Mit einem Blick hatte er erkannt, daß der Bauer weniger wild war, als er sich gab, eben nicht anders als die Bauern zu Hause in Haithabu, und daß sich hier keiner für einen Ausfall gegen die Norweger rüstete. Die Wut des Mannes schien sich merkwürdigerweise mehr gegen Aud als gegen ihn zu richten. »Wenn du es erlaubst, will ich meine Sache vor dir vertreten«, sagte er, und der Bauer brummelte seine Zustimmung, die einfacher und ungefährlicher zu geben war als eine Ablehnung. Breitbeinig, die Daumen im Gürtel, der nur ein Strick um den Bauch war, lauschte Ragnar mit offenem Mund.
»Ich gehöre nicht zu den Norwegern«, versicherte Folke und sagte sich erstmals von der Gemeinschaft der Männer ganz los, der er einige Stunden angehört hatte. Dann trug er sein Anliegen vor.
Ragnar verstand, worum es ging. Aber er blieb mißtrauisch. Weder bot er Folke Platz an, noch setzte er sich selber hin. Im

Stehen löffelte er aus der Schüssel, die ihm die alte Frau hinaufreichte, einen warmen Brei und ließ dabei Folke nicht aus den Augen. Noch nie hatte Folke anderen beim Essen zusehen müssen. Sein Hunger wurde zum Heißhunger.
Zum Schluß leckte Ragnar die Schale aus und reichte sie dann der alten Frau. »Ich weiß nicht«, sagte er unschlüssig.
»Ragnar«, beschwor Aud ihn und trat hinter Folke hervor, hinter dem sie sich aus gutem Grund verborgen hatte, »sag es ihm! Ein Schiff ist weniger als Höfe und Kühe. Und Menschenleben.«
»Nein!« widersprach Ragnar störrisch. »Das Schiff ist mir viel wert. Das Haus nicht. Und die Leute schon gar nicht. Nicht meine Sippe. Meine Sippe lebt auf dem Langen Land.«
»Aber die Kinder und die Frauen ...«, sagte Aud hastig.
»Ich habe keine Kinder«, knurrte Ragnar böse und warf der jüngeren Frau, die sich still hereingeschlichen hatte und nun an der Wand stand, einen mörderischen Blick zu.
Die Hausfrau schluchzte laut auf. »Du hättest eines«, kreischte sie, »wenn dein Bruder dich nicht beschwatzt hätte, unseren Sohn zu töten.«
»Ich habe keinen Krüppel zum Sohn!« herrschte Ragnar seine Frau an und hob den Arm, um sie zu schlagen.
Aud trat zwischen ihn und die Frau. »Ihr werdet die Norweger nicht los«, beschwor sie ihn eindringlich, »sie werden euch Bauern totschlagen und sich den Winter über in euren Häusern einnisten. Willst du das?«
Ragnar ließ angesichts ihrer Furchtlosigkeit den Arm sinken. Sie zu schlagen wagte er nicht, aber er brüllte um so lauter. »Wieso unterstehst du dich, das alles auf mir abzuladen, Frau? Du bist doch schuld, daß sie hier sind! Sieh du selbst zu, daß du sie wieder los wirst. Aber nicht mit meinem Schiff!«
Die Alte nickte freudig mit leerem Gesicht, mischte sich aber nicht ein. Folke beachtete sie nicht. Hier im Haus suchte ein

Fremder vergeblich nach Gutwilligkeit. Wortlos nahm er seinen Schild auf und wollte gehen. Das alles konnte Aud nicht gewußt haben, denn sonst hätte sie nicht den Versuch unternommen, diesen bitteren Mann zu überzeugen, dachte Folke und war sich gar nicht sicher, ob Ragnar wirklich verstanden hatte, was für das Dorf auf dem Spiel stand.

In diesem Moment flog die Tür auf, und ein jüngerer Mann stürmte herein, der durch seine weißen Augenbrauen und Haare auffiel. »Ragnar!« rief er mit heiserer Stimme, »dieser Waldgänger ist wieder gesehen worden. Überall machen sie die Feuer wieder an und halten Wache.«

Ragnar knurrte vernehmlich, und die unverständige Alte wimmerte auf vor Schreck. Sie zog ihren Umhang über ihren Kopf und kauerte sich so dicht an das Feuer, daß die Wolle angesengt wurde. »Du mußt ein wenig auf dich aufpassen, Mutter«, sagte Ragnar friedlicher als bisher, umfaßte die kleine Gestalt mit seinen unbedeckten, dicht behaarten Armen und hob sie fürsorglich aus dem Gefahrenbereich. Dann wandte er sich an den Neuankömmling, den Folke für den erwarteten Svan hielt. »Alles haben sie hier durcheinandergebracht«, sagte er haßerfüllt. »Was machen sie überhaupt hier? Können sie nicht in Birka oder Haithabu handeln?«

Svan lachte schallend und schlug sich auf die Schenkel. »Die werden weder in Haithabu noch in Birka handeln. Die Norweger sind wir bald los! Mit dem Schiff... Sie versuchen gerade, deine ›Trächtige Kuh‹ flottzumachen.« Er wurde schnell wieder ernst. »Nein. Der Waldgänger ist viel gefährlicher, sagen sie.«

»Der eine ist nicht gefährlich, und die anderen sind wir nicht los!« widersprach Ragnar grummelnd.

Er hat also doch verstanden, dachte Folke.

»Warum?« fragte Svan und machte ein dümmliches Gesicht.

»Das verstehst du nicht...«

»Ich um so besser«, warf Folke energisch ein und trat in die Mitte des Raums, wo es heller war. »Erklär's mir!«
»Erklär's ihm nicht!« rief die alte Frau mit schriller Stimme und ließ den Umhang fallen, so daß ihre dürren Arme und der ausgemergelte Körper sichtbar wurden. »Das geht niemanden etwas an. Nur dich!«
»Jawohl, Mutter, nur mich«, bestätigte Ragnar liebevoll.
»Misch dich nicht immer ein!« geiferte Svan. »Weißt du überhaupt, worum es geht?«
Überraschend öffnete die Alte den Mund und ließ die zwei Zähne sehen, die ihr noch geblieben waren. »Paß du auf, daß nicht alles, was du tust, nach rückwärts in dein eigenes Gesicht geht«, quäkte sie und sah befriedigt zu, wie Svan Schweißperlen der Angst auf die Stirn traten.
Dann humpelte sie mit Ragnars wieder gefüllter Schüssel zu einer lumpenbedeckten Liege am anderen Ende des Raums. Während sie den Brei in sich hineinschlürfte, blinzelte sie hin und wieder zu den Männern hinüber. Svan versteckte sich hinter Ragnars Rücken vor ihren Blicken.
»Sie ist nicht mehr richtig im Kopf«, flüsterte die junge Frau, die unbemerkt an Folke herangerückt war, ihm mit gehässiger Stimme ins Ohr. Kaum saß die Alte auf dem Bett, huschte sie hinüber zum Herd und kratzte die Reste aus dem Topf. Das Schaben des Löffels und das Schlecken der Zunge waren Geräusche, die Folke noch im Ohr hatte, als er zur Tür stürmte, Aud an der Hand.
Folke hatte die Hoffnung aufgegeben, etwas zu erfahren, ja, er verstand nicht, warum Aud ihn überhaupt hierhergeführt hatte. Als er sich nochmals umdrehte, machte die jüngere Frau wieder das Abwehrzeichen gegen bösen Zauber. Er war froh, als sie draußen waren.
»In diesem Haus ist heute kein Frieden«, murrte Svan und schlüpfte an ihnen vorbei.

Inzwischen war es stockdunkle Nacht geworden. Aud überlief ein kalter Schauder, und sie hielt sich dicht an Folke. Dies war keine gute Nacht, weder im Haus noch draußen.
Folke hielt Svan auf. »Wer ist der Waldgänger?«
Svan verzog mürrisch den Mund. »Das weiß keiner. Die Norweger haben ihn uns dagelassen. Konnten ihn wohl nicht mehr gebrauchen ...«
»Die Norweger!« sagte Folke fassungslos und dachte fieberhaft nach. »Das kann doch nicht sein!«
»Denkst du denn, ich lüge?« erwiderte Svan gekränkt. »Dabei mußt du es doch wissen! Du gehörst zu ihnen, das habe ich selbst gesehen.«
»Seit wann denn?« fragte Folke atemlos.
»Wenn Ragnar dir keine Auskunft geben will, so will ich das erst recht nicht.«
Er war im Dunkeln verschwunden, bevor Folke ihn aufhalten konnte. »Sind die alle so in Visby?« fragte er erbittert.
Aud biß sich auf die Lippen und nickte. »Mehr oder minder«, sagte sie schließlich mit einem unfrohen Lachen. »Sie stekken ständig die Köpfe zusammen, weil sie alle wenigstens weitläufig verwandt sind. Auch Ragnar, obwohl er es abstreitet. Und trotzdem sind sie alle miteinander verfeindet. Hier ist nichts, wie es sein sollte.«
Folke sagte nichts mehr. Schließlich war Visby Auds Heimat geworden, und sie hatte nie angedeutet, daß sie das Dorf etwa nicht mochte und plante fortzugehen. Er wußte nun nicht mehr, ob er überhaupt noch Lust hatte, den Leuten gegen die Norweger zu helfen. Aber dann machte er sich erleichtert klar, daß er in erster Linie den Norwegern half, wenn er ihnen ein seetüchtiges Schiff verschaffte ...
Mittlerweile war es später Abend. Als Folke sich umsah, hatten tatsächlich die Bewohner einiger Häuser die Feuer als Schutz gegen den Waldläufer wieder angefacht.

»Wirst du es mir übelnehmen, wenn ich dich frage, ob du heute nacht in meinem Haus bleiben willst?« fragte Aud zögernd.
»Nein«, sagte Folke lächelnd, was sie im Dunkeln nicht sehen konnte. »Wir werden beide unseren Nutzen davon haben, du den Schutz, ich ein bequemes Lager.«
»So meinte ich es«, stellte Aud erleichtert fest, und hatte fast ein schlechtes Gewissen, denn durch ihre Einladung zwang sie Folke, mit seinem Leben für sie einzustehen. Aber ihr Leben war durch eine einzige Handlung, die ihrer Ehrlichkeit und Dankbarkeit entsprungen war, weitaus gefährdeter als vordem, und sie hatte einen schutzlosen Bruder, für den sie verantwortlich war. Mit zwiespältigen Gefühlen führte sie Folke auf Umwegen zu ihrem Haus im oberen Teil des Dorfes.

Trotz allem schlief Folke ruhig wie ein Igel im Reisighaufen, und Aud mußte ihn am nächsten Morgen wachrütteln. Sie warf einen liebevollen Blick auf ihren Bruder, der eingerollt an Folkes Rücken in ruhigerem Schlaf lag als seit langem. »Er war wieder da«, flüsterte sie in Folkes Ohr.
»Wer?« fragte Folke und griff bereits nach seinen Waffen am Kopfende des Lagers.
Aud legte den Finger über den Mund und deutete auf Bjarke. Folke erhob sich vorsichtig und tappte ans Feuer, wo schon das Morgenmahl im Kessel dampfte. Erst als Folke anfing, hungrig zu löffeln, erzählte sie ihm, was sie erfahren hatte.
»Er hat heute nacht im Dorf gestohlen, trotz der Wachen. Niemand weiß, was mit ihm ist. Er muß heillos sein.« Aud schauerte zusammen, und Folke konnte sie verstehen. Ein heilloser Mann galt als gefährlich.
»Aud«, sagte er und ließ den Löffel in der Schale ruhen, »Aud, seit wann ist dieser Mann da? Bitte erinnere dich genau, es ist wichtig!«

Aud spürte seine Anspannung. Sie wußte nicht, warum ihm die Antwort derartig wichtig war, aber sie stellte ihre Schüssel auf dem Boden ab und fing an zu zählen. »Gestern war Freyjas Tag. Da habt ihr das Haus abgebrannt, und der Mann wurde nicht gesehen. Aber in der Nacht davor war er zum ersten Mal im Dorf. Am Abend eigentlich.«

»Was hat er denn gemacht?«

»Er erschien am Waldrand und sah zum Dorf herüber.«

»Das kann doch nicht alles sein«, wandte Folke ein.

»Doch«, bekräftigte Aud und versuchte dann, Folke klarzumachen, daß er auf alle bedrohlich gewirkt hatte, die zu den oberen Häusern gekommen waren, um nach ihm Ausschau zu halten. »Er war ja fremd, kein Erri-Bewohner, und doch kam er nicht herüber, um irgend etwas zu erbitten oder zu erklären. Er hätte ein Schiffbrüchiger sein können – von der Ostseite ...«

Folke nickte. So war das also gewesen.

Die ältere Frau, die er am ersten Tag neben Aud hatte stehen sehen, kam ans Feuer. Folke rückte beiseite, um ihr Platz zu machen. Sie lebte also tatsächlich hier im Haus. Bisher hatte er sie weder gesehen noch mit ihr gesprochen.

»Er ist ein Wolf, ein Wiedergänger«, flüsterte die Frau. »Ich habe ihn beobachtet.«

»Ja,« bestätigte Aud bedrückt. »Das sagen die Leute.«

»Wie sah er aus?« Folkes Entschlossenheit wirkte ernüchternd auf Aud. Ihr Gesicht verlor den ängstlichen Ausdruck, während sie nachdachte.

Die alte Frau aber beharrte eigensinnig: »Wie ein Wolf.«

»Wie ein Bauer oder ein Sklave«, antwortete Aud. »Seine Kleidung war grau.«

»Welche Farbe hatte sein Haar? Wie war er bewaffnet? Hatte er Schuhe an?« Folke wurde ungeduldig gegenüber seiner Gastgeberin. Die alte Frau beachtete er nicht mehr.

»Ja, Waffen hatte er. Einen weißen Schild und eine Axt, mehr konnte ich nicht erkennen.«
»Unheimlich«, warf die Frau ein. »Unheimlich war er. Er hat kein Gesicht, sondern eine Wolfsschnauze und drahtiges graues Fell. Und neben ihm stand ein vierbeiniger Wolf. Zwei Wölfe, ja, das sind sie. Ein zweibeiniger und ein vierbeiniger.«
Folke sah fragend zu Aud hinüber. Aber sie konnte der Erklärung nichts hinzufügen, was wirklicher gewesen wäre. Mit einer verstohlenen Geste deutete sie an, daß sie keinen Rat wußte.
Ein weißer Schild. Den für harte Kämpfe unbrauchbaren Schild aus Lindenholz hatte an Bord nur der Bauer Sven benutzt. Aber auf Erri würde es ungefähr so viele weiße Schilde geben, wie es wehrhafte Männer gab. Hinzu kam: Am Spätnachmittag von Thors Tag hatten sie den »Grauen Wolf« auf die Untiefe gesetzt, und am Abend waren alle an Land gewesen. Sollte einer von der Besatzung nach Visby geschlichen sein? Folkes Gedanken kreisten zunächst nur um die Stammbesatzung des Drachenschiffes. Dann verwarf er den Gedanken, er war zu unwahrscheinlich. Zumal er selber von Anfang an das Gefühl gehabt hatte, daß Sven keineswegs auf der Rückfahrt nach Haithabu war.
»Kann irgend jemand den Mann genauer erkannt haben?«
»Schon«, sagte Aud zögernd, »aber du hast ja selber gesehen, daß sie mit Fremden nicht reden wollen.«
Folke seufzte. Sie hatte recht. Er war auf sich allein angewiesen, wenn er herausfinden wollte, wer der Mann war. Aber eigentlich war das eher nebensächlich. Dringend war hingegen die Sache mit dem Schiff.

Folke löffelte schnell seine dritte Schüssel aus, dann sprang er auf und rannte zur Schiffslände hinunter. Die Dorfstraße war

leer wie ein blankgeputzter Hofplatz, und er war ganz froh darüber.
Die Norweger waren alle an der Arbeit, die meisten auf dem Schiff. Am Strand waren Aslak geblieben, soviel Folke sehen konnte, und Bolli. Bolli trieb es zu der Frau, die er mitnehmen wollte; sie war an einem Baum festgebunden, und er umkreiste sie besitzergreifend und voll Argwohn gegen die anderen Männer. Aber ihr Schmerz war größer als seine Gier; endlich sah er es ein und ließ sie in Ruhe.
Folke schützte die Augen vor der Spiegelung der Sonne, die strahlend hinter ihm über die Bergkuppe kroch, und blinzelte über die sich kräuselnden Wellen zum Schiff. Der Wind war schwach und hatte gedreht, er wehte heute ablandig und trieb das stäbige Handelsboot weg von Land. Hinter ihm dümpelten zwei Beiboote, die die Männer in Beschlag genommen hatten.
Das Schiff des Bauern war nicht so lang wie der »Graue Wolf« wirkte aber wesentlich seetüchtiger. Folke mußte lachen. So tödlich verwundet, wie das Drachenboot auf die Landzunge geschlichen und dort liegengeblieben war, war es nicht schwer, ein seetüchtigeres Schiff zu finden.
Hoffentlich würde es ihm gelingen, den Fehler zu finden und zu beseitigen. Während er in Gedanken bereits die kritischen Stellen durchging, wurde er von Aslak angerufen. Aslak kam mit schweren Schritten über den Steinwall, eilig, aber zugleich zögernd, als wüßte er nicht, ob er willkommen war.
»Ich dachte, du wärst fort«, sagte er.
»Nein, natürlich nicht«, sagte Folke im Brustton der Überzeugung, konnte aber nicht verhindern, daß sein Gewissen sich regte, weil er ein bequemes Nachtlager dem steinigen bei den Männern am Strand vorgezogen hatte. Aber er wußte nicht, ob Aslak Verständnis dafür aufbringen konnte, daß er die Frau vor ihren eigenen Leuten hatte beschützen müssen.

»Ich habe Erkundigungen eingezogen, und das hat die ganze Nacht gedauert. Habt ihr schon bemerkt, daß euer Schiff nicht seetüchtig ist?«
Erstaunt wandte sich Aslak zum Schiff um. Er schüttelte bedächtig den Kopf. »Das kann nicht sein«, sagte er. »Dir hat jemand einen Bären aufgebunden aus Sorge um sein Schiff.«
»Nein!« sagte Folke und verwarf den Verdacht entschieden im selben Moment, in dem er wach geworden war. »Mein Gewährsmann ist ehrlich: Aud sagte es.«
»Auch in kleinen Dörfern wird gelogen«, sagte Aslak und sprach nicht aus, daß er auch an große Dörfer und noch viel mehr an Städte dachte. Manchmal kamen ihm nur noch die Bergbäche seiner Heimat rein und klar vor.
»Du glaubst wohl nicht, daß die Leute froh wären, euch los zu sein?« fragte Folke und knuffte den Mann kameradschaftlich, den er lieber mochte als alle anderen, mit denen er in den letzten Tagen gefahren war.
Aber Aslak blieb unerwartet ernst. »Ich weiß nicht, wem ich glauben soll, und schon gar nicht weiß ich, was.«
»Aslak«, sagte Folke und entschloß sich, offen zu sein, »schlimme Dinge sind geschehen, und ich möchte gerne mit dir darüber sprechen. Aber vorher laß mich das Boot prüfen! Es muß etwas mit ihm sein, auch wenn es gut aufschwimmt und innen trocken ist. Ich vermute, es ist entweder das Steuer oder der Mastfuß.«
»Das Steuer«, sagte Aslak verblüfft. »Nach dem hat bestimmt niemand gesehen, ich jedenfalls nicht. Wir haben nur Leinen und Ösfässer gezählt und nach morschem Holz gesucht.« Während Folke Aslak mit sich zog, blieb dieser merkwürdig unschlüssig. Schließlich blieb er stehen. »Folke, nimm dich vor Hrolf in acht. Er ist der Meinung, daß du den ›Grauen Wolf‹ versenkt hast. Wenn er dir begegnet . . .«
Folke sah Aslak schreckgeschlagen an. »Ich?«

Aslak nickte stumm.
»Jemand hat ihn angebohrt, aber nicht ich«, sagte Folke aufgebracht. »Kein Bootsbauer würde das jemals tun. Weißt du, was es für einen Bootsbauer bedeutet, ein Schiff zu zerstören?« Natürlich wußte Aslak es nicht, und Folke konnte es auch nicht mit Worten erklären. Ein Boot, die Schöpfung von Meistern, von Künstlern – kein Ding, sondern ein Lebewesen, ein Kunstwerk mit Seele und Eigenleben: er würde es nie übers Herz bringen, es Wind und Wellen auszuliefern, damit sie es zerschlügen. Noch bevor er angefangen hatte, gab er auf und wiederholte statt dessen: »Ich war es nicht.«
»Er hat es Hjalti noch nicht gesagt und auch sonst keinem. Ich glaube, er will es mit dir allein austragen. Zur Zeit ist Hrolf nicht auf dem Knorr«, fuhr Aslak fort. »Du könntest also nachsehen. Vielleicht glaubt Hrolf dir, wenn es dir gelingt, den Fehler zu finden ...«
Folkes Gesicht leuchtete auf. Er würde Hrolf überzeugen. Und deshalb eilte es nun. Er zog Aslak mit sich und sie rannten, so schnell es im tiefen Sand ging, zu einem der Ruderboote. Einbäume, kleinere und größere Ruderboote lagen an diesem Tag in großer Auswahl am Strand. Kein einziger Fischer war ausgefahren.
Während Aslak und Folke zum Knorr ruderten, legte das Beiboot mit mehreren Männern gerade ab. Aslak hielt auf sie zu, und sie blieben dümpelnd nebeneinander liegen, während sich Folke nach dem Schiff erkundigte. Die Männer waren genauso erstaunt wie Aslak. Sie hatten sich gerade darüber unterhalten, daß sie ihr Glück nicht ganz aufgebraucht hatten. Den Verlust des Schiffes würden alle außer Geirmund gut verschmerzen können. Und nun waren sie unterwegs, um Proviant und Sachen zu holen, die am Strand bereitlagen.
Schweigend und nachdenklich ruderte Aslak weiter. Ihm würde wohler sein, wenn Folke den Fehler bald fand. Er

glaubte ihm. Er hatte den Bootsbauer als verläßlichen Mann kennengelernt, mehr von Vernunft bestimmt als von der manchmal blinden Tollkühnheit seiner norwegischen Schiffsgenossen. Ihm lag nicht wenig daran, daß Folke in Hrolfs Augen wieder zu einem ehrenhaften Mann wurde. Hrolf pflegte schnell zu urteilen, und dann war es manchmal nicht leicht, ihn vom Gegenteil zu überzeugen.

Als sie längsseits gegangen waren, sahen sie, daß der Knorr tatsächlich zum Auslaufen bereit war. Hjalti verzog schmerzlich das Gesicht, als hätte er sich plötzlich daran erinnert, daß es Folke auch noch gab. Aber er sagte nichts. Die anderen Männer saßen auf dem Vorschiff und der Back und ließen die Beine baumeln, während sie auf die Rückkehr des Beibootes warteten. Sie kümmerten sich nicht um Folke.

Folke stellte sich ins Ruderboot, mit den Händen an der Reling, und steckte die Nase über die Bordkante. Der erste Eindruck war immer wichtig: und er war gut.

Auch Aslak warf einen prüfenden Blick ins Boot, obwohl er schon darauf gewesen war. »Trocken wie eine Fjällweide im Sommer«, sagte er erleichtert, als er selbst an der tiefsten Stelle des Knorr rings um den Mast kaum Wasser sehen konnte.

Folke nickte. Dann schwang er sich hoch und setzte sich auf die oberste Planke. Erstaunlich, daß das Schiff nicht mehr seetüchtig sein sollte. Das Kielschwein, das Holz, in dem der Mast befestigt wurde, pflegte auch eine Gefahrenquelle zu sein, aber dort war alles in Ordnung. Während Aslak mit den Ruderern schwatzte und ihnen von Folkes Verdacht erzählte, ging Folke langsam nach hinten, aufmerksam rechts und links den Bootskörper prüfend.

Am Ruder sah er sofort, was los war, und lachte beinahe vor Erleichterung. Jeder andere hätte es auch erkennen müssen: Der Lagerblock und der Abstandhalter des Ruders waren abgeschlagen, nur die Zurring war ordnungsgemäß nach innen durchgeführt und täuschte Funktionstüchtigkeit vor, wenn man nicht genau hinblickte und sich vor allem nicht außenbords umsah. Die Männer hatten sich durch den ansonsten guten Zustand des Knorr täuschen lassen. Auf See aber würde jede kleine Welle das Ruder hochhebeln, und es würde durch das Wasser fahren wie ein Lämmerschwänzchen am Lamm.

»Ich hab's«, sagte er zu Hjalti, der ihm gefolgt war, weil auch er wußte, daß Folke Schiffsverstand hatte und weil er als Schiffsführer Bescheid haben mußte. Aber verziehen hatte Hjalti dem Bootsbauer nichts: daß er einfach weggeblieben war, das war für ihn das Schlußglied in einer langen Kette von Ärgernissen. Hjalti machte ein bitterböses Gesicht, und Folke, der am liebsten mit dem Schiffsführer ins reine gekommen wäre, jedoch nicht wußte, wie, zeigte ihm höflich und berufsmäßig alles, was er wissen mußte.

»Ja«, sagte Hjalti endlich, und im Weggehen: »Dann bring du das in Ordnung.«

In der Zwischenzeit war das Beiboot beladen worden und wieder auf dem Rückweg zum Knorr. Kaum hatte es angelegt, erschien Alfs Kopf über der Bordwand, und er rief mit gellender Stimme wie einer, der sich wichtig machen will: »Hjalti, die Visbyer haben in der Nacht das Mehl und die zwei Räucherschinken gestohlen!«

Die Männer sprangen auf, und Hjalti schlug mit der geballten Faust vor Wut auf den Mast, der noch nicht gesetzt war und in den Gabelstützen vibrierte. Folke hörte auf, mit seinem Messer in den Resten der abgebrochenen Holzdübel herumzustochern. Mehl und Räucherschinken. Viel mehr hatte das Bauernhaus nicht hergegeben. Aber die Norweger brauchten schließlich den Proviant. Nun würde alles wieder von vorn anfangen. Er konnte ihre Wut verstehen.

Die ersten stiegen bereits in das kleine Boot, mit dem Aslak und Folke gekommen waren, während Alf Schlafsäcke und Beutel hastig über die Reling in den Knorr schleuderte. Niemand kümmerte sich darum, wo sie hinflogen; rachedurstig wollten alle gleichzeitig an Land.
Nur Aslak fand keinen Platz, und Folke blieb freiwillig zurück. Er war froh, daß Hrolf noch eine Weile ausbleiben würde und ihm eine Frist zum Arbeiten blieb.
Hjalti versprach im Ablegen, Aslak ein Boot zurückzuschikken. Dann war nur noch das Plätschern der Ruder zu hören, und nach einer Weile verstummte auch das.
Mittlerweile hatte Folke angefangen, sich unter den Hölzern umzusehen, die für die Reparatur schon bereitgelegt worden waren. Aslak half ihm beim Umschichten und Wegstauen.
»Aslak«, sagte Folke jäh und ließ den Holzklotz fallen, den er ausgesucht hatte, »kommt dir das nicht merkwürdig vor?«
»Was?«
»Daß die Dörfler ausgerechnet nur diese drei Sachen gestohlen haben sollen?«
»Vielleicht war es nur ein einziger Mann, der nicht mehr schleppen konnte«, gab Aslak zu bedenken.
»Haben denn deine Leute nicht wertvollere Dinge unter ihren Sachen als Schinken und Mehl?« Folke schüttelte den Kopf. »Aslak, für einen Diebstahl ist es das falsche Diebesgut, und für einen Racheakt ist es zuwenig.«
Aslak hob den Klotz auf, wendete und betrachtete ihn, als ob von ihm sein Leben abhinge. »Was du sagst, klingt vernünftig, und ich möchte es gern glauben. Natürlich haben alle ein wenig Schmuck von den Slawen mitgebracht, und bestimmt liegt alles am Strand auf einem Haufen. Aber verstehen kann ich es nicht! Ich kann dir sagen, Folke, selbst Odin, der Runenbringer, wäre da ratlos. Nur eins weiß ich: Auf diese Insel komme ich nie wieder zurück!«

»Ach, Aslak«, rief Folke, »gib doch nicht der Insel die Schuld. Ich sage dir, wir haben denjenigen mitgebracht, der all diese Verwirrung gestiftet hat! Sven hat heute nacht im Dorf eingebrochen, und ich wette, er hat auch euren Vorrat gestohlen. Sven ist nicht mit Högni zurückgefahren!«

»Wenn du recht hast«, sagte Aslak besorgt, »dann steht es schlimm um die Visbyer. Dann werden sie ganz schuldlos Häuser und Höfe verlieren. Ich fürchte, die Mannschaft ist wie eine Horde von Lemmingen durchs Dorf unterwegs: sie strömen hinüber und hindurch, und hinter ihnen wird die Welt kahl. Hjalti ist nicht der Mann, sie aufzuhalten, vor allem nicht, wenn es Alf ist, der sie aufstachelt. Geirmund wird das gar nicht schmecken!«

Sie sprangen an die Bordwand. Kein Mensch war am Strand. Die Boote waren hochgezogen und nicht vertäut, und die Ruder lagen auf dem Sand. Aslak und Folke blickten sich um. Während sie überlegten, ob sie an Land schwimmen sollten, rumpelte es leise an der seeseitigen Bordwand, und zwei kleine Hände schoben sich über die Schildleisten. Gleich dahinter erschien ein roter Haarschopf. Blaue Augen suchten das Deck ab und entschieden dann, daß die Lage ungefährlich war.

»Bjarke«, staunte Folke.

»Aud schickt mich dich holen«, meldete der Junge. »Deine Leute überfallen Visby!«

»Und was soll ich?«

»Ich glaube, du sollst sie davon abhalten, weil du doch zu ihnen gehörst, aber das weiß ich nicht genau«, antwortete Bjarke wahrheitsgemäß. »Aud war so aufgeregt.«

»Schnell«, sagte Folke.

Aslak beugte sich über die Reling. Das Boot, das der Junge ruderte, war ausreichend groß für zwei Männer und einen Knaben. Ohne weiteres stieg er hinein.

Sie ruderten nicht an die Ände, sondern südlich der Bucht an Land, wo heute kein Mensch war. Dann führte Bjarke sie auf einen Steig an einem Bach, den sie geduckt entlangrannten. Das Buschwerk hätte die Männer vor neugierigen Augen aus dem Dorf geschützt, wenn dazu jemand Muße gehabt hätte.

Aber das war ohnehin nicht zu befürchten. An der Südkante des Dorfes stiegen dicke, schwarze Rauchschwaden in die Luft.

»Kommt schnell!« drängte Bjarke, als er sah, daß die Männer zögerten und am liebsten zum Brandherd gerannt wären.

»Ja«, keuchte Folke und zu Aslak: »Wir müssen wissen, warum Aud mich ruft.«

Er schoß förmlich den Pfad entlang, und Aslak und Bjarke hatten Mühe, ihm zu folgen.

10 Brandstiftung

Aud erwartete sie bereits. Sie hielt hinter ihrem Haus Ausschau über die Weiden, und doch war sie so in Gedanken, daß sie erschrak, als Bjarke, Folke und Aslak vor ihr auftauchten. »Ist es eure Absicht, das Dorf in Schutt und Asche zu legen?« fragte sie händeringend.

»Ach, das sind unsere Männer. Ja, so ungefähr habe ich mir das bereits gedacht«, sagte Aslak und drehte sich zu der Feuersbrunst um, von der hier nicht viel zu sehen war.

Folke war mit seinem Herzen bei Aud und ihrem Dorf. Aber er war ratlos, was man tun konnte. Aslak war aus anderen Gründen gegen das Niederbrennen, aber er war nicht halb so aufgeregt wie Folke. Es war nicht das erste Dorf, das sie in diesem Jahr niederbrannten. Aber nach Aslaks Meinung mußte man wissen, wann man es tat und wann man es lassen sollte. »Daß Hjalti nicht einsehen kann, daß er Visby im nächsten Jahr braucht«, schimpfte er.

»So lauft doch!« rief Aud.

Aslak nickte Folke zu. Sie rannten los.

Bei den brennenden Hütten am Südrand von Visby befand sich nur ein Teil der Mannschaft, aber wie Folke bereits geahnt hatte, war Alf dabei. Und natürlich war er derjenige, der die anderen hin- und herhetzte, während er selber mit schweißglänzendem Gesicht, so nah er wagte, an der Hütte stand, die eben aufloderte. In seiner Nähe war auch Hjalti, aber er versteckte seine Hände auf dem Rücken und machte ein steinernes Gesicht.

Gegen den Lärm rief Ulf, der das Feuer mit Schwemmholz fütterte, Alf zu: »Heute machen wir wieder gute Holzkohle!«

Alf aber schrie lachend zurück: »Aus Reet und Rasensoden macht man doch keine Holzkohle! Nein! Heute machen wir

Dörrfleisch!« Wie ein befehlsgewohnter Jarl sah er sich um und entdeckte dabei eine Gestalt, die mit einem Bündel unter dem Arm aus einer der Hütten fortrannte. Sicher ein armseliger Bewohner, der sein Leben und seine letzte Habe rettete. »He, Ulf! Dem nach! Der soll uns nicht entkommen.«

Aber Ulf schüttelte den Kopf. Er hatte anderes zu tun. Nun sollte das Feuer tüchtig brennen, und das Holz schleppte er vom Strand herbei.

Alfs schweißnasses Gesicht verzog sich vor Wut. »Du bist mir verpflichtet. Vergiß das nicht!«

Das konnte Ulf nicht abstreiten. Aber nie hatte er daran gedacht, daß ihn Alf auf solch schäbige Weise daran erinnern würde. Er schmetterte die Holzkloben auf das Gras und lief los.

»Teuer muß er das Geschenk bezahlen«, sagte jemand leise, und Folke entdeckte den zähen, stillen Frodi neben sich, den er immer mehr schätzen lernte. Aber bevor er ihm antworten konnte, drückte Aslak warnend seinen Arm und glitt an ihm vorbei an Hjaltis Seite. »Der König hat nicht an allem Freude, was glänzt«, flüsterte er diesem in den Nacken.

Hjalti hatte gemerkt, daß Aslak gekommen war. Ohne den Kopf zu drehen, fragte er zurück: »Meinst du Alf oder die Flammen?«

»Die Flammen«, murmelte Aslak mit rauher Stimme, denn der Wind wehte ihnen den Rauch ins Gesicht. »Und an Alf hätte er wohl noch größere Freude, wenn der ihm sein Boot gerettet hätte . . .«

Hjalti trat jäh zurück aus dem Gewirbel von Funken und Ruß und zog Aslak mit sich. Folke folgte still wie ein Fuchs dem Köder. Nur Alf blieb zurück, ohne zu bemerken, daß zwei Männer gekommen waren und drei sich entfernten. Als sie das Geknatter der Flammen und das Wehen des heißen

Aufwindes hinter sich gelassen und die Kühle des nahen Wassers erreicht hatten, fragte Hjalti: »Wie meinst du das? – Aber ich will keine Anklagen gegen Alf hören, sondern Tatsachen.«

»Tatsachen, die ihn belasten, kannst du bekommen«, erwiderte Aslak mit leisem Hohn und fragte sich, seit wann Hjalti bereit war, Wahrheiten über Alf anzuhören. »Es ist nun gesichert, daß der ›Graue Wolf‹ nicht aus Altersschwäche Wasser gezogen hat. Er könnte noch durch das dänische Inselmeer jagen, wenn ihn nicht einer angebohrt hätte.«

»Woher weiß du das?« unterbrach Hjalti ihn. Plötzlich war sein Gesicht nicht vom Widerschein der Flammen rot, sondern vom Blut, das ihm unter die Haut schoß wie bei einem Krebs im kochenden Wasser.

Aslak nickte Folke zu, und dieser zog aus der Innentasche seines Wamses eine Handvoll Holzspäne, die immer noch ein wenig feucht waren und sich dunkel auf seiner Hand lockten.

»Diese fand ich im Unterwasserschiff«, sagte Folke.

»Und?« fragte Hjalti höhnisch. »Das ist kein Beweis. Schließlich wird am ›Grauen Wolf‹ jeden Winter gearbeitet.«

Folke fuhr auf. Auch er hatte seine Ehre, wenn sie ihm auch vielleicht nicht so weit vorn auf der Zunge lag wie manchem anderen. »Glaubst du, ich erkenne die Spuren meines eigenen Löffelbohrers nicht? Und mein Bohrer war verschwunden, nachdem ihn jemand benutzt hatte.«

»Doch nicht Alf!«

Das eben war die Frage: Wer hatte den »Grauen Wolf« versenkt, und warum? Folke marterte sich einmal mehr das Gehirn und überließ es Aslak zu antworten.

»Nein«, gab Aslak verdrießlich zu, »aber seine Aufgabe war es, das Schiff in der Nacht vor Schaden zu bewahren. Er hatte die Wache. Am nächsten Morgen wunderte ich mich, daß wir soviel Wasser im Schiff hatten, und Folke, der sich mit Schiffen besser auskennt als ich, wunderte sich auch. Nur einer wunderte sich nicht: Alf, der versäumt hatte, in der Nacht zu ösen.«

Hjalti, den es schon die ganze Zeit wurmte, daß Folkes Kenntnisse über Schiffe soviel Anerkennung fanden, knirschte mit den Zähnen. Und doch konnte er nicht abstreiten, daß Aslak Alf ein unentschuldbares Versäumnis nachgewiesen hatte.

»Wie gesagt«, fuhr Aslak fort, »wenn Geirmund erfährt, welchen Anteil Alf am Verlust seines Schiffes hat, wird er sich fragen, warum du geduldet hast, daß er auch noch den Handel des nächsten Jahres gefährdet. Er wird sich eine ganze Menge fragen müssen . . .«

Was das war, konnte sich Hjalti selbst denken, aber es wäre unklug gewesen auszusprechen, daß Geirmund sich überlegen würde, ob er Hjalti im nächsten Jahr wieder ein Schiff anvertrauen würde. Worte, die einmal gefallen sind, entwickeln oft ein Eigenleben. Mit schweren Schritten und Gedanken trat der Schiffsführer zu Alf, der immer noch den Flammen zusah. Er legte ihm die Hand auf die Schulter. »Es ist genug!« sagte er.

Alf, der weiter unten am Strand Folke und Aslak bemerkte und außerdem die Miene des Schiffsführers richtig deutete, wußte, daß Widerspruch im Augenblick unmöglich war. Was die drei beredet hatten, ahnte er zwar nicht, aber daß es zu seinen Ungunsten war, konnte er sich denken. Hinter seiner gekrausten Stirn tauchten eine Menge Möglichkeiten auf. Trotz seiner Jugend konnte Alf planen und abwarten. Und rechnen konnte er auch: Aslaks Schuldenberg war in den letzten Stunden zu einem gletscherbedeckten Fjäll emporgewachsen. Äußerlich ruhig folgte Alf seinem Schiffsführer.

»Es wäre vielleicht gut, wenn du ein wenig auf deinen Mann

aufpassen würdest«, sagte Hjalti zum Wachführer Aslak. »Womöglich müßte sonst Geirmund noch tiefer nachdenken.«

Für Aslak war die Drohung und die Anweisung klar genug. Alf aber wußte nicht, was gemeint war. Fragend sah er Hjalti an. »Was ist los?«

Statt des Schiffsführers antwortete Aslak. »Du hast einstweilen genug Dummheiten gemacht«, knurrte er. »Wir sind nicht hier, damit du deinen Spaß hast, sondern weil wir ein Geschäft zu erledigen haben. Geirmunds Geschäft, genauer gesagt. Und damit Hjalti dieses in aller Ruhe abwickeln kann, wirst du ab sofort neben mir bleiben und ausnahmsweise tun, was ich sage!«

Alf lachte höhnisch auf. Im Augenblick wußte er nicht, wie er sich verhalten sollte. Dann fragte er laut: »Geht es nicht gegen deine Ehre, Hjalti, daß ein Zauberer wie Aslak sich auf deinem Schiff breitmachen darf?«

Für einen kurzen schrecklichen Moment fühlte Hjalti sich von Dämonen und Riesen umgeben, und ihre Kälte überkam ihn und ließ ihn frösteln. Aber seine Gedanken wurden so klar wie ein Wildbach in den Bergen, und aus diesem tauchte die Gestalt Aslaks auf: Aslak, der es vermied, Blut zu vergießen und dem die Seelen von Steinen, Flechten, Tieren und Menschen genauso heilig waren wie die Haine der Götter, Aslak, der in der ganzen Natur einen einzigen Gott sah und verehrte.

Während die Männer, die Alfs Lachen herbeigerufen hatte, ihn schweigend umstanden, fand Hjalti mühsam zu einer allen verständlichen Antwort: »Es bringt mir mehr Ehre, das Schiff des Königs zu führen, wie dieser es erwarten darf, als deiner Ehre nachzuhelfen, die du dir mit Absicht verscherzt.«

Aslak aber wollte mehr als die Genugtuung, Alf endlich gezähmt zu sehen. Durch Alfs Versäumnis würde nicht nur

Hjalti vor dem König als säumiger Schiffsführer dastehen, sondern ebenso er selber vor den Männern seiner Wache. Und das war für ihn weitaus schlimmer. »Ich bin sogar der Meinung, daß ihr versuchen solltet, den Schaden wiedergutzumachen«, sagte er streng und richtete sich dabei hauptsächlich an seine eigenen Männer.
Ulf, inzwischen wieder anwesend und wie stets für neue Ideen begeisterungsfähig, trat bereitwillig vor. »Was meinst du, Aslak?«
»Ihr solltet versuchen zu löschen. Damit könnten wir unseren guten Willen später einmal beweisen – wenn es nötig sein sollte.«
Hjalti, der fieberhaft darüber nachgedacht hatte, wie er Geirmund auch gegen die zweifellos belastende Aussage von Alf seine Ergebenheit beweisen konnte, sprang seinem Wachführer sofort bei. »Macht es! Wer weiß, wozu es gut ist!«
Folke hatte sich umgedreht. Die zuerst angezündete Hütte war bereits in sich zusammengesunken, und die Seitenwand der benachbarten Hütte loderte kräftig. Da würde nicht mehr viel zu retten sein.
Aber Aslak verfolgte einen Plan, und wie immer in solchen Fällen, tat er es mit seinem ganzen Herzen und Verstand. »Doch«, beharrte er, »wir können die dritte Hütte retten. Man muß das Dach der mittleren zum Einstürzen bringen. Dann hat das Feuer nicht mehr genug Nahrung, um sich auf die letzte auszubreiten.«
Das war richtig, aber es war gefährlich, sich dem Brandherd zu nähern. Die Männer nickten unschlüssig. Keiner wollte sich gefährden. Nur Aslak selber eilte auf das Haus zu. Dann suchte er den Boden ringsum ab. »Folke!« rief er und warf einen hastigen Blick auf die Flammen, die jederzeit auf die nächste Wand überzugreifen drohten, »ich glaube, mit einem langen Balken müßte es gehen!«

Folke wußte sofort, was er meinte. Sie brauchten einen Baumstamm, um einen der Stützbalken des Hauses umzustoßen. Lag das Dach erst auf dem Boden, konnten die Flammen das letzte Haus nicht mehr erreichen. Er nickte und fing an wie ein Spürhund am Strand herumzulaufen. Nach einigem Zögern halfen ihnen auch die anderen. Alf hingegen blieb stehen und sah immer noch fasziniert in die Flammen.

Aber weit und breit war kein längeres und dickeres Holz zu finden als angeschwemmte krumme Äste. Die Männer kamen bald wieder zusammen. Mittlerweile hatte das Feuer auf die Hinterwand des Hauses übergegriffen. Folke war wütend, und Aslak war es auch. Nur Alf freute sich unverhohlen.

»Zu spät. Und du wagst es nicht, den Tragbalken wegzuziehen...«, sagte Alf lauernd.

Entsetzt über Alfs Bösartigkeit, atmete Folke tief ein. Rauch kam ihm in die Lunge, und er mußte husten und hörte deshalb nicht, was Aslak erwiderte. Mit einem einzigen heimtückischen Satz hatte Alf sich nun die Macht verschafft, Aslak zu töten. Auf den Gesichtern der Männer lag Neugier, wie Aslak reagieren würde.

»Tu es!« forderte Alf nochmals, »oder du wirst zum Neiding für jedermann.«

Und Aslak erwarb sich aufs neue die Hochachtung aller Männer, als er in aller Ruhe sagte: »Ein Feigling, wer deiner Aufforderung nicht die Tat folgen lassen würde...« Mit zwei großen Sprüngen war er unten am Wasser, tauchte sein Wams, das er im Laufen ausgezogen hatte, ein und warf es sich wieder über. Dann hetzte er zum Haus hinauf und stürzte sich mitten hinein. In seinem Sog glühten und prasselten Funken auf.

Folke ballte entsetzt die Hände. Es gab keine Möglichkeit, dem mutigen Aslak zu helfen. Er hätte es nicht getan, das wußte er ganz genau, und sein Haß auf Alf wuchs ins Unermeßliche. »Er ist ein besserer Mann als du«, rief er laut, und jeder wußte, wen er meinte.

Die Männer nickten. Jetzt, wo es bewiesen war, war Aslak ein Held. Hätte er seine Vernunft siegen lassen, wie sonst, hätten sie ihm ihre Gefolgschaft aufgekündigt. So aber schrien und jubelten sie. Alf sah mißmutig drein, obwohl er seinen Gegner nun losgeworden war.

Als das Dach in sich zusammenstürzte, wußte Folke, daß ein guter Mann gestorben war, wie so viele gute Männer für wenig sterben müssen. Damit Aslaks Tod wenigstens nicht ganz ohne Sinn blieb, rannte er nach oben und versuchte das Reet aus der Nähe des gefährdeten dritten Hauses zu kehren. Wenn das Heil, das in der Hausstütze wohnte, auch nicht dem eigenen Haus geholfen hatte, so konnte es doch noch dem benachbarten helfen. Die Menschen, die es wieder beziehen würden, würden es bezeugen.

Und da sah er, daß sich die vom Brand noch nicht erfaßten Reetbündel hoben und Aslak unter ihnen entlangkroch. Mit seinem gegabelten Stock stemmte Folke hastig Bretter und Reet in die Höhe, und endlich torkelte Aslak hervor.

Im Gesicht hatte er schwere Brandwunden, aber am Körper schien er unverletzt. Sein rentiergefüttertes dickes Wams hatte ihn geschützt, wenn auch die Amulette zusammengeschmolzen und unkenntlich waren. Folke schleifte den entkräfteten Mann weg vom Feuer, unterstützt von den Männern, die nun noch viel begeisterter jubelten. Sie zogen Aslak rasch Wams und Hose aus, während Folke zum Ufer hinunterjagte und dann wieder hinauf, um mit seinem triefenden Wams Aslaks glühenden Körper zu kühlen.

Alfs unguter Geist war mit dem Mann verschwunden, und die anderen Ruderer gehorchten Folke willig, als er mit leiser Stimme dieses und jenes befahl, das dem Wachführer Aslak nutzen konnte.

Nach einigen Minuten lag Aslak mit naß eingebundenen Händen und verhülltem Kopf im Sand, und obwohl er noch keuchend frische Luft schöpfte, zeigten seine Augen doch, daß er schon verständig zuhören konnte.

»Deine Tat wird Geirmund zum Ruhm gereichen«, versprach Hjalti, der neben Aslak kniete und hilflos war, weil er Aslaks Verletzungen nicht mindern konnte und im übrigen nicht wußte, ob auch diese ihm vom König als Schuld angerechnet würden. »Sag nichts«, widersprach er hastig, als Aslak sich krächzend abmühte. Und Folke bat er: »Tu, was du kannst.«

Folke stand auf. »Ich kenne ein Haus, in dem er gepflegt werden kann«, sagte er. »Hier kann man seine Brandblasen nicht von Sand und Ameisen freihalten.«

Hjalti nickte und hatte nichts dagegen, daß der Bootsbauer sich vier Schiffsleute aussuchte, die Aslak zu Auds Haus tragen sollten.

Aud erschrak mächtig, als einer der beiden Männer, die sie vor noch nicht langer Zeit um Hilfe gebeten hatte, derart zugerichtet zurückkam. Aber sie war erleichtert zu hören, daß Visby einstweilen gerettet schien, und war gern bereit, Aslak aufzunehmen. Sie zeigte den Männern ein Lager, auf das sie Aslak niedersinken ließen – nicht bevor Folke schnell die Felle weggeräumt hatte. »Sie sind nicht die richtige Unterlage für einen Mann mit Brandwunden«, sagte er bestimmt, und Aud sah ihn fragend an. Folke lächelte verlegen. »Hast du vielleicht ein Leintuch für seinen Kopf? Mir liegt sehr viel an ihm. Und für euer Dorf hat er mehr getan, als irgendeiner ermessen kann.«

Aud nickte und war nach kurzer Zeit mit einem sauber gewebten Tuch zurück, dessen Feinheit und Dichte Folke nicht erstaunte, war sie doch wahrscheinlich die einzige Frau in ganz Visby, die auf einem waagerechten Webstuhl arbeitete. Vorsichtig breiteten sie das Leinen unter dem Kopf Aslaks aus.

Dann wickelten sie Aslak behutsam aus, und Aud stöhnte vor Schreck auf. Die eine Wangenseite war schwarz und verkohlt, auf Lippen und Stirn warf die Haut Blasen. »Das ist nicht so schlimm«, sagte Folke, »aber die Wange. Auf die muß man sehr gut aufpassen, damit sie nicht abstirbt. Aud, baut ihr auf Erri Lein an?«
Aud nickte stumm.
»Du mußt eine Handvoll Leinsamen kochen, zweimal so lange wie ein Hühnerei. Ich zeige dir dann, was du damit machen mußt.«
»Ich kenne ein altes Messer einer Sippe im Grünbachtal«, warf Frodi ein, »das heilt alles, was es will, Knochenbrüche, Gliederreißen, ja sogar das Alter... Das müßten wir hier haben.«
»Ich und meine Mutter glauben nicht an Messer«, bekannte Folke aufrichtig, während er sich mit einem brennenden Span in der Hand über Aslak beugte, um ihn genau zu untersuchen. »Wir glauben an die Kraft der Kräuter, in die Freyr sein Heil legt...«
»Hast du heilende Hände?« fragte Aud und konnte nicht vermeiden, daß ihr Blick auf Folkes rauhe Hände fiel. An ihnen war nichts zum sehen außer dem Ruß und Schmutz der letzten Stunden.
»Nein«, sagte Folke abwesend, »ich weiß nur, wann die Kräuter ihre stärkste Kraft haben: manche bei Beginn des Sommers, andere zur Erntezeit. Aber längst nicht so gut wie meine Mutter.«
»Dann ist dein Vater ein großer König mit viel Heil«, mutmaßte Aud, die sich davon nicht abbringen lassen wollte, daß ein Mann, der sich um Verletzungen kümmerte, ein besonderer Mann sein mußte.
Folke löschte den Span und wehrte verlegen ab. »Nein, Aud, wirklich nicht! Meine Mutter hat heilende Hände, und ich

habe manches bei ihr abgeschaut. Aber bitte, beeil dich nun.«

Frodi stand betreten neben Aslaks Lager. Und wenn er sich anfangs geärgert hatte, daß Folke so brüsk abgelehnt hatte, was bei ihm zu Hause Brauch war, so war er doch aufrichtig genug, um bei Auds Frage endlich zu verstehen, daß Folke nicht nur Schiffsheil besaß. Kein Wunder, war er doch der Sohn von Frau Aasa. Mit Ehrfurcht dachte er an Mutter Aasa. Sie hatte mehr Heil im kleinen Finger als sein König vom Kopf bis zu den Füßen; das hatte er damals schon an ihren zierlichen Schuhen gesehen.

Während Frodi und Aud den Verletzten nicht zu verlassen wagten, suchte Folke sich vor dem Haus zwei Stöckchen, die er scharf anspitzte. Im Licht eines neuen, jetzt von Frodi gehaltenen Spans begann er, die verkohlten Hautteile von Aslaks Gesicht zu zupfen.

Aslak war schon halb in einen erschöpften Schlaf gesunken, aber ein wenig konnte er wohl fühlen, daß jemand sich an ihm zu schaffen machte. »Was machst du?« hauchte er mit geschlossenen Augen.

»Totes muß weg«, sagte Folke, »unter Totem gedeiht nichts Lebendiges.«

»Das glaube ich dir«, murmelte Aslak, »unter Alfs Händen wird nie etwas Lebendiges gedeihen. Der Mann ist ein Geschöpf Utgards.« Dann überkam ihn ein quälender Hustenanfall.

Folke überlief es kalt. Eine solch schlechte Meinung hatte er von Alf nicht gehabt. Aber ein Mann wie Aslak sagte nichts Unbesonnenes. Außerdem kannte er Alf länger.

»Ich bin fertig«, stellte Aud an der Feuerstelle fest und rührte behutsam in einem Tiegelchen, während sie auf Folkes weitere Anweisungen wartete.

Als Folke dann soweit war, ließ sich nicht nur Aud unterrichten, wie sie in den nächsten Stunden mit einem Leinentuch die Wunden von Aslak abtupfen mußte, sondern auch Bjarke und Frodi lauschten aufmerksam. »Du darfst das Tuch auch liegenlassen, wenn die Wunde nicht mehr näßt. Aber niemals antrocknen lassen«, mahnte Folke. »Und es wäre gut, wenn du das Leinwasser nach einiger Zeit erneuern könntest.«

Aud nickte. »Der Preis ist gering für das, was ihr beide für Visby getan habt.«

Wenn sie gar nicht erst gekommen wären, wäre der Preis noch geringer gewesen. Aber Folke hatte keine Lust darauf hinzuweisen. Was geschehen war, war geschehen. Mit Frodi hinter sich verließ er das Haus.

Als Folke und Frodi am Strand anlangten, waren die zwei Katen niedergebrannt, aber die dritte endgültig außer Gefahr. Ulf umkreiste das Gebäude und hielt die Brandwache. Also hatte Hjalti eingesehen, daß es besser war, das Dorf nicht allzusehr zu schädigen, dachte Folke erleichtert. Offenbar war das nicht alles, was Hjalti veranlaßt hatte. Bei ihm stand mürrisch Alf und scharrte mit dem Fuß im Sand. Als Folke nahe genug war, um hören zu können, was gesprochen wurde, sagte Alf gerade trotzig: »Ich mochte nicht warten, bis wir wieder in Norwegen sind. Eine Wassertauche ist keine Kleinigkeit.«

»Es hätte nicht viel gefehlt, und Aslak wäre ein toter Mann gewesen. Das ist auch keine Kleinigkeit«, entgegnete Hjalti ernst.

»Nein«, stimmte Alf ihm mit funkelnden Augen zu, »mit Kleinigkeiten geben wir uns nicht ab, wir beide. Aber ich habe das Recht auf große Taten. Ich bin schließlich ein Verwandter von Geirmund. Tadeln mußt du ihn. Wer ist er denn schon?«

Hjalti brauste auf. »Was das betrifft«, sagte er so laut, daß es jeder am Strand hören mußte, »so mußt du erst jemand werden, den man rühmen kann. Aslak aber ist es bereits. Von Aslak dem Glutbezwinger wird man ab jetzt in ganz Norwegen an den Herdfeuern singen, und wenn man in diesem Zusammenhang deinen Namen nicht nennt, so kannst du froh sein!«
Hjaltis Abschied von Geirmunds und vielleicht auch seinen eigenen Träumen schien Folke das mindeste zu sein, was als Kaufpreis für Aslaks Haut entrichtet werden konnte. Aber er war erleichtert, daß Hjalti sich endlich offen auf Aslaks Seite geschlagen hatte. Folke blieb stehen und sah Hjalti entgegen, der Alf stehenließ und auf ihn zukam.
»So viel hält sein Verwandter wohl von ihm auch nicht, daß er ihm ein gutes Schwert mitgegeben hätte!« flüsterte Frodi in Folkes Ohr. Folke nickte und dachte an den minderwertigen Sax, den Alf auf dem Schiff verloren hatte. Wahrscheinlich war es Alfs wunder Punkt, daß die Verwandtschaft, deren er sich ständig rühmte, gar nicht so eng war. Und möglicherweise war Geirmund von ihr wesentlich weniger begeistert als Alf.
In der Zwischenzeit war Hjalti herangekommen. Er ließ sich in wenigen Worten berichten, was Folke unternommen hatte, und nickte dann zufrieden. »Nur ungern würde ich einen weiteren Mann zurücklassen«, erklärte er entschieden. »Wir werden ihn holen, wenn wir klar zum Auslaufen sind. So lange mag er sich unter einer sanften Frauenhand erholen.« Dann drehte er sich um und winkte seine Leute zusammen. Nicht alle waren da. Hrolf und Bolli und noch einige andere fehlten. »Wir können bald abfahren, Männer. Sucht die anderen. Was sie bisher aufgetrieben haben, muß reichen. Viel kann das Dorf ohnehin nicht hergeben.«
Siedendheiß fiel Folke ein, daß er mit der Reparatur noch

nicht fertig war. Viel mehr, als das passende Holz auszusuchen, hatte er nicht erledigt. Aber bevor er sich Hjalti erklären konnte, wirbelte auf der Dorfstraße Staub auf.
Die Bauern und Fischer kamen in breiter Front die Straße herab, und ihre schlurfenden, zögernden Schritte bewiesen deutlich, daß ihr Kampfeswille nicht sehr groß war. Und einen Krieg beginnt man ja auch nicht mit kleinen Kindern an der Seite: die sprangen zwischen den Männern umher und waren mit dünnen Stecken bewaffnet, während die Erwachsenen ihre Äxte und schwachen Lindenschilde geschultert hatten, und wer keine besaß, hatte sich mit einem Knüppel oder einer Heugabel ausgerüstet.
Sogar zwei alten Männern, denen der Speichel aus dem offenen Mund am Kinn entlanglief, und einem Hinkebein hatten sie Knüppel in die Hand gedrückt. Mit diesem Aufgebot von Kindern und Blöden wollten sie offensichtlich eine Forderung vorbringen.
Hjalti und seine Männer stellten die Schilde vor sich und nahmen Sax oder Axt in die Hand, verhielten sich aber ruhig. In Speerwurfweite machten die Bauern halt. Einer von ihnen trat vor, und als sich Staub und Aufregung gelegt hatten, erkannte Folke Ragnar. Er rief: »Hjalti, ich will mit dir sprechen«, und ließ dann seine Axt auf die Erde fallen.
Hjalti, der sich von einem Bauern nicht übertrumpfen lassen konnte, gab Schild und Sax an Ulf ab und trat ebenfalls vor. »Da bin ich«, sagte er. »Sprich.«
Als Ragnar den Mann endlich zu sehen bekam, der das Heil des Königs Geirmund mit sich trug, erschrak er. Er versuchte, sich nicht anmerken zu lassen, wie sehr er sich überwinden mußte. »Schwer ist's, gegen das Heil eines Königs zu kämpfen, auch wenn der nur seinen Steuermann geschickt hat«, sagte er mutlos zu seiner weggeworfenen Axt und dann laut zu Hjalti: »Ich fordere Buße von dir!«

Während Hjalti erstaunt lauschte und wartete, ob noch etwas kam, brachen die Männer angesichts der wehrhaften, zitternden Bauern, die von einem schielenden, großmäuligen Zwerg angeführt wurden, in brüllendes Gelächter aus.
»Bei Thor! Wofür?« rief Hjalti zurück und hob die Hand, damit sie still würden und er die Rechtfertigung der Bauern hören konnte.
»Für den Tod des Bogenmachers«, rief Ragnar zurück.
Hjalti schüttelte verwundert den Kopf, dann fragte er in die Runde der Männer hinein: »Weiß einer von euch etwas vom Tod des Bogenmachers?«
Keiner wußte etwas.
»Wir haben keinen Mann außer dem Bauern getötet, der unseren Bard erschlug, und das war rechtens«, sagte Hjalti verärgert. »Kein Lug und kein Trug und kein Hinterhalt.«
Der Bauer Ragnar nahm seine Axt auf und trabte näher, ohne darauf zu achten, daß die Norweger in Bereitschaft gingen. »Das muß besprochen werden«, nuschelte er und rollte die Augen, deren Blickrichtung auch Hjalti verwirrte. »Sie bringen ihn gleich her, dann kannst du dich überzeugen.«
In diesem Moment bildeten die Bauern bereits eine Gasse für zwei Männer mit einer Bahre aus Knüppeln. Schweigend setzten sie die vor Hjalti und Ragnar ab.
Vom Kopf des Mannes war nicht viel übrig, aber sonst war er einigermaßen wohlerhalten und hatte unzweifelhaft noch bis vor einigen Stunden gelebt. Als Folke sich bückte und seine Hand anfaßte, war diese jedoch schon eiskalt.
»Ich weiß nicht, wie er heißt«, sagte Ragnar, »aber der Totschläger war bestimmt derjenige, den ihr auf Erri zurückgelassen hattet. Weil er zu eurer Mannschaft gehört, fordere ich von dir Buße. Ich würde sie auch von dem Täter entgegennehmen, aber er ist fort. Und deine Buße ist mir sogar lieber als seine.«

»Wen meint er denn?« fragte Hjalti, zu erstaunt, um gegen die Forderung zu protestieren.
»Sven!« sagte Folke hart. Ausgeschlossen war es nicht. Wer stiehlt, mordet auch.
»Ein Werwolf ist derjenige, den du Sven nennst!« rief Ragnar furchtsam. »Seine Augen leuchten im Dunkeln, und wen ihr Schein trifft, der muß sterben. Bei Tage sengen sie die Fruchtbarkeit unseres Tales ab. Einige Kälber sind bereits tot.«
Die Bauern rückten zusammen, und drüben bei der Dorfbevölkerung, zu der mittlerweile die Frauen gestoßen waren, ging ein Aufstöhnen durch die Reihen. Die Norweger blickten über die Weiden und den Wald. So weit das Auge reichte, war nichts Unterirdisches zu sehen, aber das Lachen war ihnen trotzdem vergangen.
Hjalti riß sich gewaltsam aus der Angst heraus, die diese Insel ihm allmählich einflößte. »Wer hat ihn gesehen?« fragte er mühsam.
»Zum Glück noch niemand ganz genau«, antwortete Ragnar mit fester Stimme. »Er steht meistens vor dem Burgwald, und aus dieser Entfernung haben seine Augen keine böse Kraft. Aber aus der Nähe . . . Na ja, du siehst ja selbst.«
Sie blickten auf den Toten: ein freier Mann, der bei Nacht ermordet worden war. Er war nicht einmal bekleidet, und außer der Kopfwunde hatte er eine Stichwunde im Rücken. Der Mörder mußte ihn von hinten heimtückisch überfallen und dann in maßloser Wut auf ihn eingeschlagen haben.
So handelt kein Mann von menschlichem Wesen, nur ein Ausgestoßener, ein Friedensbrecher.
Hjalti nickte und sagte: »Du hast schon recht. Aber auf eure Werwölfe müßt ihr selber aufpassen. Und wir wollen machen, daß wir von der Insel kommen. Mit Werwölfen haben wir Norweger keinen Umgang.«

Ragnar heulte vor Wut auf. »Die Buße! Die Buße!«
Währenddessen nahm Hjalti seine Waffen auf. »Holt euch die Buße vom Werwolf«, murmelte er leise und mußte an sich halten, um nicht fortzurennen. Nur die Gesamtheit seiner bewaffneten Männer hielt ihn davon ab, in Panik zu geraten. Er war ein gläubiger Mann, und Utgard mit seinen Dämonen flößte ihm tiefe Angst ein. Die Männer spürten seine Unruhe und schulterten ebenfalls Schild und Äxte, und so wußten die Bauern, daß die Gelegenheit, sich friedlich zu einigen, vorüber war.
Ragnar lief flink wie ein Wiesel um die Bahre herum und pflanzte sich vor Hjalti auf. Zerlumpt, wie er war, mit zermürbtem, verängstigtem Gesicht, besaß er doch den Mut, für einen Toten, der zur Dorfgemeinschaft gehörte, Rechenschaft zu fordern von Männern, die bis an die Zähne bewaffnet waren. Aber er war so erregt, daß er am ganzen Körper zitterte und kein Wort herausbrachte. Sein gesundes Auge blickte Hjalti böse an.
Die Männer neben der Bahre starrten mit vor Angst stumpfen Gesichtern auf den Boden und konnten ihrem Wortführer nicht beistehen.
Entsetzt von Ragnars Wildheit, trat Hjalti rückwärts, und die Mannschaft faßte das als Zeichen zum Rückzug auf. Wie ein Mann setzten sie sich in Bewegung.
Da die Norweger nun am Weggehen waren und Ragnar nichts unternahm, schüttelten die anderen Bauern ihre Stökke und Äxte drohend.
»Zahlt die Buße!« verlangte einer, und ein anderer schrie: »Wenn ihr keine Buße leistet, wollen wir Rache!«
»Und wir werden uns an die Besseren halten!« brüllte ein ganz Verwegener aus der hintersten Reihe.
Das Schiffsvolk aber war unlustig zum Kampf. Es drängte sie, von dieser Insel fortzukommen, auf der sich Werwölfe herum-

trieben, je eher, desto besser. Geschlossen machten sie sich zum Strand auf. Ulf drückte die Spitze seines Speers gegen die Schulter von Ragnar, um ihn aus dem Weg zu schaffen, und dieser wich dem spitzen Schmerz aus, ohne daß Ulf nachstoßen mußte.

Folke blieb neben dem Erschlagenen. Tief in ihm arbeitete ein Gedanke, den er noch nicht fassen konnte, und es half ihm auch nicht, daß er sich die Stirn mit der Faust rieb, bis sie schmerzte.

Der Mann hatte ausgesprochen lange Arme, sie reichten ihm bis unter die Knie. Dann würden die Bogen lang gewesen sein, die er gefertigt hatte. Auch Sven war Bogenmacher gewesen.

Hatte das eine mit dem anderen etwas zu tun?

Wenn Sven wirklich der einsame Waldläufer sein sollte, dann hatte er es eigentlich nicht nötig, einen Bogen zu stehlen. Er konnte ihn selber anfertigen, er wußte, welches Holz er nehmen mußte und wie er es zu behandeln hatte. Demnach wäre Sven bestimmt der einzige Mann auf Erri, der den Bogenmacher bestimmt nicht aufsuchen mußte. Dagegen konnte jeder andere den Mann erschlagen haben. Auch von hinten. Aud hatte ja gesagt, daß die Visby-Leute nicht wie andere Menschen waren . . . Mehr und mehr verstand er, was sie nur angedeutet hatte.

Bedächtig holte Folke aus einer seiner tiefen Taschen ein paar von den Holzlocken heraus, die er ohne besonderen Grund immer noch aufbewahrt hatte. Darunter befand sich auch ein kleiner Holzpflock aus Holunderholz, den er aus einem der Bohrlöcher auf dem »Grauen Wolf« gezogen hatte. Er blies die Locken von seiner flach ausgestreckten Hand und betrachtete den Dübel. Holunderholz. Es konnte nichts Ungeeigneteres als Dübelmaterial geben als brüchigen Holunder mit frischem Mark. Am besten wußten das die Männer, die

berufsmäßig mit Holz zu tun hatten. Und allmählich formte sich in Folke eine Vorstellung davon, wie Sven vorgegangen war, als er den »Grauen Wolf« versenkt hatte.
Gerade wollte er den anderen nachsetzen, als er Hrolf und Bolli schwer beladen die Dorfstraße herunterkommen sah. Sie beachteten die wütenden Bauern nicht, und diese machten ihnen schweigend Platz trotz der Drohungen, die sie noch vor kurzem ausgestoßen hatten. Folke wartete auf die beiden Männer. Zuerst dachte er, Hrolf sehe ihn nicht, weil der mit dem Sack auf dem Rücken an ihm vorbeimarschierte, ungeachtet der Tatsache, daß Bolli ihn freundlich ansprach.
»Ich dachte, du wärst bereits bis Birka und noch weiter«, knurrte Hrolf, als Folke an seine Seite sprang. »Ich an deiner Stelle würde mit meinem Leben nicht so spielen. Auch wenn es nicht viel wert ist!«
»Was?« stammelte Folke, bis ihm einfiel, was Aslak erzählt hatte. »Ich glaube, du denkst noch allen Ernstes, daß ich den ›Grauen Wolf‹ versenkt habe!«
»Denken?« fragte Hrolf höhnisch, ohne Folke einen Blick zu gönnen. »Wissen! Du bist der einzige, der täglich mit einem Bohrer umgeht und, vor allem, einen hat. Und ist das alles nicht erst passiert, seitdem du an Bord gekommen bist?«
»Einen Augenblick!« sagte Bolli und warf seine Last ab. Die Arme in die Seiten gestemmt, breitbeinig auf dem spärlich bewachsenen Weg stehend, sah er von Hrolf zu Folke. »Willst du behaupten, dieser stoppelbärtige Jüngling, den wir freundlich aufgenommen haben . . .?«
Hrolf nickte.
»Dann soll er ertränkt werden«, entschied Bolli und machte sich mit ausgebreiteten Armen daran, Folke einzufangen wie ein Schaf auf der Weide.
»Welchen Grund hätte ich denn?« schrie Folke, denn jetzt ging es um sein Leben. Gegen den kräftigen Bolli würde er

nicht ankommen. »Ohne meine Hilfe hätte Hjalti euer Schiff bereits bei Stexvig in Grund und Boden gesegelt!«
Bolli schob seine Wollkappe zurück und blinzelte verwirrt. »Das stimmt.«
Folke wich dennoch vor ihm zurück. Bolli war trotz seiner Schwergewichtigkeit schnell, und wenn er sich plötzlich anders besann . . . Ohne ihn aus den Augen zu lassen, zog Folke den Holunderdübel aus der Tasche. Er warf ihn Hrolf vor die Füße. »Sieh dir den an. Damit waren die Bohrlöcher in den Planken verstopft worden. Dieser hier war zu dick und wurde nicht herausgeschwemmt, wie Sven es geplant hatte.«
»Sven!« stieß Hrolf aus, bückte sich und hob das Holzstückchen auf. Dann ließ er sich auf die Steine fallen. Bolli setzte sich mit neugierigem Gesicht neben ihn.
Folke traute dem Frieden noch nicht ganz und hielt sich in angemessener Entfernung. »Sven hat zu der Zeit gebohrt, in der Alf die Wache versäumte, und dann die Löcher mit Holunder verschlossen, damit der ›Graue Wolf‹ nicht bereits im Hafen versank. Die meisten Dübel wurden herausgedrückt, und wo nicht, drang genug Wasser durch das Mark. Und wenn kein einziger Dübel herausgeschwemmt worden wäre, hätte es eben länger gedauert.« Das alles sprudelte Folke in großer Hast hinaus, um die beiden Männer zu überzeugen.
Hrolf drehte und wendete den Dübel zwischen den Fingern und sagte kein Wort. Auch Bolli war sprachlos. Endlich kniete sich Folke vor Hrolf in den Sand. »Sechs Bohrlöcher habe ich allein im Vorschiff gezählt, aber es werden im übrigen Rumpf noch mehr gewesen sein. Erinnerst du dich, wie du sagtest, wir hätten Muscheln angesetzt?« fragte er und wartete kaum Hrolfs Nicken ab, um die Erklärung zu liefern, auf die er gekommen war: »Wahrscheinlich hatte Sven da bereits ein paar Löcher gemacht. Auf der Insel mit dem

Wachtturm war er allein auf dem Schiff. Auch ich merkte, daß wir nicht soviel Fahrt machten, wie wir eigentlich hätten sollen.«

»Was du alles weißt«, stellte Bolli mit großer Bewunderung fest.

»Einer der alles weiß, übersieht manchmal das Wichtigste.« Hrolf schmetterte den Dübel so heftig in den Sand, daß er verschwand, und sah Folke ins Gesicht. »All das trifft zu, das glaube ich dir. Aber Sven hat kaum Verstand genug, um zu begreifen, wie er das Ruder bedienen muß. Glaubst du, er hätte so raffiniert planen können? Sven, der arme Tropf, den seine Verwandtschaft am Schiff abliefern mußte, damit er hinfand! Im übrigen ist er wohl nach Haithabu zurückgeflüchtet, um seine Sippe vor uns zu warnen. Nein! Du warst es, und das ist auch der Grund, weshalb du so genau weißt, was passiert ist!«

Während Folke, tief bestürzt, im Sand nach dem Dübel grub, sprang Hrolf auf. Er war so verletzt über die hinterhältige Art eines Mannes, den er anfangs gut hatte leiden können, daß er sich mit ihm nicht mehr abgeben wollte. Er überließ es Bolli oder wem immer, ihn totzuschlagen.

Bolli, der sich anderen gern anschloß und sich so schnell auch nicht entscheiden konnte, sah Folke forschend ins Gesicht. »Was stimmt denn nun?«

Folke stieß einen tiefen Seufzer aus. »Sven war es. Er hat das Boot versenkt und ist aus Entsetzen darüber zum Werwolf geworden. Er stiehlt und mordet jetzt auch, jedenfalls glauben das die Bauern. Sie haben eben einen Toten gebracht und verlangen Buße für ihn.«

Ohne ein Wort erhob sich Bolli und stapfte Hrolf hinterher. Er wußte genug, und er glaubte Folke.

Folke ging mit düsteren Gedanken einen anderen Weg. Er mied die Männer am Strand, lief auf dem Uferpfad zu dem kleinen Ruderboot, mit dem er gekommen war, und ruderte zurück zum Knorr. Er hatte versprochen, das Boot zu reparieren, und er würde es tun.

Bis die ersten Norweger auf dem Schiff anlangten, war er schon gut vorangekommen. Sie sprachen nicht mit ihm, jagten ihn aber auch nicht fort. Sie mußten am Strand lange darüber diskutiert haben, was wirklich geschehen war, denn sie waren sehr lange ausgeblieben. Folke hatte das Gefühl, daß sie sich uneins geblieben waren. Trotzdem war es ihm unangenehm, ihnen bei der Arbeit den Rücken zuzukehren, und er achtete insgeheim darauf, daß er immer wußte, wo jeder einzelne von ihnen sich befand.

Am Nachmittag war er endlich fertig. Das Ruder lief wie geschmiert auf dem neuen Lagerblock. Er gab Hjalti ein Zeichen, und der Schiffsführer kam ohne Eile heran.

»Es ist soweit, Hjalti«, sagte Folke. »Ich habe das Boot geprüft. Ihr könnt fahren.«

Hjalti nickte ohne Dankbarkeit, aber auch ohne Zorn.

»Eins mußt du mir glauben«, beteuerte Folke, »ich bin gern mit euch gefahren. Ich habe mit euch gegessen und getrunken. Nie hätte ich den ›Grauen Wolf‹ versenkt.«

Hjalti schwieg lange. »Ich glaube dir«, sagte er endlich. »Aber Hrolf tut es nicht, und er hat seine Gründe, so wie ich meine Gründe habe, dir zu glauben. Die anderen sind geteilter Meinung. Und noch eins«, fügte er hinzu, und Folke merkte auf, »einen Freund hast du dir erworben, der dich bis zum Tod verteidigen würde, und er hat sich nun schon gründlich wegen dir mit Hrolf überworfen: Frodi. Er hält viel von dir, und wenn man ihm glauben soll, auch Aslak. Aslak geht es inzwischen besser. Wir werden ihn gleich holen, und du kommst mit. Du wirst zu mir ins Boot steigen, und dein kleines werden wir in Schlepp nehmen. Es ist besser so.«

Folke nickte, obwohl es ihn schmerzte, die Männer auf diese Art verlassen zu müssen, und vor allem: daß Hjalti es für notwendig hielt, ihn zu beschützen. Es wurmte ihn auch, daß Hjalti nicht genug Autorität besaß, um die Mannschaft zu überzeugen. Aber einen erwachsenen Mann kann keiner ändern.
Nicht alle waren an Bord, und nur wenige grüßten, als Folke über die Bordwand kletterte. Dann stieg er zu Hjalti ins Beiboot, und der Knorr blieb hinter ihnen zurück. Allein Hjaltis Wort und seine Anwesenheit hinderte Hrolf daran, ihm Pfeile nachzuschicken. Folke bezwang sich, daß er nicht hinter dem Steuermann in Deckung ging und damit die Angst zeigte, die er trotz allem hatte.

Wiedergänger

11 Der Neiding

Hjalti zog die Ruder kräftig durchs Wasser, viel zu kräftig für das Boot, denn wie bei sämtlichen anderen von Visby auch, war sein Zustand nicht sehr gut. Als es so laut im Holz knackte, daß man es nicht überhören konnte, ließ Hjalti die Ruder ruhen und sah auf sie hinunter, während das Boot sich mit den sanften Wellen hob und senkte und dabei dem Ufer entgegentrieb.

»Jetzt spricht das Holz auch zu mir«, sagte Hjalti und verzog den Mund. »Wo wir nun allein sind, kann ich dir ja sagen, daß ich lieber mit dem Pflug umgehe als mit dem Steuer.«

Folke nickte. »Schiffsholz spricht sonst nicht zu dir, ich weiß.«

»Du hast es bemerkt?« fragte Hjalti mit gerunzelter Stirn. »Na ja, du bist Bootsbauer.«

»Dazu muß man nicht Bootsbauer sein. Die anderen wissen es auch. Auch Alf.«

Der Schiffsführer blieb stumm. Mit Alf war er fertig.

»Es hat schon seinen Grund, daß du den ›Grauen Wolf‹ beinahe auf Grund gesetzt hättest«, fuhr Folke schonungslos fort. »Dein Schiffsverstand ist nicht sehr groß.« Folke sah keinen Anlaß, dem Schiffsführer zu verschweigen, daß er seine Mannschaft gefährdete. Wenn er keine Einsicht zeigte, würde er es im nächsten Sommer wieder tun. Der Bootsbauer machte die Schultern steif und erwartete eine harte Antwort. Aber Hjalti blickte nur finster drein. »Du hast eine Art, einem die Wahrheit zu sagen, daß man sich überlegen muß, mit welcher Waffe man antworten soll: mit dem Dolch oder mit der Zunge ...«

Folke lachte ihn verschmitzt und auch ein wenig erleichtert an. Wer vom Dolch spricht, wird bestimmt nicht danach greifen. Hjalti bemerkte es nicht. Er brach einen gefährlich spitzen Splitter aus dem Holzschaft und ruderte dann mit verminderter Kraft weiter.

»Und weil du stets den Nagel auf den Kopf triffst, glaube ich dir«, fuhr er fort. »Obwohl ich es verständlicher fände, wenn dieser Sven zurückgefahren wäre zu seiner Sippe: er hört alles mit seinen Luchsohren; kennt zufällig das Dorf der Slawen, kennt den Kaufmann aus Haithabu, erfährt von dem Abschluß. Er kehrt um nach Hause, und sie schlagen zu und nehmen uns die Sklaven weg.«

»Das hört sich alles sehr folgerichtig an«, gab Folke zu und starrte über Hjaltis Schulter auf den Strand, »es hat nur einen Fehler.«

»Nämlich?«

»Daß es nicht stimmt. Sieh dich um!«

Hjalti drehte sich um und blickte in die Richtung, in die Folke zeigte. Am Ufer stand Sven und schien auf sie zu warten. Und weiter hinten standen die Bauern und warteten ebenfalls.

Aber was für ein jämmerliches Abbild des früheren Sven stand auf dem Strand und winkte sie an einen stein- und tangfreien Landeplatz! Er hatte kein Wams an, sondern nur eine dünne Tunika, und durch diese spießten und stachen seine Knochen überall hindurch. Der Mann war nur noch Haut und Knochen, und so weit konnte er in den wenigen Tagen aus eigenem Zutun eigentlich gar nicht heruntergekommen sein. In seiner Hand baumelte eine roh zurechtgehauene Holzkeule.

»Hjalti«, fragte er mit weinerlicher Stimme, »bist du es?«

»Ja«, sagte Hjalti widerwillig, während er ins Wasser stieg und das Boot am Bug zum Strand führte, »und ich bin der ganze Hjalti, während du mir nicht einmal mehr der halbe Sven zu sein scheinst. Wo hast du deine andere Hälfte?«

Sven bewegte unverständlich die Lippen und drehte sich dann zum Dorf, hinter dem die Bäume im goldgelben Licht des Spätnachmittags aufleuchteten. »Irgendwo im Wald«, antwortete er traurig. »Ich weiß nicht, wo. Bei den wilden Tieren.«

»Du bist doch nicht etwa selber wild geworden, Sven?« fragte Hjalti argwöhnisch und zog das Boot mit Folkes Hilfe an Land.

»Ein wenig wohl, Hjalti.«

Als der Kiel auf dem Sand knirschte, nahm Hjalti die Leine vom Bug, warf sie auf den Strand und wälzte anschließend einen Stein darauf. »Sie sagen, du wärst zum Werwolf geworden...«

»Das kann möglich sein.«

Folke blieb wie erstarrt stehen und sah Sven an. Er war noch nie einem Werwolf begegnet, und nie hätte er gedacht, daß ein Werwolf so zahm sein könnte. Sven lächelte freundlich mit grauen Lippen, und auch in seinen Augenbrauen und Haaren hing graubrauner Staub. Aber als er den Kopf zu Folke wandte, sah dieser deutlich die angespitzten Zähne, und das Lächeln war nicht mehr freundlich, sondern boshaft, und ganz allmählich verwandelte es sich in das Zähnefletschen eines wilden Tieres.

Folke schielte zu Hjalti hinüber. Dem perlte der Schweiß über das Gesicht, obwohl die Luft herbstlich kühl war, und er roch nach Angst. Sven ließ er nicht aus den Augen und tat auch keinen Schritt auf den Strand hinauf.

Die Bauern waren unaufhörlich näher herangerückt, Stecken und Spieße waagerecht vor sich, so daß sie auf Svens Rücken zeigten und ihn durchbohren mußten, wenn er nach Wolfes Art plötzlich aufsprang.

Hjalti zog laut die Luft ein. »Du bist verändert, Sven.«

»Ich war bei den Maren und Trollen. Auch nachts.«

Hjalti nickte und versuchte Abscheu und Angst vor einem zu überwinden, der sich selbst als Mar herumtrieb. Er zog sich seitwärts auf den Schotterkamm hinauf, so daß er nun auf gleicher Höhe mit Sven stand. Dort fühlte er sich endlich ein wenig sicherer. Er richtete sich auf und wischte den Schweiß aus seinem Gesicht. »Was willst du von mir?« fragte er grob.

»Bitte, nimm mich wieder unter deine Männer auf.« Svens unterwürfige Stimme war rauh, und das konnte anders auch gar nicht sein bei einem, der nachts heulen und jaulen muß.

Hjalti verbarg sein Erstaunen, indem er sich den Oberlippenbart glattstrich. »Sven, ich glaube, du bist kein Mann für die See. Du bist ein Bauer, und dir würden das Land und die Bäume fehlen, die Eschen und Eiben. Denk an den Duft der Kiefernwälder und an den von regennasser Erde. An das Murmeln eines Baches und an den Ruf der Lerche ...«

Folke glaubte seinen Ohren nicht zu trauen. Vor wenigen Minuten hatte er dem Schiffsführer fast dasselbe gesagt. Ob es der Bauer in Hjalti war, der so genau wußte, was dem Mann fehlte? Denn Sven lauschte mit geschlossenen Augen und in den Nacken gelegtem Kopf, während Hjalti vom Land sprach, auf dem er zu Hause war. Sie wußten beide, was sie meinten, aber Folke fühlte sich ausgeschlossen.

Hjalti war ernst wie ein Seher, der die Zukunft verkündet. Deutlich spürte Folke, wie Hjaltis Kräfte mit denen des Werwolfs rangen. »Fahr nach Hause, Sven«, sagte er.

»Ich kann nicht nach Hause«, erwiderte Sven ganz vernünftig, um dann wie ein trauerndes Weib aufzuschluchzen. »Meine Sippe hat mich verstoßen ...«

»Weshalb, Sven?« flüsterte Hjalti eindringlich, und Sven, der sich immer noch mit geschlossenen Augen vor und zurück wiegte, konnte gar nicht anders, als wahrheitsgemäß zu antworten: »Ich habe meinen Bruder erschlagen ...«

»Verwandtenmord, Brudermord«, schienen die Gräser zu

rascheln, die Wellen zu glucksen, die Sandkörner zu knirschen, und die Bauern wiederholten es laut.
»Deswegen nimm mich unter deine Männer auf«, bat Sven nochmals, ohne sich um den Aufschrei der Natur und der Menschen gegen das entsetzlichste Verbrechen, das man in Midgard kannte, zu kümmern. Er kümmerte sich auch nicht darum, daß er längst keinen Anteil mehr an der Welt der Menschen hatte, sondern sich selber zum Untier, zum Neiding gemacht hatte, dessen Welt das frostige Utgard war.
Sven wußte es nicht.
Aber Hjalti wußte es. Er schüttelte langsam den Kopf. »Das geht nicht, Sven. Du hast dich freiwillig von uns losgesagt, und nun kannst du nicht mehr zurück.«
Svens Augen glänzten hoffnungsvoll auf. »Von euch losgesagt? Aber dann hattet ihr mich doch aufgenommen? Dann wirst du es mir doch nicht verweigern, zurückzukommen?«
»Siehst du, Hjalti!« näselte hinter Sven laut und fordernd der Bauer Ragnar. »Nun gibst du es selbst zu. Also bezahl du die Buße! Es sieht nicht aus, als ob es viel bei diesem dürren Gespenst zu holen gäbe!«
Sven schnurrte mit einer Geschwindigkeit um die eigene Achse, die der kümmerlichen Gestalt niemand zugetraut hätte. Und hinterher wußte auch niemand zu sagen, wie es kam, daß Ragnar ein Messer in der Brust steckte. Mit einem kaum hörbaren Stöhnen sank er zu Boden und war tot, noch bevor die Stranddisteln sich unter seinem Gewicht flachlegten.
»Er ist ein Unhold«, raunten sich die Bauern zu. So schnell sie konnten, rannten sie den Berg hinauf, hinter ihnen blieben die älteren, schwächeren Männer japsend zurück und auf der Straße die Stecken, und auf alles senkte sich nach einer Weile der Staub, den die Flüchtenden aufgewirbelt hatten. Mitten im Dreck lag der Leichnam Ragnars.

Sven drehte sich wieder zu Hjalti und Folke um, die sich nicht zu rühren gewagt hatten. Sven lächelte trübe und streckte seine offenen Hände aus. Er betrachtete sie, als hätte er sie noch nie gesehen. »Was ich anfasse, gelingt mir nicht!« murmelte er. »Ich konnte nicht rudern, und ich kann auch keine Bogen mehr machen.«

Beinahe hätte Folke aufgeschrien, aber er biß die Zähne zusammen, bis sie schmerzten. Die Bauern hatten mit ihrer Anklage also doch recht gehabt. Sven hatte sich auch nicht wehren können, als er von Aslak den beleidigenden Namen bekommen hatte, und jeder hatte gemerkt, daß er feige war. Aber niemand hatte ahnen können, daß er deshalb feige war, weil er damals schon vom Tode gezeichnet war, oder auch umgekehrt ... Sven war so gut wie tot. Hier lief nur noch sein Leichnam herum; die Hülle, die dem Neiding die äußere Form gab, die Umrisse, die den Bauern nachts Todesangst einjagten.

Folke räusperte sich vorsichtig. »Mit dem Bohrer konntest du gut umgehen. Warum hast du den ›Grauen Wolf‹ angebohrt?«

Sven, der auf dem »Grauen Wolf« nicht ein einziges Mal gelacht hatte, lächelte Folke an, bis dieser die schwarzen Zahnstummel sehen konnte. Folke wich entsetzt zurück, als ihn der üble Hauch des Aasfressers anwehte. »Ja, das ging mir gut von der Hand, ich war selber froh darüber. Meine Sippe sollte zu wissen bekommen, daß ich ihr nicht abtrünnig geworden bin, obwohl ..., obwohl ...« Die Verzweiflung überkam ihn wieder, und er konnte nicht weitersprechen; aber es war wohl so, daß er hatte verhindern wollen, daß die Norweger seiner Sippe zuvorkamen.

Das war der alte Sven, dachte Folke, der im einen Moment schwarz, im anderen weiß sagte, Sonne und Schnee, Leben und Tod, alles auf einmal. Vielleicht war er so geworden, seitdem er zum Neiding geworden war. Oder war er vielleicht schon als Neiding geboren, und nur die zufällige Anwesenheit seines Bruders zur vorbestimmten Zeit hatte seine Hand geführt und ihn entlarvt? Folke schüttelte den Kopf. Ein Neiding würde solche Fragen nicht beantworten können. Ein Neiding war kein Mensch.

Unter Hjaltis Füßen knirschte der Sand, er war nach unten gesprungen. Folke folgte ihm vorsichtig.

Sven stand oben, fassungslos und unglücklich, und blickte auf die Schiffsleute hinunter, die ihn abgelehnt hatten.

Hjalti aber, der großgewachsene Mann, der auf See zuweilen Schwächen zeigte, wuchs über sich selbst hinaus. ». . . und sie liefen wie Wölfe nach dem Walde«, flüsterte er den Teil einer Liedstrophe, die auch Folke kannte.

Sven nickte. Dann drehte er sich Schritt für Schritt um und fing an zu laufen. Und immer schneller wurde er, er lief und sprang über Rinnsale, und lief und sprang wieder, und rannte und rannte auf den Wald zu, in dem er verschwand, und dabei wurde er einem Wolf immer ähnlicher.

12 Zweikampf

Als Sven fort war, stieß Folke einen tiefen Seufzer aus.
»Ja«, sagte Hjalti, »wir sind ihn los. Aber die Bauern nicht. Sie werden Steinhügel über ihn häufen oder weit draußen auf See ertränken müssen. So einer kommt immer wieder ...«
Er wischte den Sand von seinem roten lederbeschlagenen Schild ab. Sven schien seinen weißen eingebüßt zu haben. Er hatte überhaupt manches in den wenigen Tagen eingebüßt. Und wenn er auch eine gute Begründung für das Versenken des »Grauen Wolfs« angeben konnte – es war sein Schicksal gewesen, daß er ihn anbohren mußte, selbst wenn er anders gewollt hätte. Ein Neiding hat keinen Willen; nichts umgibt ihn als der frostklirrende, dämonendurchschwirrte Raum.
Hjalti wurde in seinem Gedankengang von Folke aufgeschreckt, den stets das Nahe vor dem Fernen interessierte.
»Wer weiß, wie viele Männer er schon erschlagen hat und noch erschlagen wird?«
»Die gehen uns nichts an«, erwiderte Hjalti.
»Geht dich Geirmunds Sklave nichts an?«
Hjalti ließ seinen Schild fahren und sah Folke an. »Du meinst, er ist es gewesen?« Als Folke nickte, blickte er zum Waldrand hoch, in dem Sven verschwunden war. »Hättest du mir das vorhin gesagt, läge er jetzt tot vor uns im Sand.«
»Hier«, sagte Folke und malte mit dem Zeigefinger den Umriß von Svens Schuhen im Sand nach, »hier hast du den Beweis. Er trug die Schuhe des Sklaven Wertizlaw. Sie waren wohl besser als seine eigenen.«
»Sicherlich. Wir gaben uns nicht zufrieden, bevor wir den Besten aus diesem Dorf eingefangen hatten. Und es ist schlimm, daß ein solcher Mann unter der Keule einer Neiding-Bestie enden mußte.«

Folke lächelte. Högni und Hjalti würden sich heute besser verständigen können als noch vor wenigen Tagen. Er selber wußte nun, daß Högni sich aus dem Staub gemacht hatte im gleichen Augenblick, als er merkte, daß der Sklave erschlagen worden war, und zwar lange bevor die Schiffsleute ihn gefunden hatten. Die Anzahlung war für den ersten lebenden Sklaven gewesen . . . Högni übertraf sie alle an Schlauheit. Er hatte Aud wie einen Spielstein über das Brett geschoben und ihr trotzdem noch Dankbarkeit abgenötigt. Er war sich auch nicht zu gut gewesen, Sven einen Bohrer abzukaufen, von dem er sich denken konnte, daß er Diebesgut war. Folke mochte Högni weniger denn je.

»Woran denkst du?« fragte Hjalti, der Folke beobachtet hatte. »Es scheinen angenehme Gedanken zu sein.«

»Eigentlich nicht«, erwiderte Folke.

»Nun gut.« Hjalti schulterte seinen Schild ungeachtet der Bauern, die immer noch am Dorfeingang standen, und trabte auf die Dorfstraße zu.

Folke folgte ihm schnell und schloß auf. »Ich glaube gar nicht, daß Sven den Sklaven getötet hat, weil er alles zerstören muß, was für andere einen Wert hat.«

Hjalti sah ihn während ihres schnellen Ganges überrascht an. »Das wäre aber Neiding-Art.«

»Trotzdem. Ich denke, Wertizlaw hat Sven beim Anbohren des Schiffes beobachtet. Er hatte große Angst, ich habe das selber gesehen, aber nicht verstehen können. Wertizlaw dachte wohl, Sven wollte uns auf der Stelle versenken. Jedenfalls, vermute ich, konnte Sven nicht riskieren, daß er uns darauf aufmerksam macht.«

»Du findest für alles eine Erklärung, Folke. Du bist ein Mann der Gedanken. Und Gedanken sind mitunter eine schärfere Waffe als Worte.« Hjalti sagte es ohne Neid, und Folke nickte ohne Stolz. »Aber man kann sie nicht zurückhalten,

und deswegen sind sie gefährlich. Du mußt lernen, sorgsam mit ihnen umzugehen.«
Darüber dachte Folke noch nach, während sie an den Bauern vorbeikamen. Seitdem er als Jugendlicher seine kindlichen, runden Formen verloren hatte, waren auch seine Gedanken schärfer geworden, in den letzten Jahren besonders schnell. Und nachdem ihn bereits Aslak und nun auch Hjalti gewarnt hatten, wurde es Zeit, sie ein wenig zu bändigen. Er zog bei weitem gute Freunde guten Feinden vor.
Die Bauern machten keine Anstalten, Hjalti und Folke aufzuhalten, denn für die Taten eines Neidings fordert niemand Rechenschaft oder Buße. Immer noch hatten sie Ragnar nicht geholt. Dafür war Zeit genug, sobald die Norweger abgefahren waren. Ihre angespannten Gesichter zeigten, daß sie ihnen nicht trauten.

In Auds Haus war alles ruhig, und die Tür stand offen. Hjalti und Folke traten ein, begleitet vom Hund, der Folke nun schon kannte.
Aslak saß auf einem Hocker und sah ihnen entgegen. Er war wieder recht munter, wie Folke zu seiner Genugtuung feststellte, als seine Augen sich an das Dunkel gewöhnt hatten.
»Nun, Folke, bist du gekommen, um dein Versprechen einzulösen, mir von den Kaufleuten zu erzählen? Es wird Zeit.«
»Ja, es wird Zeit«, erwiderte Hjalti, »aber nicht für Geschichten. Noch sitzt du nicht am heimischen Feuer.«
Aslak verstand und erhob sich.
Er trug nun ein anderes Wams als vorher, es war tief dunkelblau eingefärbt und paßte kaum in das Dorf, in dem alle in Grau gehüllt waren. Aber auch Aud hatte ja nicht immer hier gelebt, fiel Folke ein. Die Flammen des abendlichen Kochfeuers warfen helle und dunkle Schatten auf Aslaks Wangen, die rötlich aufleuchteten.

»Meine Mutter Aasa würde mit dir zufrieden sein«, sagte Folke, als er außer sauberem Fleisch weder herausstehenden Knochen, noch freiliegende Zähne oder schwarzverbrannte Haut in Aslaks Gesicht entdecken konnte.

»Und mit dir.« Aslak verzog seinen Mund etwas ungewohnt, aber er konnte doch sprechen. Dann zeigte er ungebeten seine Hände vor. »Aud hat unerbittlich getupft und gekühlt. Jedes Mal, wenn ich sagte: nun ist es genug, hat sie sich auf dich berufen und gesagt, sie sei es dir schuldig. Freyr verhüte, daß sie dir jemals noch mehr schuldet! Dann läßt sie mich wohl gar nicht mehr aus ihren Fängen.«

Aber Aud sah ohnehin nicht aus, als beabsichtige sie, Aslak je wieder freizugeben. Sie lächelte sehr zufrieden, wie jemand, der plötzlich statt eines Kalbs auf der Weide zwei vorfindet. Hjalti lachte schallend. Er kniff Aud in die Wange. »Nun, dann werden wir dir wohl in Zukunft öfter die Verbrannten schicken. Und Aslak wird sich endlich einen eigenen Hof bauen müssen. Es hat auch seine Vorteile, wenn einer seßhaft wird.«

Aslak legte seine Hand auf Auds Schulter. »Wir haben alles besprochen. Bjarke wird am Ende der Wintermonate das Brautgeld erhalten, und ich werde Aud im nächsten Sommer zu mir holen. Bis dahin wäre ich froh, sie unter der Obhut deiner Mutter zu wissen, Folke.«

Folke, der sich für Aud freute, daß sie Herrin eines Hofes werden würde, nickte überrascht.

»Sie ist hier nicht mehr sicher«, erklärte Aslak ernst. »Nun, wo auch Ragnar tot ist, schäumen sie vor Wut über Aud. Ich fürchte, sie werden sich an ihr rächen wollen. Nach Auds Meinung sind diese Bauern nicht berechenbar.«

»Sie waren nie berechenbar. Aber nun könnte es sein, daß sie Bjarke und mich töten, weil sie vor Sven zuviel Angst haben. Als Ersatz...«, ergänzte Aud ruhig.

»Meine Mutter wird sich freuen«, versicherte Folke. »Ich bin nur ein stümperhafter Lehrmeister, aber sie wird dir alles zeigen, was sie selber weiß. Du wirst Aslak mehr zu bieten haben als die Behandlung von Brandwunden.«
Auds Augen leuchteten auf. Es war schwer, ohne Sippe ganz auf sich allein gestellt zu sein, und fast unmöglich war es für eine Frau, unter solchen mißlichen Umständen in eine gute Familie hineinzuheiraten. Aber wenn sie mit heilkundigen Händen kam, würde niemand Rechenschaft über ihre Sippe verlangen.
Aslak, dessen Gedanken wie die von Hjalti an Land besser ihr Ziel fanden als auf See, war mit seinen Gedanken anderswo. »Es ist sogar fraglich, ob wir Folke, Aud und Bjarke überhaupt hier zurücklassen können.«
»Aber ich fahre doch nicht auf einem alten Knorr nach Norwegen«, lehnte Folke empört ab, »die Schande tue ich weder mir noch meinem Vaterbruder Thorbjörn an. Ich warte, bis ein Schiff hier vorbeikommt, das nach Haithabu bestimmt ist. Es ist ja schließlich noch nicht Winter! Und gegen die Bauern werden wir wohl standhalten können, Bjarke und ich.«
Bjarke sprang sofort, um seinen alten Sax zu holen, und die Männer sahen ihm schmunzelnd nach, während sie unentschlossen verschiedene Möglichkeiten abwogen. Aud, die sich bereits träumerisch als Herrin über ihr künftiges Haus sah, hatte schon fast vergessen, daß sie ihr bisheriges mit dem Schwert in der Hand zu verteidigen pflegte. Nun konnte sie diesen Teil des Überlebens ihren Männern überlassen.
Aber vorläufig wurden sie einer Entscheidung enthoben. Hrolf und mit ihm Ulf tauchten in der Türöffnung auf. »Es wird Zeit abzulegen, hatte ich dir eigentlich sagen wollen«, begann Hrolf, kaum daß er im Haus stand, und an seiner Atemlosigkeit merkten alle, wie eilig es ihm war, »aber wir

haben gerade festgestellt, daß Alf fehlt. Niemand weiß, wo er ist. Der Hühnerhof meiner Bera ist gar nichts gegen dieses Durcheinander! Keiner ist, wo er sein sollte!«
»Wieso, fehlt noch jemand?« fragte Hjalti.
»Nein«, knurrte Hrolf und lief unruhig mit den Händen auf dem Rücken zum Feuer und wieder zurück zur Tür, »aber Aslak sollte nicht auf Land sein, und die Frau sollte nicht auf dem Schiff sein. Aber Bolli will sie unbedingt mitnehmen!«
»Wie gut, daß nicht noch eine Frau mit euch fährt«, stichelte Folke und lachte. Aber als Hrolfs Verblüffung sich langsam zu eisiger Abwehr wandelte, verging ihm sein Lachen. Er wußte aber nicht, ob Hrolf die Frauen meinte oder ihn.
Hjalti verließ das Haus und sah sich draußen um, als ob er Alf zwischen den Häusern oder auf den Weiden finden könnte.
»Wie lange ist er fort?«
Hrolf, der ihm folgte, schüttelte unschlüssig den Kopf. »Um ehrlich zu sein: wir wissen es nicht. Nach der Auseinandersetzung mit Aslak hat niemand auf ihn geachtet, auch Ulf hat ihn nicht gesehen.«
Ulf nickte, obwohl er nicht gerne zugab, daß er nun von Alf abhängig war und öfter im Zusammenhang mit Alf genannt werden würde.
»Ich nehme an, daß er bald zurück sein wird. Er weiß ja, daß wir abfahren wollen.« Hjaltis ruhige Überlegung machte Hrolf jedoch nicht sehr zuversichtlich und Aslak erst recht nicht.
Aslak verzog den Mund und dachte bei sich, daß Hjalti immer noch nicht vom guten Glauben an Alf geheilt war.
»Dann solltet ihr jetzt gehen«, drängte Folke und schob sie mit ausgebreiteten Armen vom Hauspfad auf die Dorfstraße.
»Ich werde Aud mit meinem Leben verteidigen«, sicherte er Aslak zu.
Aslak blickte unruhig um sich. Er würde sich weigern, die

Insel zu verlassen ohne Alf; um Auds willen wollte er den unberechenbaren Verwandten von Geirmund lieber in seiner eigenen Nähe haben. Insbesondere, wenn Alf erfuhr, daß Aud nun zu Aslak gehörte.

Als sie am Strand ankamen, waren zu ihrem Erstaunen sämtliche Männer um ein Feuer versammelt, auf dem im Kochtopf eine Suppe brodelte. Von nervöser Aufbruchhast war keine Spur. Angesichts der Verärgerung in Hjaltis und Hrolfs Gesichtern beeilten sich die Männer zu erklären, daß sie überall schon nach Alf gesucht hatten. Aber er war nicht da. Es blieb ihnen nichts übrig, als auf ihn zu warten. Und da sie heute nacht ohnehin nur auf die Ostseite von Erri fahren wollten, um ihre Sachen und die zwei Ruderer zu holen, hatten sie gedacht . . .

Sie hatten recht. Durch übermäßige Eile konnten sie an diesem Abend nichts gewinnen. Hjalti und Hrolf ließen sich überzeugen. Die Fleischsuppe gab einen intensiven, lockenden Duft von sich und war wohl fertig. Über einem anderen Feuer brieten Fleischstücke an Spießen. Es sah nach Rehbraten aus, fand Folke und bekam sofort großen Hunger.

Während sie das Dorf ständig beobachteten, ohne daß sich die aufgebrachten Bauern sehen ließen, aßen sie sich seit Tagen das erste Mal wieder richtig satt. Zwar fehlte das Bier, aber den Umtrunk würden sie zu Hause nachholen. Sie waren jetzt alle wieder sehr zuversichtlich und auch neugierig, was sich eigentlich abgespielt hatte.

Folke berichtete nüchtern, und es wurde eine längere Geschichte.

»Sven Ichwohlnicht hat es dir übel gelohnt, Aslak, daß er ein so schönes Geschenk bekam«, rief Hjalti, als er seinen letzten Knochen ableckte und Aslak zuwarf.

»Immer habe ich auf die Gegengabe gewartet«, entgegnete Aslak, indem er den Knochen mühelos auffing und während

des Sprechens auf Bolli zielte, »und nie eine bekommen. Da wußte ich, daß Sven kein Mann ist, dem an Ehre etwas liegt. Deshalb konnte nur er es sein, der einen Sklaven erschlug.«
Bolli, der beste Knochenwerfer der Mannschaft nach dem toten Bard, traf Frodi genau auf der Nasenspitze. Der aber kümmerte sich um Knochen nur, solange sie noch im Fleisch steckten. Den abgegessenen legte er beiseite und rieb sich die fettigen Finger mit Sand ab.
»Wie man hört«, meldete sich Ulf mit heller Stimme, »tragen die Dänen sowieso jeden Schimpf auf das Thing und können sich in Rechtssachen nicht mehr selber helfen.«
Folke federte hoch. »Ulf, ich bin auch Däne! Und es hört sich an, als ob du vorhättest, die Dänen zu beleidigen. Ich würde dir dazu nicht raten!«
»Niemand hat vor, dich zu beleidigen, Folke. Ulfs Mundwerk ist immer noch schneller als sein Gedanke. Aber irgendwann wird einer den anderen eingeholt haben...« Hjalti zog Folke wieder auf seinen Sitzstein herunter, während Ulf ein wenig dümmlich grinste. Die Männer, die einen Moment gespannt aufgeblickt hatten, nagten weiter an den Knochen. Hrolf beteiligte sich nicht am Gespräch. Mit düsterer Miene widmete er sich ausschließlich seinem Essen.
Aslak dagegen aß nicht, wie er sich überhaupt in letzter Zeit mehr den Gedanken als der Nahrung widmete. »Und wie wir jetzt wissen, war Sven wohl ein geringerer Mann als Wertizlaw«, fuhr er fort, wo er unterbrochen worden war.
Es war kühn von Aslak zu behaupten, daß ein Sklave eine Ehre besitze, aber Folke dachte an Ketil, den Friesen, der auch ein Sklave gewesen war, und gab deshalb Aslak aus mehreren Gründen recht. Aber nicht einmal die Norweger wollten bestreiten, daß ein Mann, der sich tapfer verteidigt

* siehe *Der Thorshammer*, München 1991.

hatte, besser war als ein Feigling, mochte der eine auch ein Slawe und der andere ein Wikinger sein. Sie klopften mit den Knochenenden auf die Schilde, die griffbereit neben jedem Mann lagen.

Als sie wieder aufsahen, stand auf dem Steinwall über ihnen Alf, und in der Hand hatte er eine schwere Keule. »Nun komm her«, rief er fordernd, »stell dich endlich einem Mann aus gutem Geschlecht! Vollmondabende sind gut, Zauberern den Garaus zu machen!«

Folke wußte überhaupt nicht, wen er meinte, bis Aslak auf die Füße gekommen war. Plötzlich hatte er ein langes Messer in der Hand. Mit starrem Gesicht trat er über Männerbeine, Schilde, Speere und Knochenreste hinweg. Noch bevor er auf dem Kamm bei Alf angekommen war, schwang dieser die Keule schon gegen ihn.

Die Männer verharrten in atemlosem Schweigen. Keiner rührte sich, nur Aud legte die Hände im Entsetzen vor ihren Mund. Bjarke, der neben ihr kauerte, stieß einen leisen Schrei aus und tastete im Sand nach seinem Sax.

Folke schüttelte warnend den Kopf. »Sie müssen es unter sich austragen«, flüsterte er ihm ins Ohr. »Sonst bekommt Aslak nie Ruhe.«

Das konnte der Junge einsehen, aber er verkrampfte die Schultern, als Alfs Keule um Haaresbreite an Aslaks Kopf vorbeifuhr und Alf, von ihrem Schwung gezogen, auf die Knie fiel. Aslak sah mit Verachtung auf den Mann, der vor ihm lag und Angriffsfläche genug für ein Messer bot, aber er wartete, bis Alf wieder auf die Füße gekommen war.

»Die Slawen haben Zaubersprüche in ihr Holz eingeritzt, und gegen einen Zauberer soll die Keule sich wenden«, keuchte Alf, während er mit der Keule rechts und links in die Luft hieb, »ich wüßte nichts Besseres als eine slawische Zauberkeule gegen einen lappischen Zauberer!«

Da verstand Folke erst, daß Alf es wirklich ernst meinte, und daß er den halben Tag unterwegs gewesen war zum »Grauen Wolf«, um nach der Keule zu suchen, die in der Bilge lag.
Immer noch unterlief Aslak die schweren Schwünge der Keule, ohne ein einziges Mal zuzustechen. Offensichtlich wollte er Alf ermüden, bevor er ihm nahekam. Aber Folke dachte mit Sorge an die Verbrennung. Mancher Mann überschätzt seine Kräfte nach einer Verletzung, pflegte Mutter Aasa zu sagen.
Ob Aud ebenfalls daran dachte, erfuhr Folke nicht, aber sie ballte ihre Fäuste und wimmerte leise. Im selben Augenblick stolperte Aslak und fiel hin. Auf Alfs Gesicht erschien ein Siegeslächeln, und er holte weit aus – weit genug, um Aslak Zeit zu lassen sich herumzurollen, gerade als Alf zuschlug. Alf stürzte in den Sand und kam so weit wieder auf die Füße, daß er sehen konnte, wie Aslaks Messer ihm in die Brust fuhr. Er brach tot zusammen.
Auch Aslak sackte schwer angeschlagen auf das Geröll.
»Er ist ein mutiger Mann«, sagte Aud stolz, setzte sich neben Aslak und zog seinen Kopf auf ihre Knie. Aslak kam schon wieder zu sich, er war auch ein kräftiger Mann.
Hjalti nickte. Er war nicht froh über den Ausgang des Kampfes zwischen Alf und Aslak, aber schlimmer wäre es gewesen, wenn es umgekehrt gekommen wäre. »Wir werden vor König Geirmund alle bezeugen, daß Aslak sich ehrenhaft verhalten hat«, sagte er laut, damit jeder es hörte. »Ehrenhafter als Alf«, fügte er leise hinzu. »Wir werden ihn hier am Strand begraben, heute abend noch.«
Es würde wohl auch niemand Geirmund sagen, daß sein Verwandter, der sich bemüht hatte, so groß, schön, tapfer, tüchtig und freigebig wie ein König zu sein, hier am Strand von Erri zu einem kleinen Wicht zusammengeschrumpft war. Ihn würde man schnell vergessen, während dem Lied über

Aslak nun noch die Strophe hinzugefügt werden konnte, in der er verletzt mit einem Messer gegen eine Keule antrat und mit letzter Kraft einen Zweikampf gewann.
Die Männer sprangen begeistert auf die Füße und umringten Aslak. Und dann schrien sie ihren ganzen Triumph hinaus über die stille See und das schweigende Dorf, und die Bauern hielten für einen Moment den Atem an. Das Gebrüll der Krieger galt nicht nur dem tapferen Mann, mit dem sie einen Sommer lang gefahren waren, sondern auch den Bauern und einem Werwolf.
Es dauerte lange an diesem Abend, bis sie sich in ihre Schlafsäcke einrollten.

Früh am nächsten Morgen wollten die Norweger aufbrechen, und Aslak und Folke, die zu Auds Schutz in ihrem Haus geschlafen hatten, liefen in der Morgendämmerung an den Strand. Sie trauten ihren Augen kaum, als dort, wo noch vor wenigen Tagen ihr »Grauer Wolf« gelegen hatte, jetzt ein anderes Schiff vor Anker gegangen war, ein Handelsschiff mit nur wenigen bewaffneten Männern an Bord.
Ihr Zelt hatten sie nicht auf dem Strand, sondern über einer Spiere mittschiffs aufgeschlagen und waren bereits dabei, es wieder aufzurollen und wegzustauen. Sichtlich hatten sie nur in den dunkelsten und gefährlichsten Stunden der Nacht eine Pause eingelegt.
»Das ist ja Skekkil der Schreckliche«, rief Folke erfreut und begann zu laufen. »Der will bestimmt zurück nach Haithabu.«
So war es. Skekkil, der als gutmütigster Händler von Haithabu galt, kam von Island und wollte nach Hause. Weil er den ganzen Sommer von seiner jungen Frau fortgewesen war, eilte es ihm. Aber er war bereit zu warten, bis Folke Aud und Bjarke geholt hatte.

Der erleichterte Aslak begann mit dem Schiffer zu schwatzen und erfuhr von ihm, daß er die beiden Londonfahrer auf See getroffen hatte und daß sie munter gewesen waren und hoffen konnten, innerhalb von zwei Tagen die Handelsstadt zu erreichen.

Dann löste sich vom Knorr der Norweger das Beiboot, und Aslak erkannte, daß Hjalti ihn holen kam. Hjalti hatte schon Stunden vor Folke gewußt, daß sie die Insel fast gemeinsam verlassen würden, und daß für Aud in mehr als einer Beziehung gut gesorgt war. Hjalti ließ sein Boot längsseits des Haithabu-Schiffes treiben und hangelte sich dann bis zur Bugleine, die an Land belegt war.

»Ich sehe, wir werden beide gutes Segelwetter haben«, sagte er heiter.

Der meist wortkarge Skekkil nickte. Beide Boote würden halben Wind haben, Hjaltis Schiff zumindest über eine weite Strecke, seins über die ganze.

Auf der Dorfstraße kamen Aud und Bjarke und einige Schritte hinter ihnen Folke. Folke drehte sich mehrmals um: denn wie eine lebende Wand folgten ihnen die Bauern. Sie kamen nicht näher, blieben aber auch nicht zurück.

Aud, die die Blicke wie brennende Pfeile in ihrem Rücken spürte, hastete vorwärts. Sie war froh, von der Insel wegzukommen, wenn auch nicht von allen Einwohnern Visbys gleichermaßen. Von einigen Frauen hatte sie sich verabschiedet, heimlich, damit deren Männer es nicht merkten. Sie wußte wohl, daß nicht alle Frauen mit ihren Männern einverstanden waren. Aber sie wußte auch, was die Männer trieb.

Sie trat sofort vor Hjalti, der ihnen entgegenkam. »Ihr müßt Sven mit euch nehmen – oder ihn totschlagen«, setzte sie nach kurzem Überlegen hinzu. »Ihr könnt doch die Menschen nicht diesem Werwolf überlassen!«

Hjalti blickte unbewegt auf Aud hinunter. »Er verdient es nicht, daß wir uns mit ihm abgeben. Er hat sich außerhalb des Menschengeschlechts gestellt. Er wird in Todesangst leben, bis sie ihn irgendwann erschlagen, so, wie man einem Untier den Kopf zerschmettert, und bis dahin wird er jeden Tag darauf warten und dabei ständig nach allen Richtungen sichern und sich nicht zu schlafen getrauen. Und die Bauern – nun, denen ist die Angst zu gönnen. Dich haben sie nicht geschont, und du solltest sie auch nicht schonen wollen.«

Aud neigte den Kopf und ging davon. Sie trauerte um diese Menschen, die sie aufgenommen hatten. Sie trauerte auch um ihr Haus, seitdem sie das Feuer gelöscht und Erde aus den vier Ecken in einem Tuch verwahrt hatte. In jenem Moment hatte sie endgültig das Band zwischen sich und den Visbyern durchgeschnitten. Wie blind lief sie umher, bis Aslak sie umarmte, festhielt und in ihr Ohr flüsterte.

Hjalti, der Aslak und Aud nicht stören wollte, ging zu Folke, um sich von ihm zu verabschieden. Er faßte ihn um die Oberarme und drückte sie kräftig. »Ich habe dir einiges zu verdanken«, sagte er und lächelte. »Den ›Grauen Wolf‹ konntest du nicht retten, aber wir schulden dir unser Leben, und dafür wird dir König Geirmund dankbar sein. Und ich selber bin auch noch nicht so wild darauf, bei meinem Vorfahren im Hügel zu sitzen, daß ich es nicht abwarten könnte.«

»Irgendwann rettest du meins«, sagte Folke leichthin, »vielleicht wenn ich mal bei Aud und Aslak nach dem Rechten sehen will.«

»Das ist gut. Dann werde ich auf dich aufpassen«, versprach Hjalti. »Einer wie du gerät leicht in Gefahr.«

Folke lachte auf. »Stimmt. Das ist mir auch schon aufgefallen. Aber ich bin es nun schon gewöhnt, in merkwürdige Dinge hineingezogen zu werden. Vielleicht, weil ich kein Kaufmann bin. Die Högnis dieser Welt schleichen sich immer davon, und selbst aus ihrer Flucht ziehen sie noch Gewinn.«

Hjalti brummelte Zustimmung. »Aber ehrlich ist er. Immerhin hat er eine Anzahlung abgeliefert. Geirmund wird erfreut über ihre Höhe sein.«

»Ja«, sagte Folke und fragte listig: »Aber weißt du auch, für wen er bezahlt hat?«

»Nun, für Wertizlaw, denke ich.«

Folke schüttelte den Kopf. Er hatte sich schon gedacht, daß Hjalti ahnungslos war. Hjalti würde im nächsten Sommer aufpassen müssen wie ein Bussard auf dem Pflock. »Er ließ bestellen: für den ersten lebenden Sklaven«, sagte Folke und ließ es sich fast genüßlich auf der Zunge zergehen.

Der Schiffsführer sperrte Mund und Augen auf und fragte dann wütend: »Du meinst, er wußte bereits, daß Wertizlaw tot war?«

Folke nickte. »Deshalb hatte er es plötzlich so eilig.«

»Wenn das so ist, müssen wir Norweger uns vor den Kaufleuten hüten«, sagte Hjalti. »Sie werden die Welt auffressen, bis nichts mehr übrig ist – als das, was durch ihre Hände und durch ihren Darm gegangen ist! Christen und Kaufleute! Wahrscheinlich sind christliche Kaufleute am schlimmsten.«

»Die ganze Zeit wollte ich von Folke hören, was er von ihnen weiß, aber entweder weiß er nichts, oder er will sein Wissen für sich behalten«, sagte Aslak lächelnd und kam über den Strand herbei, Aud an der Hand. »Vielleicht, um uns wilden Nordleuten immer voraus zu sein«, fügte er hinzu und blinzelte Folke zu. »Aber im Frühjahr, an seinem eigenen Herdfeuer – da wird er mir nicht entwischen können.«

Folke lachte. »Uns bleiben unsere Schiffe. Um die zu führen, werden die Kaufleute immer uns Bootsleute bitten müssen. Ohne Boote taugt der ganze Handel nichts.«

»Und du mußt deins jetzt besteigen; ohne Boote taugen auch

wir nicht sehr viel«, sagte Hjalti und dachte dabei mehr an sich selber als an den Bootsbauer, und er fragte sich, ob das für ihn selber auch noch zutraf. Dann schlug er Folke kräftig auf die Schulter und wanderte davon.

Aslak blieb noch bei Folke. »Übrigens«, sagte er, »im Frühjahr mußt du nicht nur mit mir rechnen, sondern auch mit Hrolf. Er beabsichtigt, sich an der Schlei bei den Schiffbauern umzusehen. Es gebe dort gute Leute, sagt Hrolf, und er habe von einem gehört, der Boote bauen könne, die fast so schnell ihr Ziel fänden wie die Gedanken des Mannes. Zu dem will er.« Aslak kniff ein Auge zusammen, bis es in den Runzeln seines wettergegerbten braunen Gesichtes fast verschwand, und Folke lachte vor Erleichterung. Aslak hob die Hand und rannte Hjalti nach.

Kurze Zeit später lichteten beide Schiffe Anker und verließen den Hafen von Visby. Am Ufer blieben die Bauern zurück und wagten jetzt wieder zu drohen und zu rufen. Aber es war zu spät. Sie waren allein mit ihren ungebüßten Toten, und oben am Wald wartete ein Werwolf auf sie.

Die Schiffsführer drehten sich zum Ärger der Bauern noch nicht einmal um. Auf offener See trennten sich die Kurse der beiden Schiffe. Skekkil steuerte sein Schiff mit gutem Wind und guter Sicht nach Südwesten, und es würde nicht lange dauern, bis das Festlandsufer in Sicht kam.

Am frühen Nachmittag schon rauschten sie mit unverminderter Fahrt bei Gathmünde in die Schlei, und zwei Stunden später schwenkte das Schiff durch das Palisadentor in den Haithabuer Stadthafen.

Folke half dem Schiffer beim Festmachen und sprang dann an Land, während Aud ihre Sachen zusammensuchte, die verstaut worden waren, wo immer zwischen der Ware des Händlers noch ein Plätzchen freigeblieben war.

Der Hafen sah aus wie immer, und trotzdem blickte Folke sich

um wie einer, der lange weggewesen ist, zufrieden und doch mit ein wenig Wehmut, aber auch Stolz über das, was er durchgestanden hatte.
Sein neues Selbstbewußtsein bewog ihn auch, erstmals Kaufmann Högni nicht mehr aus dem Weg zu gehen. Dieser eilte am übernächsten Steg geschäftig zwischen zwei seiner Boote hin und her, befahl und kontrollierte. Der anscheinend unvermeidbare Eystein stelzte hinter ihm her.
»Ich komme gleich zurück«, sagte Folke zu Skekkil und trabte zielstrebig zu Högni, um ihn zu stellen. »Daß du mein Werkzeug ankaufst, obwohl es mit dem Zeichen meines Vaterbruders versehen ist und ich praktisch danebenstehe, will ich einem gierigen Kaufmann durchgehen lassen«, fuhr er ihn hitzig an, »nicht aber, daß du eine Frau für deine Zwecke mißbrauchst!«
Dem Schweden sackte der Kiefer nach unten. Was Folke mit der Frau meinte, war ihm klar, und der Vorwurf perlte an ihm ab wie Regen auf einem Schafsvlies. Das andere aber . . ., das war für ihn weitaus gefährlicher. »Sprichst du von Diebesgut?« fragte er vorsichtig und sah sich nach der Stadtwache um.
»Natürlich«, bekräftigte Folke scharf und war ganz dankbar, daß sich bereits einige neugierige Müßiggänger bei ihnen einfanden. Eystein würde um so weniger wagen, den Kaufmannsfrieden der Stadt zu brechen. »Du kannst wohl kaum behaupten, daß du Thorbjörns Marke nicht kennst . . .«
Högni atmete auf. Das hörte sich nach einer Verwechslung an. »Ich kaufe und verkaufe seit vielen Jahren nur im großen Stil. Das solltest du doch wohl seit Erri spätestens wissen«, entgegnete er und fand schon wieder zu seiner gewöhnlichen Form zurück. »Und Werkzeug interessiert mich gar nicht.«
»Aber der Bohrer lag in deinem Zelt«, sagte Folke überrascht und glaubte ihm trotz allem.

»Ach?« fragte Högni und drehte sich mit einer Schnelligkeit, die man ihm nicht zugetraut hätte, zu seinem gut bezahlten Wachmann um. Dessen Gesicht überzog sich mit tiefer Röte. »Du mischst dich also immer noch in meine Geschäfte? Kaufst Sachen an?« Während Eystein nicht zu widersprechen wagte, nickte Högni dem Bootsbauer hochmütig zu. »Keiner soll behaupten, ich hätte ihn übervorteilt. Überbringe mir deine Forderung in den nächsten Tagen, und sie wird ausbezahlt werden. Da Eystein in meinem Namen gehandelt hat, wird er auch mir gegenüber Rechenschaft abzulegen haben. Mit dir hat er nichts zu tun.«

Eystein aber sah sehr wohl so aus, als ob er hundertmal lieber seine Rechnung mit Folke als mit seinem Herrn gemacht hätte. Furcht stand in seinen Augen, aber auch Haß, als er Högni hinterhertappte.

Es konnte wohl keine kleine Strafe sein, die ihn erwartete, jedenfalls würde sie härter ausfallen als ein Messerstich. Folke verspürte keinen Triumph, daß er sich erfolgreich in die Geschäfte von Eystein gemischt hatte. Aber verdient hatte er es: sicherlich hatte sich nicht nur ein Sven in seiner Not an ihn gewandt . . .

Aud erwartete ihn bereits mit funkelnden Augen, als er sie abholen kam. Viel hatte Aud unterwegs nicht gesprochen, weil sie auf See etwas ängstlich war, aber jetzt, beim Anblick der Häuser, blieb ihr Mundwerk kaum stehen. Allein die vielen Schiffe im Hafen machten auf sie großen Eindruck, aber noch wunderbarer fand sie die gepflasterten Straßen und den eingefaßten Bachlauf mit den abschüssigen Waschstegen. »Nein«, sagte sie bewundernd, »das alles gibt es ja gar nicht! Ich bin froh, daß ich es zu sehen bekomme, bevor ich auf Aslaks Hof ziehe.«

Aud wirkte nun viel freier und jünger als auf Erri, und vielleicht würde sie mit zunehmender Entfernung von der finste-

ren Männerwirtschaft auf der Insel noch zu einer Schönheit werden. Ansätze davon waren jetzt schon sichtbar, und Folke war froh, daß sie mitgekommen war, und konnte Aslak gut verstehen.
»Vielleicht willst du gar nicht mehr hier weg!« neckte er sie freundschaftlich, aber da war er bei Aud falsch. Ihrer selbst sicherer als früher, schüttelte sie heftig den Kopf, wenn sie auch nichts sagte, um Folke nicht zu kränken.
»Aber ich will hier nicht mehr weg«, sagte Bjarke fest, »und ich soll ja auch nicht Aslak heiraten.«
»Wir werden sehen«, erwiderte Folke und zog Bjarke weiter, der einem Glasbläser zusehen wollte. »Du hast Zeit genug, alles kennenzulernen. Jetzt aber komm nach Hause, vielleicht ist meine Mutter Aasa da, die für einen Winter deine Ziehmutter werden wird – wenn du willst, und wenn sie will.«
Das erschien Bjarke nicht sehr verlockend, aber er folgte doch, und es dauerte nicht lange, bis sie den Hof von Thorbjörn betraten, dem die Bootsbauerei gehörte.
Aber Aasa war wieder zu Hause auf dem Bärenhof, wie eine Magd Folke mitteilte. Und dann kam ihnen auch schon der Norweger Lodin entgegen, um dessen Gesundheit willen Aasa länger als beabsichtigt in Haithabu geblieben war. Folke hielt ihm seine gespreizte Hand vor die Augen.
»Was fuchtelst du mir im Gesicht herum?« fragte der Norweger gereizt und wich zurück. »Ich bin kein Zauberer!«
Folke lachte. »Ich wollte mich davon überzeugen, daß du wieder sehen kannst. Nimm es mir nicht übel.«
»Ach, du bist es«, sagte Lodin und lächelte zurück. »Mein Ersatzmann auf dem ›Grauen Wolf‹. Ich erkenne deine Stimme.«
»Ja, mich kannst du auch eher erkennen als deinen ›Grauen Wolf‹«, entgegnete Folke, und sein Gesicht wurde für einen Moment düster. »Von ihm ist nicht viel übriggeblieben.«

»Bei allen Ferkeln Freyrs«, sagte Lodin beunruhigt, »was ist passiert?«
Folke freute sich, als er so plötzlich an Aslak erinnert wurde, und erzählte ihm alles, noch bevor Aud die Schwelle zum Haus überschritten hatte. Bjarke hatte sich schon längst mit Odd, Thorbjörns Sohn mit einer Sklavin, bekannt gemacht und war mit ihm zum Bach hinuntergelaufen.
»Eines habe ich noch nicht verstanden«, sagte Folke am Schluß seines Berichtes. »Wie kam die Keule auf euer Boot?«
Der Norweger dachte eine Weile nach. »Ich sah selbst, daß im Slawendorf ein Mann mit ihr kämpfte, der Dorfältester oder sonst ein geachteter Mann war. Außer ihm hatte niemand eine Keule; vielleicht besaß sie für ihn besondere Bedeutung. Irgendwie gerieten mein Banknachbar vom Schiff und ich mit ihm zusammen, und in unserer Nähe waren Alf und Ulf, die eigene Gegner hatten. Aslak war hinter mir, glaube ich. Mein Banknachbar fiel, und ich wurde ebenfalls getroffen, aber dank deiner Mutter hatte ich Glück. Mehr weiß ich darüber eigentlich nicht.«
Folke grübelte eine Weile, in der ihn niemand störte, – das vertraute Gegacker der Hühner und das leise Gequake der Enten auf dem Hof erfüllten ihn mit unendlicher Erleichterung, wieder zu Hause zu sein, und dann ging er daran, endlich auch den letzten Knoten zu entwirren. »Wurdest du von Wertizlaw niedergeschlagen?«
»Ich glaube nicht«, antwortete der Norweger. »Ich hörte die Männer auf dem Boot darüber reden. Nebel füllte mir zeitweise den Kopf, aber zwischendurch war ich wach und bekam zu trinken. Nein, Wertizlaw war es nicht. Als ich ihm endlich gegenüberstand, hatte er seine Keule nicht mehr, und gleich darauf brach er zusammen. Mich muß ein anderer niedergeschlagen haben. Aber Alf rühmte sich, den Mann niedergestochen zu haben.«

Von hinten. Folke nickte und zog den Gedankenfaden Hand über Hand zu sich heran. Womöglich hatte Alf bereits dort versucht, Aslak zu töten. Vielleicht waren Lodin und sein Banknachbar Opfer von Alf? War Hjalti deshalb so schweigsam gewesen? Hatte er etwas gesehen? Auf jeden Fall mußte Alf damals schon die Keule vorsätzlich aus dem Slawendorf mitgenommen haben, um Aslak zu erschlagen, von dem er behauptete, er sei ein Zauberer. Denn ausgerechnet Alf, der sein eigenes Lob ständig auf den Lippen trug, hatte im Gegensatz zu allen anderen kein einziges Beutestück aus dem Slawendorf vorzuweisen; seine Schmuckstücke hatte er sich gegen Bernstein ertauscht und später wohl an Högni verkauft. Was er mitgebracht hatte, besaß keinen materiellen Wert.
Aber Alf war tot, und er, Folke, konnte nur zu seiner verdienten Ächtung beitragen, indem er über ihn nicht sprach. Denn nur ein vergessener Mensch ist ganz tot. Auch Svens Familie hatte den Brudermörder ausgestoßen, um ihn zu vergessen.
Dann erhob Folke sich und brachte Aud zu seinem Vaterbruder Thorbjörn, der in diesem Moment sein Anwesen betrat.

Worterklärungen

Asgard: Wohnort der nordischen Götter

aufgeien: Segel auftuchen, an die Rah hochbinden

Bifröst: Brücke zwischen Midgard und Asgard

Bilge: Kielraum eines Schiffes, in dem sich das Wasser sammelt

Brassen, Bulinen und Schoten: Taue, mit denen die Segelstellung verändert werden kann

Fenriswolf: Wolf, den Loki mit einer Riesin gezeugt hat

Freibord: Höhe vom Wasser bis zur oberen Kante der Bordwand

Freyja: Göttin der Liebenden, Freyjas Tag: Freitag

Freyr: Gott der Fruchtbarkeit; sein Wagen wird von einem Eber gezogen

Fuß: römisches Längenmaß, auch von den Wikingern verwendet: 29,33 cm

Götar: Schweden des westlichen Landesteils

Halse und Schothorn: untere Ecken des Segels

Heimdall: nordischer Gott, gilt als Wächter der anderen Götter

Heiling: nach germanischer Auffassung ein Mensch, dem besondere Kräfte verliehen sind: je vornehmer die Abstammung, desto größer die Kraft

Hel: Todesgöttin, allgemein Totenreich

Herbstmond: 14. September bis 13. Oktober; Winterbeginn 14. Oktober

Hneftafl: Brettspiel mit Spielsteinen, wahrscheinlich aus Arabien

Huginn: einer der beiden Raben Odins; personifizierter Gedanke

hugr: Mut, Gedanke, Wunsch, Neigung

Huk: Landzunge, die den geradlinigen Verlauf einer (Steil-) Küste unterbricht

Jari der Streitsüchtige: Zwerg der nordischen Mythologie

Jarl: schwedischer Häuptling

Knorr: Handelsschiff der Wikinger, seetüchtiger als ein Kriegsschiff

Leeküste: windstille Küste

Legerwall: wenn ein Schiff sich nicht mehr von der Luvküste freisegeln kann, wird es auf Legerwall geworfen – der Wind treibt es so weit in Küstennähe, daß die Gefahr einer Strandung besteht

Loki: zwielichtigste Gestalt des nordischen Götterhimmels

Magni der Starke: Sohn von Thor

Midgard: die von Menschen bewohnte Erde

Neiding: heillose Bestie, Feigling

Njörd: Gott der Seefahrt und der Winde

Njörds Töchter: die Wellen

Nock: Spitze einer Spiere (Mast, Rah)

Odin: zeitweise Hauptgott der nordischen Mythologie

Ösraum: Raum in der Bilge zum Schöpfen des Wassers

Rota: Totengott der Lappen

rundbrassen: die Rah auf die andere Seite holen und belegen

Sax: Kurzschwert der Wikinger

Schlangenmonat: Juli

Skalde: altnordischer Dichter und Sänger

skinnlek: Ballspiel mit einem Fellball

Sveareich: östlicher Landesteil Schwedens

Thing: gesetzgebende und richtende Versammlung

Thor: Donnergott

Tyr: Kriegs- und Versammlungsgott

Utgard: Bereich außerhalb der von Göttern und Menschen bewohnten Welt

Wassertauche: in verschiedenen nordischen Strafrechtsbestimmungen wurde das absichtliche Stoßen eines anderen ins Wasser unter Strafe gestellt

Werwolf: in Wölfe verwandelte Menschen

Wiedergänger: ein Toter, der die Lebenden terrorisiert

Wikgraf: ständiger Vertreter des Königs in der Handelsstadt; zuständig für Zoll, Polizei- und Militärgewalt

Yggdrasil: Weltesche, die das germanische Universum umspannt. Zwischen dem Adler auf der äußersten Astspitze und der Schlange im Wurzelwerk rennt das Eichhörnchen umher und sät Mißtrauen

Zeisinge: Bändsel, mit denen Segel aufgetucht werden

Zurring: Befestigung mit Hilfe eines Bändsels

Insel Erri (Ærø)

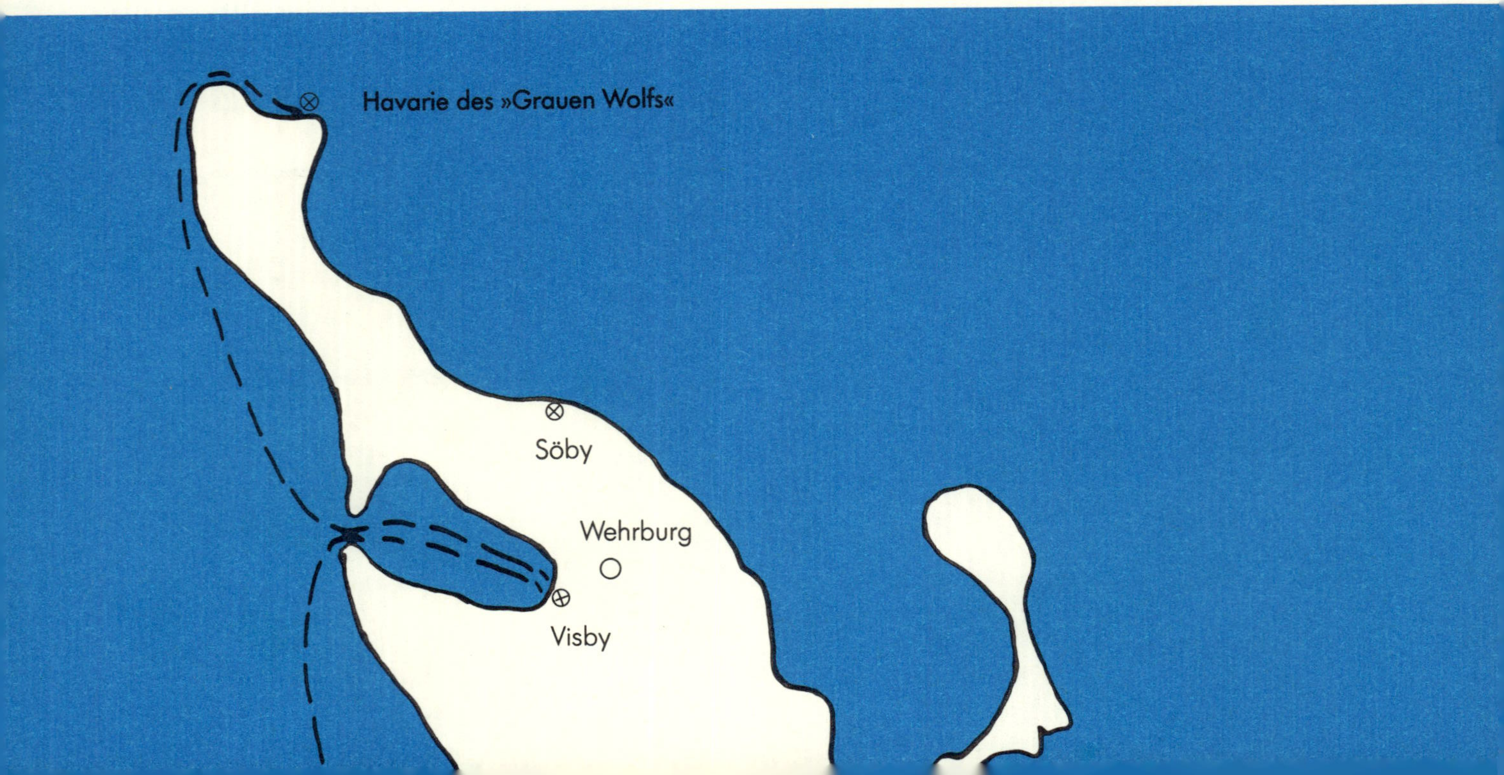